1907

THE SECRET AGENT

密探

Joseph Conrad 約瑟夫・康拉德

陳錦慧——譯

〈導讀〉

事物的真相

臺大外文系副教授　陳春燕

《密探》是康拉德豐實的寫作生涯中極不典型的作品——這是他少數並非以歐洲之外地區為場景的小說。

波蘭裔的康拉德出生於一八五七年，母親、父親在他年幼時相繼過世，他自十七歲起，便開始在商船上工作：青春盛年的大半時間，康拉德若非在海上度過，便是在海外的港口城市工作。時值十九世紀後半葉，他隨著不同的歐洲商船（尤以英國商隊為主）遠渡重洋，從澳洲、遠東到南亞，從中南美洲到非洲大陸，無數次的出海，恰恰勾勒出當時歐洲帝國勢力征服全球的軌跡。當他三十一、三十二歲之際開始嘗試寫作，這些海外經驗便成了筆下最實在的素材。從最為人熟知的中篇小說《黑暗之心》（*Heart of Darkness*）到《吉姆爺》（*Lord Jim*）、《碼頭老大》（*Nostromo*）等重要長篇，乃至於他多數的創作，都以他在世界角落的見聞為藍本。《密探》則是少見的例外。

《密探》將鏡頭拉回倫敦，內容上則環繞十九世紀末歐洲各家政治意識型態在思想及行動上的角力。

小說所設定的背景時間為一八八七年[1]，維多利亞女王登基五十週年，大英帝國盛景空前。但那也是英國內部紛爭四起的年代：財富分配不均，失業率居高不下，對愛爾蘭的高壓統治也日益引發民怨。一八八七年十一月，倫敦便曾發生大規模的民眾抗議活動，而政府採取的回應方式是以現代化的警力強勢鎮壓。

這個歷史時空也彰顯了，當時社會上不同的政治理念尚有機會相互爭逐。例如，社會不公，使得社會主義、馬克思主義有一定的擁護者；甚至無政府主義組織在當時都是合法的，也能在社會空間中維持一定能見度，出版書刊，爭取發言。而各式紛陳的政治選擇，構織了《密探》的內容肌理：小說中，我們看見不同的（男性）角色分別有機會長篇大論，各自發抒在政治光譜上或右或左、或自認比左更左的殊異立場。唯一例外恐怕是主角維洛克，而他的不願表態，與他選擇擔任雙面間諜，互為表裡。

與《密探》緊密相關的另一個時間點，則是小說情節核心——格林威治公園爆炸案——所參照的真實歷史事件。

一八九四年二月十五日，格林威治公園皇家天文台附近，法國籍無政府主義者波爾丹（Martial Bourdin）手持的炸藥突然爆裂，沒有傷及無辜，卻炸死自己。康拉德在一九二〇年《密探》重印本的自序中，自陳小說的靈感確是一八九四年的爆炸案。其時，英國大眾傳媒頗有煽情八卦風氣，各報對爆炸案投注了高度關切，甚至在毫無證據情況下推敲出陰謀論，直指這是鎖定天文台的恐怖主義行動，只不過波爾丹行動有所閃失，誤炸了自己。簡言之，這在當時是起爆炸性新聞事件，但事件來龍去脈，事實上至今無解。

一八九四年對康拉德本人恰巧是個關鍵的時間座標。那年一月，他決定取消與一家商船的工作合約，也就此終結他將近二十年的海上生涯；二月十日，他的舅舅過世（舅舅是康拉德成為孤兒後的監護人，亦是主導他選擇船員工作的重要人物）；這年，也是

1. 這是根據公認最具權威的劍橋大學出版社欽定本編輯的說法，然也有學者爭論，小說背景應為一八八六年——其中癥結點在於，當女主角溫妮說「我已經結婚七年了」，究竟應被視為嚴格精算的「滿七年」，還是可視為籠統的說法。之所以特別提出這個細節，是藉此說明，康拉德在國外學界是門顯學，連枝微末節都可成就學術討論內容。

康拉德第一本小說被出版社接受的時間。換言之，這正是他人生重大的轉折點，他對寫作開始認真實踐。

《密探》撰寫於一九〇六、〇七年間，正式出版於〇七年。當時，前述幾部後來堪稱他代表作的小說皆已問世，雖然康拉德尚未得到足夠的肯定，但他曾透露，一九〇六年前後，他對於「事物的真相」極度敏感，卻總受到外在世界平庸、膚淺價值的干擾，深感孤立。那是個他稱為他「站定不動」、亟思改變的階段。

假使康拉德此刻正在尋索下一部小說題材，回望的是一八九四年（以及穿過一八九四年上溯的一八八〇年代末期），這個動作，除了讓他得以反思日不落帝國時期英國的社會現況，更是他對自身創作志業初始點的一次回顧。

也因此，《密探》應被理解為康拉德希冀解決自己對「事物的真相」探求的過程。有趣的是，他所揀選的，卻是曾被戲稱為「波爾丹烏龍事件」這起看似如此靠近卻又難以解碼的新聞案例。而他處理的方式，不是企圖忠實仿製歷史上的波爾丹事件，而是藉由一個表面形似的情節，暴露出小說不同人物對故事中爆炸案緣由似是而非的各自表述，也就此暴露不同政治信仰各自的執迷。

這其中，有主張歷史是由生產、經濟活動所推動的唯物主義者（「假釋聖徒」麥凱里斯）；有堅信無產階級革命即將到來的社會主義者（自稱為「恐怖分子」的揚德）；也有打著客觀科學名號，以假醫學分析「中產階級墮落劣行」者（綽號「醫生」的奧西彭）；還有身上隨時攜帶炸藥，隨時準備以身試法，以行動摧毀社會教條規範者（人稱「教授」的炸藥製造者）。此外，更有維洛克背後的金主，逼迫他製造驚天動地事件以喚醒中產階級的俄羅斯官員（瓦迪米爾）；以及同情小偷卻無法憐憫無政府主義者的倫敦警探（錫特），對法律有一定的信心，卻需要收買維洛克這樣政治態度模糊的人，為他提供國際情報。

康拉德在《密探》中毫不避諱地對這些政治論述者的盲昧提出批判，而他批判的方式是從人物造型下手。康拉德從不害怕動用刻板印象，因為他有能力將刻板印象予以複雜化。而在《密探》中，他刻意採用十九世紀末流行的面相學（奧西彭即是這種偽科學的信奉者），讓角色的外觀透露他們的心性。因此，讀者應可留意小說中每位人物的外表形貌甚至衣著打扮：維洛克、麥凱里斯都被塑造成臃腫、蒼白的胖子，符合他們不事生產、寄生社會的個性；錫特則本有堅毅信念，但臉上肥肉讓他的矛盾性格露了餡。

維洛克的小舅子，智能不足的史蒂夫，是小說中難得面容清秀的男性，也的確不時展現對他人真誠的情感。然而姊夫的私心，終究導致了弱勢者史蒂夫的悲劇。

而如果小說表面上的微言大義多半聚焦於維洛克和革命分子這些欠缺自覺的男性人物，小說底蘊卻是不斷將重心拉往兩位女性人物。康拉德曾說過，維洛克的岳母，溫妮的母親，是小說中唯一有道德自省力者。他也曾指出，這部小說事實上是部溫妮的個人歷史。

後者這樣的說法，或有誇大之嫌，但若從小說篇幅編排來看，後半部確實將視角轉往溫妮，漸次鋪陳出她下嫁其貌不揚的維洛克背後的妥協（也因此，除了維洛克的雙面政治奉承值得注意，溫妮的表面順從與內心算計，也是某種雙面性）。而小說後半部的情節高潮以及結尾，更是全力鎖定溫妮的心理轉折。

《密探》事實上還有另一個主角：倫敦。如上所述，這是康拉德難得以倫敦為主場的故事，然他筆下的英國首都，不是繁華昇平，而是擁擠（大倫敦地區人口四百萬人）、失序（都市規畫糟糕到門牌號碼漫無章法），個人獨特性被壓抑，卻也沒有任何能帶來正面意義的集體性。康拉德在回想創作始末（即他那段「站定不動」的階段）時曾提到，他在構思小說的過程中，突然之間，一個巨大的城市的影像浮現在腦海：「一個人口甚至超過一些洲陸的恐怖城市……那裡，有足夠空間包納任何故事，有足夠深度接收各種激情，有足夠多樣性容許各式場景，也有足夠的黑暗埋葬五百萬條生命」。[2]

《密探》除了在嚴肅文學史上占有一席之地，亦是當代英國大眾傳媒熱衷的題材。英國國家廣播公司（ＢＢＣ）自一九六七年以來，已四度將小說改編為影集。而英國媒體也總愛順勢將ＢＢＣ每次的改編串連至不同年代的國際政局危機時刻，主要原因自是書中的恐怖主義元素——媒體總喜歡標舉《密探》如何遙遙預示了後世人的生活日常。

《密探》確實是歐美小說中最早開始探討恐怖主義的作品之一，不過《密探》首先在回應的仍是維多利亞時期英國的景況。炸藥發明於一八六六年，隨後不久便開始被用在政治運動中；光是一八八〇年代的倫敦便出現過十數起炸藥攻擊。

其次，小說中所提出的恐怖主義信念，具有某種特殊性，倒未必能與我們這個時代多以伊斯蘭聖戰或反美、反西方為訴求的恐攻直接類比。《密探》中的恐怖主義傳聲筒，是俄羅斯駐英外交官瓦迪米爾，是他建議維洛克將攻擊目標鎖定在格林威治天文台，以製造一種純然的攻擊、毫無理由的褻瀆：他以為，科學正是當時幾乎帶有宗教地位的流行物件，攻擊科學，便能達到前述的純粹性，至於天文台（那裡有個標示格林威治標準時間的時鐘），便是當時科學神物化的象徵。

2.「四百萬」是小說中提到的數字，據學者指出，這是符合一八八〇年代末期的人口統計的（倫敦都會中心的人口則為兩百萬）。「五百萬」這句則出現於康拉德一九二〇年自序，應是指當時的人口。

這是十分精準的觀察。一八八〇年代，世界各國紛紛開始倡議將時間標準化；一八八四年在美國華盛頓舉行的國際會議，更是確認了國際時區制度，以英國自十八世紀中葉便建立的格林威治本初子午線作為基準。

時間的標準化，意味著生活秩序的標準化、工作節奏的統一，最終得利者，是那些需要工人按表操課、付出高效能勞力的資本家。於是，攻擊天文台，表面上是在打擊科學，骨子裡是在控訴資本制度對於人類生活的全面性掌控。

康拉德小說高妙之處便在於，這樣一個犀利的觀點，卻是由一個動機猥瑣的小人來提陳。小說家對於政治現實的論斷、他對人性的好惡，也因之難以黑白分明。《密探》一方面說了一個戲劇張力十足的故事，也拋給讀者一道關於作者道德曖昧性的難解之題。

參考資料：

Conrad, Joseph. *The Secret Agent: A Simple Tale*. Ed. Bruce Harkness and S. W. Reid. Cambridge: Cambridge University Press, 1990.

Dickinson, Rod, and Tom McCarthy. *Greenwich Degree Zero*. 2006. <http://www.roddickinson.net/pages/greenwich/project-greenwich.php>.

Harkness, Bruce, and S. W. Reid. "Introduction." *The Secret Agent: A Simple Tale*. By Joseph Conrad. Cambridge: Cambridge University Press, 1990. xxiii-xli.

Mulry, David. "Popular Accounts of the Greenwich Bombing and Conrad's 'The Secret Agent.'" *Rocky Mountain Review of Language and Literature* 54.2 (2000): 43-64.

Peters, John G., ed. *A Historical Guide to Joseph Conrad*. Oxford: Oxford University Press, 2010.

Simmons, Allan H., ed. *Joseph Conrad in Context*. Cambridge: Cambridge University Press, 2009.

Tennant, Roger. "Introduction." *The Secret Agent: A Simple Tale*. By Joseph Conrad. Oxford: Oxford University Press, 1983. vii-xx.

Watt, Ian, ed. *Conrad,* The Secret Agent: A Casebook. London: Macmillan, 1973.

目錄

謹以這個十九世紀小故事
誠摯獻給
H. G. 威爾斯
他為基普斯作傳
為後世寫史[1]

1. Herbert George Wells，一八六六～一九四六，英國知名作家，也是社會學者及歷史學家。他創作的科幻小說闡述科技發展為人類帶來的便利與威脅。基普斯（Kipps）是他的長篇小說 *Kipps: The Story of a Simple Soul* 的主角。

1

這天上午維洛克先生出門去了，名義上由小舅子看店。店裡生意向來清淡，白天裡更是門可羅雀，所以問題不大。維洛克其實不大在乎他這家做做樣子的店鋪，何況妻子會盯著小舅子。

這是間骯髒老舊的磚房，店面窄小，屋子本身也不大。倫敦大規模改建前，到處可見這種房子。店鋪方方正正，前窗鑲著幾片小玻璃。白天裡店門緊閉，入夜後會拉開一道縫，謹慎中帶點鬼祟。

櫥窗裡陳列的商品如下：幾張歌舞女郎清涼照；包裝看起來像專利成藥的不知名商品；糊上封口的黃色薄紙袋，上面標有「2」與「6」粗黑字體；幾本法國舊漫畫掛在繩子上，像在晾乾；一個灰撲撲的藍色瓷碗、一只黑木盒、幾瓶不掉色墨水和橡皮圖章；幾本看似不可告人的書籍；一些明顯年代久遠、印刷品質低劣的小報，上面印著諸如《火炬》和《鳴鑼》之類的煽動刊名。窗子裡那兩盞煤氣燈總是調得昏暗，可能是為了省煤氣，或者體貼顧客。

上門的顧客有些年紀很輕，這些人會先在窗外流連徘徊，再一溜煙鑽進店裡。還有一些則是有點年紀的男人，一般看來都不是有錢人。有些成年男人會把外套衣領拉高，遮住上唇的髭鬚，下半身的褲腳多半沾了泥。他們的長褲挺破舊，質料也不算高檔，可想而知，兩條褲管裡的腿腳只怕也乏善可陳。他們兩手深深插在外套口袋裡，側身閃進店裡，彷彿擔心觸動鈴鐺。

鈴鐺以彎曲的鋼絲懸在門上，閃躲不易。雖說已經裂得無可救藥，可是，每到夜晚，只消輕輕碰觸，就會在顧客背後放肆無禮地大鳴大放。

內廳的維洛克聽見噹啷聲，會匆匆從上了漆的櫃檯後方那扇布滿灰塵的玻璃門走出來。他的眼皮天生厚重下垂，彷彿已經和衣躺在床上發懶一整天。換做是別人，一定會覺得這樣的外表對生意沒好處，畢竟店鋪經營的成功與否，取決於店主是不是有足夠的個人魅力與親切感。可是維洛克很清楚這家店的本質，不會為自己的外表美觀與否傷神。他把一些明顯漫天開價的商品賣給來客，目光堅定，神態傲慢，像要嚇阻某種惡意威脅。他賣的東西可能是看起來空無一物的小紙盒，或封得妥妥貼貼的黃色薄紙袋，或書名頗有看頭的破舊平裝書。偶爾會有個菜鳥客人買走發黃褪色的歌舞女郎照片，一副照片裡的人兒依然生氣勃勃、青春洋溢似的。

有時候噹啷聲喚來的是維洛克太太。她相當年輕，胸圍豐滿、臀部渾圓，身上的馬甲勒得死緊。她把頭髮梳理得一絲不苟，眼神像她丈夫一般堅定，站在堡壘似的櫃檯內側，有種高深莫測的蠻不在乎。年紀較輕的男人發現交易對象是個女人，會突然手足無措，憋著一肚子氣說他要買瓶墨水。市價六便士的墨水在這裡要價一先令六便士。等他走到店外，就偷偷把墨水扔進水溝。

夜間訪客通常把衣領高高豎起、帽沿低低下壓，熟門熟路地跟溫妮點點頭，簡單問候一聲，掀起櫃檯末端的擋板走進客廳。客廳銜接走道和陡峭的樓梯，店鋪是這棟屋子唯一的出入口。維洛克在這房子裡銷售曖昧商品、執行保護社會的任務，也扮演顧家好男人。他非常享受居家生活，說他是個好男人一點也不為過。他不需要向外追求心靈、精神或肉體層面的滿足，只要待在家裡，有妻子的體貼照料、岳母的恭敬尊重，他就覺得身心安泰。

他岳母身材矮胖，大大的臉龐膚色偏褐，說起話來總是咻咻喘氣。她的黑色假髮上戴著頂白帽子，雙腿腫脹，行動不便。她自稱有法國血統，也許真是如此。她丈夫生前是個平凡無奇的酒鋪老闆，丈夫過世後，她在渥克索赫橋路附近某處廣場當起包租婆，把附家具的房間出租給男房客。那個廣場有過繁華歲月，至今還屬於豪宅林立的貝爾格萊維亞區。地點的優勢有利於公寓招租，只是，房客未必來自上流社會。儘管如此，她女兒溫妮仍舊幫忙打點裡外。老太太自吹自擂的法國血統在溫妮身上也有跡可循，清楚顯現在她那頭極為整齊有型的柔亮秀髮。溫妮的魅力不只如此，她韶華正盛、身材豐滿、臉蛋清透水亮，還有一股讓人摸不透的含蓄。她的矜持不至於嚇得房客不敢跟她說話，往往房客聊得口沫橫飛，她則是冷靜中不失親切。維洛克肯定也是這樣拜倒在她石榴裙下。維洛克經常會來租個房間住上一段時日，想來就來，想走就走。他通常從歐洲大陸過來，就像流行感冒一樣，差別在於，他來的時候報紙不會大肆宣揚。每次來訪作息無比規律：在床上吃早餐，而後舒舒服服地窩到日正當中，甚至更晚。只要一出門，他就好像迷了路，找不回他在貝爾格萊維亞這個臨時住處。他總是晚出早歸——凌晨三、四點的大清早，十點鐘起床時，會疲倦卻不失禮節地跟送早餐來的溫妮說說笑。他的嗓音沙啞，像是激動地連續說了幾小時話；浮腫眼皮底下那雙凸眼深情款款地乜斜著，床單直拉到下巴，滑順的深色八字鬍底下那兩片厚唇說得出各種甜言蜜語。

溫妮的媽媽覺得維洛克是個挺有教養的紳士。這位老太太以她多年來出入各式「生意場所」的經驗，認定那些光顧高級酒吧的男客才是理想的紳士典範。維洛克幾乎達到這種標準：說真格的，他就是那樣的紳士。

「媽，我們當然會接收妳那些家具。」溫妮這麼說。

出租公寓即將吹起熄燈號。好像沒有經營下去的必要，因為維洛克忙不過來，也干擾到他的另一門生意，他倒是沒說那是什麼生意。跟溫妮訂婚後，他不辭勞苦地趕在中午前起床，下樓到早餐室討行動不便的未來丈母娘歡心。他會摸摸貓、撥撥爐火，吃頓午餐。他離開這個稍嫌窒悶的舒適環境時明顯依依不捨，卻仍然在外面逗留到三更半夜。他也沒像所有風度翩翩的紳士一樣，帶女伴上戲院看戲。他晚上沒空。他曾經告訴溫妮，他的工作某種程度上涉及政治，提醒她要善待他那些政治界的朋友。

溫妮用她不可捉摸的眼神直盯著他說，她當然會。

溫妮的媽媽不知道女婿跟女兒說了多少工作上的事。小倆口結婚後把她連同家具一起帶過去，她沒想到女婿的店竟然如此不堪。從貝爾格萊維亞廣場搬到蘇活區這處窄巷，她的腿疾惡化，腫得不成樣。不過，她從此不必再為家計發愁。女婿善良的天性帶給她無比安全感，女兒的未來顯然有了著落，就連兒子史蒂夫都不需要她操心。她不得不承認兒子是個沉重包袱，可憐的史蒂夫。但她知道溫妮一心疼愛這個弟弟，也知道女婿生性寬容大方，所以那可憐的孩子總算在這個險惡世界找到了安穩靠山。女兒女婿膝下無子，她內心深處也許不算太遺憾。女婿好像也一點都不在意；溫妮可以把母愛發揮在弟弟身上，對可憐的史蒂夫而言，這或許不是什麼壞事。

畢竟史蒂夫這孩子的事挺棘手。他心志脆弱，長相是挺帥氣，只可惜下唇總是茫然地往下掉。史蒂夫雖然下唇老是不討喜地開著，也總算在我們英明的義務教育體制下學會讀書寫字。無奈他連跑腿小弟的差事都做不來。他會忘記要傳遞的口信；執行任務時很容易受流浪貓狗吸引，偏離正途，鑽進窄小巷弄，誤闖花街柳巷；偶爾街頭上演某種鬧劇，他會看得目瞪口呆，耽誤老闆交代的正事；有時跑在街上的馬兒突然倒地不起，那種痛苦激烈的畫面會嚇得人群中的他驚聲尖叫，惹惱四周津津有味欣賞奇觀的群眾。等認真執勤的好心警探帶他離開現場，可憐的史蒂夫已經忘記家裡的地址，至少一時之間想不起來。如果別人問話口氣太嚴厲，他會結巴得幾乎喘不過氣。他腦筋轉不過來時，就死命地瞇眼。幸虧他從沒發過急症，這點倒是足堪安慰。小時候爸爸如果不耐煩對他發脾氣，他會跑到姊姊溫妮的短裙後面躲起來。

然而，史蒂夫也會做出類似惡作劇的魯莽行為。十四歲時，他爸爸有個朋友代理國外保久乳，讓他進公司當個打雜小弟。某個起霧的午後，他趁主管外出，在公司樓梯間施放煙火，一口氣連續引燃凶猛的火箭炮、暴怒的輪轉焰火和震天價響的爆竹，險些引發不堪設想的災難。整棟建築陷入恐慌，職員們眼神狂亂、咳聲連連，在煙霧瀰漫的走道上竄逃。一些上了年紀的生意人和他們原本戴在頭上的絲帽分道揚鑣，各自滾下樓梯。史蒂夫做這件事好像不是為了給自己找樂子，誰也不知道他為什麼有這神來一筆。等到事過境遷，溫妮才從他嘴裡打聽出一點模糊難解的蛛絲馬跡。原來那棟大樓裡另外兩個打雜小弟跟他說了些不公不義或階級壓迫的故事，聽得他義憤填膺，才做出那件荒唐事。當然，他爸爸的朋友擔心危及自己的生意，立刻將他辭退。經過那次不平則鳴的輝煌事蹟，史蒂夫就在公寓地下室廚房幫媽媽洗碗碟，也為租客擦靴子。房客偶爾會給他一先令小費，其中又以維洛克最慷慨大方，但這樣的工作顯然沒有前途。總的來說，無論收入或前景，都不如人意。因此，溫妮宣布跟維洛克訂婚時，她母親嘆了一口氣，視線瞄向廚房洗碗槽，納悶著可憐的史蒂夫該何去何從。

維洛克顯然有意把史蒂夫連同丈母娘和家具一併接收。那些家具是岳母的全部家當，維洛克以他寬厚仁慈的心照單全收，適切地擺放在整棟房子裡。溫妮媽媽的行動範圍卻局限在二樓後側那兩個房間，不走運的史蒂夫就住其中一間。到這時，他小小的下巴已經冒出細軟鬍鬚，像一層金黃薄霧，模糊了他下巴的鮮明輪廓。他對姊姊懷著一股死忠的敬愛與服從，幫姊姊做各種家務事。姊夫覺得史蒂夫有點事做也好。空閒時史蒂夫會拿著鉛筆和圓規，在紙上沒完沒了地畫圓圈。他戮力以赴地做這個消遣，手肘攤開擱在餐桌上，幾乎整個人趴在上面。他姊姊溫妮就在店鋪後側的客廳，時不時隔著敞開的門投來關愛的眼神。

2

那天上午十點半維洛克走出家門往西邊去時，他的房子、家庭與生意的現況就是如此。他很少這麼早出門，整個人散發出晨霧般的清新。他的藍色大衣敞著衣襟；腳下的靴子擦得亮晶晶；臉頰刮得乾乾淨淨，似乎帶點光澤；就連厚重的眼皮也在一夜酣睡後顯得神采奕奕，不時警醒地東瞄西瞅。他隔著公園欄柵看見男男女女騎著馬走在海德公園騎馬道上：一對對伴侶並肩慢跑；也有人安詳地騎著馬兒悠閒漫步；有的三五成群閒逛，也有看似不好親近的獨行俠；有些女性單騎奔馳，遠遠跟在後頭的馬夫帽子上別著徽章，緊身外套繫了皮帶。馬車噠噠噠地駛過，多數是雙駕篷車，偶爾駛過一部維多利亞式敞篷四輪馬車，車裡鋪著某種皮草，收摺起的敞篷上方露出女人的臉孔與帽子。倫敦特有的太陽向下盯視，為這一切增添光彩。這太陽倒是沒什麼缺點，只是像顆充血眼球，始終如一地掛在海德公園東南角上方不遠不近的空中，警醒而仁善地照看大地。在這片漫射光芒中，無論牆壁、樹木、動物或人，都沒有影子，維洛克腳下的地面則是呈現古樸的金黃色澤。他朝西邊走去，穿過這座沒有影子、灑滿淡金粉末的城鎮。房舍屋頂、牆壁角落、馬車鑲板、馬匹毛色和維洛克寬闊背部的外套，都閃耀著紅褐與古銅微光，顯得黯淡陳舊。維洛克絲毫沒察覺到自己變舊了，隔著公園欄柵，以讚賞的目光觀看這城鎮的富庶繁華。這些人全都需要保護，富庶繁華的首要條件就是安全。他們需要保護，他們的馬匹、馬車、房屋和僕役也需要保護；生活在這個國家中心點和這座城市中心點，他們財富的來源需要保護；這種有利於他們純淨悠閒生活的社會秩序需要保護，要排除髒污勞工階級的膚淺豔羨。必定要的，若非維洛克天生厭惡任何不必要的舉動，這時他就會心滿意足地搓搓雙手。他的懶散對健康無益，卻非常適合他。他幾乎懶到義無反顧，或者該說義無反顧地懶。他父母一生勤勉操勞，他卻矢志怠惰度日。這種現象著實深奧難解，就像某個男人鍾情眾多女性之中的某一個，毫無道理可言。他甚至懶到不適合當蠱惑人心的政客、工人演說家或勞工領袖，這些事太麻煩。他要的是更完美無缺的舒適，或許他只是不相信人類的一切努力會有任何成效。這種型態的懶惰需要、也隱含某種程度的聰明才智。維洛克不笨不傻，他想到社會秩序可能受到威脅時，如果不是因為眨眼太費力，也許會對自己眨眨眼表示懷疑。他那雙又大又凸的眼珠子不太適應眨眼這種動作，反倒比較適合睡眠時莊嚴肅穆地閉合起來。

含蓄自抑、臃腫痴肥的維洛克就這樣往前走，沒有隨著腦中的思緒志得意滿地搓搓手或半信半疑地眨眨眼。他擦得晶亮的靴子重重踩踏路面。他通常把自己打扮成生活優渥的技工，從裱框師到鎖匠都有可能，像做著小生意的雇主。但他也散發出一種難以形容的氣質，任何技工不管執業時如何耍詐動手腳，都不會沾染這種習氣：那是仰賴人類的劣行、愚蠢或原始恐懼維生的人的共通特質；是賭場妓院業者的道德虛無主義；還有私家偵探和調查員、酒販，以及——我得提出——電療腰帶銷售商和專利成藥發明人。不過，我對專利成藥發明人這點持保留態度，畢竟我不曾深入研究過。天曉得，專利成藥發明人說不定面貌窮凶極惡。即使真是如此，我也不覺得驚訝。我要強調的是，維洛克一點也不凶惡。

繁忙大馬路上一部部雙座馬車幾近無聲地往前迅速流動，間或夾雜晃盪嘈雜的公共馬車和轆轆響的運貨篷車。維洛克還沒走到騎士橋就向左轉，離開喧囂的主幹道。他的帽子略略後傾，底下的頭髮梳得油亮體面，因為他要到大使館談公事。穩如（偏軟巨石）的維洛克此時走在某條街道上，這條街從各方面看來幾乎有點隱蔽。它的寬度、長度與空曠感有種無生物的沉穩本質，像永生不死的物質。唯一讓人聯想到生命必死的，是某位醫生的馬車，獨自肅穆地停在路邊。前方屋舍擦得晶亮的門環遙遙可見，潔淨的窗子閃耀著深沉的不透明光澤。四下闃然，一輛牛奶車嘎啦嘎啦地從前方遠處駛過；肉販的夥計高坐在鮮紅車輪上方，魯莽地轉過街角呼嘯而去，像古希臘奧林匹克競賽大會上大無畏的戰車手。一隻面有愧色的貓兒從石板底下冒出來，在維洛克跟前奔跑一陣子，又鑽進另一處地下室。有個粗壯警探從燈柱後側衝出來，表情淡漠，彷彿也屬於無生物族群，看都不看維洛克一眼。維洛克再向左轉，走在黃色牆壁旁的街道上。那面牆壁基於某種費解的原因，寫著「契斯曼廣場一號」黑色字跡。契斯曼廣場離這裡至少六十公尺遠，見多識廣的維洛克才不會被倫敦詭譎的門牌號碼給騙了。他沒有一點訝異或憤怒，繼續勇往直前。秉持一板一眼的堅定不懈，他來到了契斯曼廣場，舉步邁向斜對角的十號。這是一扇可供馬車出入的氣派大門，兩側是潔淨的高牆，牆的兩端各有一棟房子，其中一棟合情合理地標示著「九號」，另一棟則是「三十七號」。所幸某個專責追蹤倫敦迷途屋舍的單位，極有效率地在「三十七號」一樓窗戶上方放置一塊牌匾，聲明這棟屋子隸屬附近頗為知名的波希爾街。至於為什麼沒有人要求國會行使權力（只要一條簡短的法規就夠了），下令這些建築各自回歸原位，恐怕是官方行政的諸多謎團之一。維洛克不會為這種事傷神，他的任務是保護社會組織，不是讓它更完善，更不必批評挑錯。

時間實在太早，大使館門房匆匆奔出守衛室，忙著把左手穿進制服袖子。他穿著紅色背心和及膝短褲，神色慌張。維洛克察覺到從側翼進擊的門房，拿出蓋有大使館徽章的信封退敵，兀自往前走。他也對前來開門的男僕出示同一份信物，男僕見狀後退一步，讓他進入門廳。

高高的壁爐裡火焰燒得正旺，有個老男人背對壁爐站立，他穿著一襲正式禮服，脖子上掛了條鍊子，雙手拿著報紙，攤開在平靜嚴厲的臉龐前。他的視線離開報紙往上看，身子沒有移動。另一名穿著褐色長褲、燕尾服邊緣裝飾黃色細繩的僕人走到維洛克身邊，聽他低聲報上姓名後，靜靜地向後轉，邁步往前走，沒有回頭看一眼。維洛克就這樣被帶著走向通道，來到鋪了地毯的宏偉樓梯左側。男僕突然指著一個不算大的房間，示意維洛克進去，而後關上門離去。房間裡有一張書桌和幾把椅子，維洛克單獨留在裡面，佇立原地環顧四周，一手拿著帽子和手杖，另一隻胖手滑過油亮髮絲。

另一扇門悄無聲息地打開來。維洛克的目光投射過去，先看見黑色衣裳、童禿腦門，以及垂在布滿皺紋的雙手兩側的長鬚。剛走進來這人把一疊文件捧在眼前，一面翻看，一面快步走向書桌。他是大使館祕書、樞密院大臣沃姆特，深度近視。沃姆特將文件放上桌，露出其貌不揚的蒼白面容：深灰色頭髮又細又長，被厚重濃密的眉毛擋在臉頰兩側；扁塌的鼻梁上戴著黑框夾鼻眼鏡。他似乎被突然出現的維洛克嚇了一跳，兩叢巨眉底下那雙視力不佳的眼睛，隔著鏡片可憐巴巴地眨個沒停。

沃姆特沒有任何形式的問候。維洛克也沒有，他當然知所進退。不過，他的肩膀和背部輪廓稍有變化，顯示他寬大外套底下的脊椎略略前彎，傳達了含蓄的敬意。

「這裡有幾份你的報告。」沃姆特的聲音出乎意料地疲倦溫和，食指用力地按在那些報告上。他暫時打住。維洛克已經認出自己的筆跡，屏息靜待。「我們不太滿意本地警方的態度。」沃姆特似乎用腦過度，顯得疲累不堪。

維洛克看似聳了聳肩，其實他一動也沒動。這天早上出門到現在，他的兩片嘴唇第一次開啟。

「每個國家的警察都不一樣。」他頗富哲理地說。看見沃姆特的眼睛仍然眨呀眨地望著他，不得不補充一句，「容我解釋，我對這裡的警察沒有約束力。」

「我們期待的……」擅長文書的沃姆特說，「是發生某種能刺激他們提高警覺的具體事件。這是你的職責，對吧？」

維洛克沒有回答，只是不自主地嘆了一口氣，又連忙擠出開心表情。沃姆特狐疑地眨著眼，彷彿室內的陰暗光線影響他的視力。他含糊地重複著。

「警方必須提高警覺，治安官必須雷厲風行。這裡的司法審判太仁慈，也沒有任何鎮壓措施，實在是整個歐洲的恥辱。我們目前最樂見的，就是突顯社會的動盪，這種動盪毫無疑問一直在醞釀中。」

「毫無疑問，毫無疑問，」維洛克以演說家般的低沉嗓音恭敬地打斷沃姆特。他說話的聲音跟先前大不相同，沃姆特顯得格外驚訝。「而且到了危險地步。我過去這一年來的報告已經充分描述了。」

「你過去這一年來的報告……」沃姆特用溫和冷靜的語氣說，「我看了，一點都看不出你寫這些報告的用意是什麼。」

空氣哀傷地凝結了半晌。維洛克彷彿吞掉了自己的舌頭；沃姆特則是定定望著桌上的報告。最後，他輕輕推了那些報告一下。

「你在報告裡揭露的現象，正是我們雇用你的先決條件。我們目前需要的不是撰寫報告，而是讓大家注意到一個明確而重大、甚至駭人聽聞的事實。」

「我當然會盡心竭力去促成。」維洛克沙啞的語調流露出一股堅定，只是，書桌另一邊那對閃亮鏡片後方的眼睛眨呀眨地，盯得他心煩意亂。他突然靜默，展現絕對的忠誠。沃姆特在大使館地位儘管不算重要，卻認真盡責，效率十足。這時他好像靈光一閃。

「你挺胖的。」他說。

這話其實出自單純的念頭，說時稍有猶豫，顯示說話的人慣於處理文書工作，不擅長人際往來。維洛克覺得受到人身攻擊，有點受傷。他後退一步。

「咦？您這話什麼意思？」他恨恨地質問對方。

奉命跟維洛克洽談的沃姆特好像覺得自己無法勝任。

「我覺得你最好去見瓦迪米爾先生。沒錯，你確實應該見見他。請你在這裡等著。」說完，他又快步走出去。

維洛克立刻伸手順了順頭髮。他額頭冒了幾滴汗，噘起的嘴唇「咻」地呼出一口氣，像要吹涼舀起的熱湯。他一動不動站在原處，彷彿四周布滿陷阱，直到穿著褐色制服的僕人悄然現身。

他走過只點著一盞煤氣燈的通道，爬上迂迴曲折的樓梯，來到明亮可喜的二樓走廊。男僕打開一扇門，站到一旁，維洛克的腳踩上厚地毯。這房間十分寬敞，有三扇窗子。有個年輕男人坐在巨大桃花心木書桌前的大扶手椅上，偌大的臉龐鬍子刮得一乾二淨，用法語對拿著報告往外走的沃姆特說：

「先生，你說得沒錯，這傢伙確實很肥。」

第一祕書瓦迪米爾在社交場合是出了名地幽默風趣、討人喜歡，走到哪裡都人氣鼎盛。他擅長用滑稽手法把八竿子打不上的觀點串連一氣，在談話中展現這種長才時，他會上身前傾，高舉左手，彷彿用拇指與食指演示他的趣味論點。在此同時，他素淨的圓臉卻掛著歡樂又困惑的表情。

但他盯著維洛克的眼神裡既沒有歡樂、也沒有困惑。他整個人靠在椅背上，兩邊手肘往外張開，翹起二郎腿，光滑紅潤的臉龐像成長速度異乎尋常的嬰兒，明顯一句廢話也不想聽。

「你聽得懂法語吧？」他說。

維洛克沙啞地說出肯定答覆。他胖大的身軀微微前傾，站在房間正中央的地毯上，一隻手抓著手杖和帽子，另一隻手無力地垂在身側。他從喉嚨深處發出模糊語詞，表明他曾經在法國砲兵隊服役。瓦迪米爾露出不屑神態，乖僻地說起字正腔圓的地道英語。

「啊！那是當然。說說看，你偷他們改良過的新式野戰砲後膛鎖設計圖，判了幾年？」

「在堡壘裡嚴密監禁五年。」維洛克答得有點出乎意料，卻不帶任何情緒。

「判得不重嘛。」瓦迪米爾說，「總之，這是你粗心大意被逮捕的代價。你當初怎麼會想到要去做那種事？」

維洛克口沫橫飛地聊起當時年輕氣盛，不可救藥地迷戀某個差勁的……

「啊哈！為了女人。」瓦迪米爾屈尊俯就地打岔，口氣輕鬆，卻不親切，高姿態裡流露出一股冷酷無情。「你替大使館工作多久了？」他問。

「從已故史塔渥騰罕男爵時代就開始了。」維洛克順從地答。他悲傷地嘟起嘴，哀悼已逝的男爵。瓦迪米爾祕書不為所動地端詳他豐富的表情變化。

「啊！那時就開始了。那麼你有什麼話說？」他尖銳地問。

維洛克詫異地回答對方：他沒什麼特別的話要說。他收到一封信，要他過來……說到這裡，他連忙把手伸進大衣口袋，看見瓦迪米爾挖苦嘲弄的眼神，決定讓信留在口袋裡。

「呸！」瓦迪米爾說，「你怎麼會這麼狀況外？你連幹這行該有的體格都沒有。就憑你這個養不活自己的無產階級，門兒都沒有！何況你還是個走投無路的社會主義者，或無政府主義者，哪一種？」

「無政府主義者。」維洛克用麻木的語調回答。

「鬼扯！」瓦迪米爾以同樣的音量說道，「你把沃姆特老小子給嚇壞了。你連個白痴都騙不過。那些人確實是白痴無誤，但我覺得你更不可救藥。那麼你是因為偷了法國人的大砲設計圖，才開始為我們工作。你甚至失手被逮，一定給我國政府惹不少麻煩。你好像不太聰明。」

維洛克試圖用他沙啞的嗓音為自己辯解。

「我剛剛說過了，當時我不可救藥地迷戀某個差勁的……」

瓦迪米爾白白胖胖的大手舉在空中。「是啊，你年輕時代那段不幸的戀情。她拿了錢，還向警方告密領賞，是嗎？」

維洛克神情轉為憂傷，整個人暫時洩了氣，顯示事實很遺憾正是如此。瓦迪米爾拍了一下擱在膝蓋上的腳踝，他腳上穿著深藍色絲質男襪。

「我就說吧，你實在不聰明，也許你太容易動感情。」

維洛克用低沉嘶啞的聲音嘟嘟囔囔地說，自己如今已經不是涉世未深的小伙子了。

「哼，那種毛病到老都改不了。」瓦迪米爾不懷好意地說，「不對！你太胖了，不會有那種問題。如果你很容易動感情，不可能胖成這樣。我來告訴你我怎麼想：你是個懶惰的傢伙。你領大使館薪水多久了？」

「十一年。」維洛克生了一陣悶氣後答，「史塔渥騰罕男爵閣下還在擔任巴黎大使時，我就奉派到倫敦執行幾項任務。之後男爵閣下指示我定居倫敦。我是英格蘭人。」

「哦！是嗎？」

「土生土長的大英帝國子民。」維洛克冷冷地說。「但先父是法國人，所以……」

「不需要解釋太多。」瓦迪米爾打斷他。「我敢說，你原本大有機會變成法國軍隊的將領，或英國國會成員，那麼你對我們大使館也許會有一點用處。」

這些假想聽得維洛克露出淡淡微笑，瓦迪米爾仍舊一派冷靜嚴肅。

「不過，我剛說了，你是個懶蟲，沒有善用你的機會。在史塔渥騰罕男爵時代，這個大使館有太多蠢蛋。就是因為那些人，才讓你這種人誤以為可以白拿特務費。我有責任澄清這種誤解，讓你知道特務費不是那麼回事，它不是慈善基金。我專程叫你來就是為了這件事。」

瓦迪米爾看見維洛克刻意裝出不解的表情，嘲諷地笑了笑。

「我知道你完全明白我的意思。看來你還有點小聰明，可以勝任。我們需要的是行動……行動。」

瓦迪米爾重複最後兩個字時，把白皙的食指放在書桌邊緣。維洛克嗓音不再沙啞，他暴露在天鵝絨大衣領子上那截粗大後頸漲得通紅，嘴唇先是一陣顫抖，然後大大張開來。

「如果您能行行好看看我的檔案……」他用演說家般洪亮而清晰的低音大聲說，「會發現三個月前我才提出警告，就是羅莫歐大公爵出訪巴黎那次。大使館發電報通知法國警方，因此……」

「呿，呿！」瓦迪米爾皺起眉頭，面露不悅。「法國警方根本不需要你的消息。別那樣大吼，你那麼大聲做什麼？」

維洛克為自己的失態道歉，態度無比謙遜。他說，他的嗓音特別適合在戶外集會或大型演講廳裡的工人聚會發言，多年來已經為他樹立忠實可靠好同志的形象，算是他的長處，讓人對他的理念有信心。「那些團體領導人經常會在關鍵時刻要求我上台說話。」維洛克志得意滿。他又說，不管現場有多麼吵鬧，他的聲音絕不會被淹沒。他突然決定示範一下。

「請包涵。」說著，他視線向下，笨重而敏捷地走到房間另一頭的落地窗。他似乎控制不住一股衝動，伸手拉開一道小縫。瓦迪米爾吃了一驚，從扶手椅深處跳起來，站在維洛克背後往外看。底下大使館庭院對面，離敞開的大門很遠處、有個警探背對大使館站著，正悠哉悠哉地觀看一部豪華嬰兒車載著豪門寶寶，氣勢十足地橫越廣場。

「警探！」維洛克沒有特別使勁喊，幾乎像在說悄悄話。瓦迪米爾看見警探猛地轉身，彷彿被尖銳物品戳中，不禁哈哈大笑。維洛克輕輕關上窗子，回到房間正中央。

「有這樣的嗓門，」這時維洛克換回沙啞的交談模式。「我很容易取得信任。我當然也懂得談話技巧。」

瓦迪米爾對著壁爐架上的鏡子調整領結，順道觀察鏡裡的維洛克。

「我相信你很熟悉社會革命口號，」他鄙夷地說，「vox et[2]……你沒學過拉丁語吧？」

「沒有。」維洛克大聲說。「你也不認為我會懂拉丁語。我是廣大群眾的一員，除了少數幾百個連自己都照顧不好的低能兒，誰懂拉丁語？」

接下來大約半分鐘，瓦迪米爾繼續盯著鏡子裡那個長滿肥肉、胖大臃腫的身影。他也看見自己刮得乾乾淨淨的圓臉，氣色紅潤；兩片靈巧薄唇，正適合說出讓他成為上流社會寵兒的如珠妙語。他轉身走向房間中央，神態無比果決，以至於他古雅的老派領結似乎豎立起來，有種無法形容的威脅感。他走得又急又猛，維洛克用眼角斜瞄一眼，內心一陣哆嗦。

「啊哈！你也敢放肆。」瓦迪米爾說。這時他發出某種奇特喉音，不像英語，更不像歐洲語言，就連熟悉大都市貧民窟的維洛克都深感驚訝。「你好大膽子！我就跟你打開天窗說亮話，聲音不管用，我們不需要你的嗓門。我們要的不是聲音，我們要事件，驚天動地的事件。該死的傢伙！」他對著維洛克的臉痛快淋漓地罵了一聲。

「別用那種極北地區的未開化舉止對待我。」維洛克低頭看著地毯，粗啞地自我防衛。瓦迪米爾尖銳領結上方的嘴唇露出嘲弄的微笑，改說法語。

「你是個專責策動的特務，挑起爭端就是你的職責。根據大使館的紀錄，過去三年來你光拿錢不做事。」

「光拿錢不做事！」維洛克叫嚷道。他不動如山，視線沒抬起來，語氣也顯得心口如一。「我好幾次阻止了……」

「這個國家有句俗話說，『預防勝於治療』。」瓦迪米爾打斷他的話，一屁股坐回扶手椅裡。「這句話大致說來蠢得可以，因為預防永無止境。不過這是民族性，這個國家不喜歡定局。你可別太像英格蘭人，特別是在這件事情上，別太荒唐。麻煩已經來了，我們不要預防，我們要治療。」

他停下來，面向書桌，翻了翻桌上的文件，改用談公事的口吻說話，始終沒有抬頭看維洛克。

2. 此處瓦迪米爾原本要說拉丁文vox et praeterea nihil，意思是：除了聲音，什麼都沒有。

「你一定知道在米蘭召開的國際會議吧？」

維洛克粗聲粗氣地解釋，他習慣每天讀報。對於下一個問題，他的回答是：當然，他讀得懂報紙上的內容。瓦迪米爾聽了，對面前正在瀏覽的一份份文件淺淺一笑，喃喃說道，「只要報紙上寫的不是拉丁文。」

「或中文。」維洛克冷冷補了一句。

「嗯。你某些革命夥伴寫出來的東西**不知所云**，跟讀中文沒兩樣……」他輕蔑地扔下一份灰色印刷品。「這些傳單是什麼東西？標題是ＦＰ，還畫著交叉的鎚子、筆和火炬？ＦＰ代表什麼？」維洛克走向那張氣派書桌。

「『無產階級未來』（The Future of the Proletariat），是一個組織。」他龐然站在扶手椅旁。「原則上不走無政府主義路線，但歡迎各式各樣的革命理念。」

「你也參加了？」

「副會長之一。」維洛克說得煞有介事。瓦迪米爾抬起頭來看他。

「那麼你該覺得慚愧。」他毫不留情地說。「你的組織就只會在這種噁爛紙張上印些天花亂墜的預言嗎？你們為什麼不做點別的？這樣吧，剛好我這裡有個任務。我們打開天窗說亮話，天下沒有白吃的午餐。史塔渥騰罕的美好時代結束了，不做事就別想拿錢。」

維洛克只覺一股怪異的虛弱感從兩條胖腿直往上竄。他後退一步，大聲擤了擤鼻涕。

事實上，他嚇到了，暗自心驚。倫敦的昏黃陽光奮力穿透迷霧，向第一秘書的私人辦公室投進一抹微溫的光輝。靜默中，維洛克聽見窗玻璃傳來細微的嗡嗡聲，是他今年遇見的第一隻蒼蠅。蒼蠅比燕子更能準確預告春天的到來。精力充沛的小蒼蠅橫衝直撞，惹得這個懶散習性面臨挑戰的大塊頭男人心煩意亂。

談話中斷的過程中，瓦迪米爾打量維洛克的容貌和身材，在心裡用連串話語盡情奚落：這傢伙實在粗俗笨重，無知到放肆的地步，活脫脫就是一個上門收款的水電師傅。瓦迪米爾對美式幽默稍有涉獵[3]，認為這個階層的技工都怠惰無能，只會招搖撞騙。

那麼這就是那位名氣響亮、備受器重的地下工作人員。他身分太隱密，在已故史塔渥騰罕男爵的正式、非正式與機密信函裡，一律使用希臘文第四個字母Δ（delta）做為他的代號。大名鼎鼎的幹員Δ提出的示警不容忽視，往往足以改變皇族、國王或大公爵

3.美國作家查爾斯．沃納（Charles Dudley Warner，一八二九～一九〇〇）寫過一篇短文〈水電工〉，以反諷手法描述計時收費的水電工如何拖拖拉拉消磨時間。

出訪的行程與時間，甚至乾脆取消！竟是這傢伙！瓦迪米爾心裡得意非凡：一來他暗笑自己幼稚，竟然對這個結果感到驚訝；更重要的是，世人景仰悼念的史塔渥騰罕男爵鬧了這麼個笑話。當年男爵受到國君寵愛，奉命擔任大使，部分外交官員很不以為然。男爵面容嚴肅，為人悲觀輕信，對於社會改革憂心如焚。他認為自己出任大使是天意，是為了目睹恐怖的民主動亂如何終結外交制度，整個世界只怕都在劫難逃。他在職期間撰寫了不少杞人憂天的悲傷文書，一直是外交辦公室茶餘飯後的笑料。據說，他臨終時對前往探視的國君兼好友說，「不幸的歐洲！你終將被道德淪喪的後代拖累，走向敗亡。」隨便哪個謊話連篇的無賴都能騙倒他。想到這裡，瓦迪米爾對著維洛克似有若無一笑。

「你該緬懷史塔渥騰罕男爵。」瓦迪米爾突然說。

維洛克低垂的臉龐露出不悅，顯得嚴肅又疲憊。

「容我向您說明，」他說，「我今天過來，是因為接到一封措辭強硬的信函。今天以前的十一年間，我只來過這裡兩次，來的時間絕不會是上午十一點。這樣把我叫來很不明智，我的行蹤可能會暴露，那可不是開玩笑的。」

瓦迪米爾聳聳肩。

「那會毀了我的祕密身分。」維洛克憤怒地說。

「那是你的問題。」瓦迪米爾喃喃回應，口氣裡帶點殘酷。「如果你身分暴露，我們就不會再雇用你。沒錯，馬上斷絕關係。你會……」他頓住，因為一時詞窮皺起眉頭，又立刻展開笑顏，露出一口齊整潔白的牙齒。「你會被炒魷魚。」他惡狠狠地說。

維洛克又覺得一股虛弱感往下直竄雙腿，只得凝聚全部的意志力來對抗。曾經有個可憐蟲用以下這句話貼切地描述這種感覺：「我的心沉到靴子裡。[4]」維洛克意識到那份無力感，勇敢地抬起頭。

瓦迪米爾沉著面對維洛克毫不掩飾的質疑目光。

「我們的目的是給米蘭的國際會議一點刺激。」他爽朗地說，「這次會議對打擊政治犯罪的跨國行動好像沒有提出具體有效措施。英格蘭躑躅不前，這個國家對個人自由的寬容，已經到了荒謬的地步。最叫人無法忍受的是，你那些同夥竟然都過來……」

「這麼一來，他們都在我眼皮子底下。」維洛克粗嘎地搶話。

「把他們通通抓起來扔進牢裡才是明智之舉。英國必須跟上國際腳步，這個國家的中產階級低能弱智，人家想害他們流落街頭、餓死在臭水溝裡，他們卻忙著幫人家一把。

4. My heart went down into my boots. 英語俚語，意指悲傷或擔憂的心情。

幸好他們手上還握有政權，只要再多點腦子，就可以保護自己。我說中產階級是一群呆瓜，你應該不反對吧？」

維洛克啞著嗓子表示贊同。

「確實是。」

「他們缺乏想像力，傻頭傻腦自命不凡，愚昧無知。這時候他們最需要的，就是狠狠一場驚嚇。這也是你那些同夥派上用場的緊要時刻。我叫你來，就是為了給你指引明路。」

瓦迪米爾開始發表高見，態度倨傲又不屑，卻又暴露出他對革命分子真正的目標、思維和手段一無所知，聽得默不作聲的維洛克驚愕連連。瓦迪米爾混淆了原因與結果，幾乎到了不可原諒的地步；把最高尚的宣傳家看成衝動行事的炸彈客；幻想出不切實際的念頭；一會兒把社會革命組織說成紀律嚴明的軍隊，領袖的話語就是金科玉律，一會兒又描述成深山峽谷的山寨裡最窮凶極惡的土匪。維洛克一度張嘴想反駁，瓦迪米爾舉起渾圓飽滿的白皙手掌制止他。很快地，維洛克震驚得連抗議的念頭都沒有了。他聽得心驚膽顫、動彈不得，表面看起來倒像高度專注、無暇他顧。

「要在這個國家發起連串暴行，」瓦迪米爾繼續平靜地說，「不能光是在這裡**計畫**，那樣沒用，他們不會在乎。你那些同夥就算放火燒掉半個歐洲大陸，都沒辦法鼓動這裡的輿論出聲要求立法鎮壓暴動。這裡的人不會管自家後院以外的事。」

維洛克乾咳一聲，卻鼓不起勇氣搭腔。

「這些暴行未必需要造成嚴重傷亡，」瓦迪米爾像在發表學術論文。「卻一定得夠震撼、夠驚悚，要立竿見影。比方說，以建築物為目標。維洛克先生，眼下中產階級最時興的潮流是什麼？」

維洛克攤開雙手，肩膀微微一聳。

「你連腦筋都懶得動。」瓦迪米爾不留情面。「注意聽我說。當前最受關注的話題不是皇室也不是宗教，不需要攻擊皇宮和教堂。維洛克先生，你聽明白了嗎？」

維洛克用輕佻語調發洩他的氣餒與鄙夷。

「一清二楚。那麼大使館如何？對各國使館發動連串攻擊？」他一吐為快。只是，在瓦迪米爾冰冷銳利的目光注視下，又像洩了氣的皮球。

「看來你還挺愛說笑。」瓦迪米爾漫不經心地說，「那很好，你在社會主義大會發表的演說會比較生動有趣。但這裡不是大會堂，你最好仔細聽我說，對你有益無害。我們找你來，是要你製造真實事件，而不是聽你說些風馬牛不相及的空話。我這麼費心指導你，你最好把握機會好好學習，對你只有好處。目前最神聖不可侵犯的潮流是科學。你怎麼不讓你的同夥去對付那些面無表情、目空一切的科學家？你們的『無產階級未來』向前邁進時，不是應當先掃除這些障礙嗎？」

維洛克沉默不語。他不敢張嘴，以免發出無奈的嘆息。

「這就是你們該做的事。以皇室成員或國家元首為目標，某方面來說確實足以造成轟動，可惜效果已經不如從前。如今各國領袖都已經接受這種事，幾乎習以為常，畢竟有那麼多總統死於暗殺。我們再來探討對教會的攻擊：乍看之下是很怵目驚心，其實只有膚淺之輩會誤以為這種行動能夠收效。不管滋事的人揮舞著多麼極端的革命或無政府主義大旗，總會有些傻子為這類暴動冠上宗教色彩，從而抹殺我們希望這個行動引發的警惕效果。同理可證，在餐廳或戲院製造流血事件，一樣很難讓人聯想到政治狂熱，最多被解讀為窮人的憤怒，或階級矛盾的報復行為。這些都是老套，就算拿來當無政府主義革命的教材，也不再有啟發性。每家報社都有許多現成語彙，三兩下就讓風波平息。

「我來告訴你我對炸彈攻擊的看法，也就是過去十一年來你假裝自己抱持的見解，我會盡量用你聽得懂的話表達。你要攻擊的那個階級敏銳度時效太短，在他們眼中，財富堅不可摧。他們即使心生憐憫或恐懼，都只是曇花一現。如今想用炸彈攻擊激起公憤，一定得超越復仇或恐怖行動的範疇。必須是純然的破壞：必得如此，也只能如此，不能讓人聯想到其他意圖。你們這些無政府主義者應該清楚打起鮮明旗幟，揭示你們顛覆社會的決心。只是，怎樣才能萬無一失地讓中產階級接收到這個叫人毛骨悚然的荒謬訊息？那就是問題所在。答案就是，把炸彈投向人們通常不會投注太多情感的目標。當然，你可以選擇藝術；炸毀國家美術館的確會掀起一點漣漪，卻不夠嚴重。中產階級從來不在乎藝術，炸美術館等於砸破某人住家幾片玻璃。但如果你真想驚動那人，至少要掀開他家屋頂。當然會引發一些抗議。可是誰會抗議？不過就是藝術家、藝評家之類的，都是些無足輕重的角色，誰會在乎他們說些什麼。

「知識——也就是科學——就不一樣了。任何有固定收入的白痴都相信知識，他不明白為什麼，卻知道知識很重要，那是神聖不可侵犯的潮流。那些該死的教授骨子裡都是激進分子，要讓他們明白，他們那不可一世的學術高塔也得夷平，也要讓路給『無產階級未來』。這些知識分子呆瓜的怒吼肯定可以宣揚米蘭國際會議的宗旨。他們會投書媒體，不會有人質疑他們的動機，因為表面上沒有明顯利害關係。基於某種神祕理由，中產階級相信科學是他們財富的來源，他們的私心會因此驚醒。確實如此，這種荒謬行動對他們產生的衝擊，會比擠滿他們同路人的街頭——或戲院——流血事件更深遠。對於一般的流血事件，他們多半可以用一句『喔，不過就是階級對立。』輕輕帶過。但如果是這種令人百思不解，難以言喻，幾乎無法想像，甚至是瘋狂的無厘頭破壞行為呢？瘋狂本身就夠嚇人的了，因為你沒辦法用威脅、勸說或收買種種手段加以安撫。再者，我是個文明人，就算大屠殺可以獲致最完美結果，我也絕不會指示你去做。話說回來，大屠殺沒辦法達到我要的效果。我們身邊多的是謀殺事件，幾乎已經司空見慣。這次行動一定要以知識為對象，也就是科學。不過，不是任何一門科學都合適。這次攻擊一定要像無端的褻瀆，要不可理喻到匪夷所思的地步。既然你選擇以炸彈做為手段，如果能把炸彈直接投向純數學，肯定非常駭人聽聞，可惜那是不可能的。我一直在教導你，在向你說明你該怎樣更有效地發揮自己的功能，提供你一些實用點子。對**你**而言，最重要的是如何活用我的教導。不過，打從我們開始談話，我就留意到問題的實際面。你覺得目標鎖定天文學如何？」

維洛克已經一動不動在扶手椅旁站了老半天，幾乎虛脫昏迷，整個人不省人事，偶爾輕微抽搐，就像睡在地毯上的狗做了噩夢。他重複瓦迪米爾的話時，聽起來也像狗兒的不安嗥叫。

「天文學。」

他剛才聚精會神在聆聽瓦迪米爾連珠砲似的尖銳話語，這時還沒走出五里霧。那一長串申論超出他的理解，讓他大動肝火。他既憤怒又難以置信，心情五味雜陳。他突然靈光一閃，覺得這只是對方精心設計的玩笑。瓦迪米爾笑得露出一口白牙，圓圓的臉蛋意氣風發地歪在豎直的領結上方，兩頰掛著一對酒窩。此時他又比出他在高級知識分子社交場合說俏皮話時、備受上流仕女喜愛的手勢：上身前傾，白皙的手高高舉起，彷彿優雅地把他精妙的建議捏在拇指與食指之間。

「沒有比這更合適的學科了。這樣的暴行正好結合了人類最關切的事項與最驚悚的愚行。無產階級竟會對天文學心懷不滿！我敢說新聞記者再怎麼聰明，也沒辦法說服社會大眾接受這點。絕不會把這種事跟挨餓扯在一起，對吧？這麼做還有其他好處：整個文明世界都知道格林威治天文台的存在，就連查令十字路車站地下室的擦鞋童或多或少都聽說過那地方。聽明白了嗎？」

在上流社會裡，瓦迪米爾以都會風格的幽默表情著稱，此時他卻笑意盈盈，有種犬儒式的自鳴得意。他平時以機智談吐千方百計討好的那些聰慧仕女如果見到了，只怕會花容失色。「沒錯，」他臉上掛著輕蔑笑容，「炸掉本初子午線[5]肯定可以激起眾怒。」

「這事有點難度。」維洛克嘀咕道，他覺得這樣的回應最安全。

「怎麼回事？你手底下不是有大批人手？不都是一時之選？恐怖分子老頭揚德也在這裡，我幾乎每天都看到他穿著披風在皮卡迪利閒蕩。還有麥凱里斯，那個假釋聖徒，可別告訴我你不知道他的下落。如果你真不知道，我可以告訴你。」瓦迪米爾語帶威脅地說，「如果你以為大使館只有你一個密探，你可就錯了。」

維洛克聽見這突如其來的警告，雙腳不安地輕輕挪移。

「還有洛桑來的那一票，不是嗎？你們不是一聽說米蘭國際會議的事，就成群結隊跑過來？這真是個莫名其妙的國家。」

「要花不少錢。」維洛克直覺反應。

「這招不管用。」瓦迪米爾用出奇準確的英國口音反駁。「你照常支領月薪，在看見成果以前，一毛錢都別想多拿。如果沒有任何動靜，再過不久你就連月薪都沒有。你名義上從事什麼職業？你靠什麼維生？」

「我開店。」維洛克說。

「開店！賣什麼？」

「文具啦、報紙啦。我太太……」

「你的誰？」瓦迪米爾用他的中亞喉音打岔。

「我太太。」維洛克輕輕抬高音量。「我已婚。」

「這可真是曠世奇談。」瓦迪米爾的震驚毫不虛假。「已婚！而你聲稱自己是個無政府主義者！哪來這種亂七八糟的事？我猜那只是你的掩護。誰都知道無政府主義者不結婚，他們不能結婚，否則根本就是變節。」

「我太太不是無政府主義者。」維洛克不悅地嘟囔。「再者，那不關你的事。」

「當然關我的事。」瓦迪米爾厲聲說道，「我開始覺得你根本不適任。你一結婚，組織裡的人就不再信任你。你非得結婚嗎？那麼這是你的道義責任是嗎？不管是哪一種責任，都會影響你的工作表現。」

維洛克鼓起腮幫子，猛力呼出一口氣，如此而已。他帶來的耐性已經消耗殆盡。瓦迪米爾忽然變得無禮、冷漠又決絕。

「你可以走了。」他說，「給你一個月時間，一定要發動炸彈攻擊。國際會議目前休會，在會議重新開始前，一定要在這裡弄出點事來，否則你跟大使館的關係到此為止。」

他變色龍似的語調又轉換了。

5. first meridian，即零度經線，通過倫敦格林威治天文台，兩邊各為東、西經線，在一百八十度交會。

「多想想我說的話，維……維洛克先生。」他擺出施恩的態度，順道舉起手揮向門口。「鎖定本初子午線。你不如我了解中產階級，他們的感知能力已經彈性疲乏。本初子午線，再沒有比那更恰當、更簡單的目標了。」

他站起來面對壁爐架上的鏡子，靈敏的雙唇滑稽地抽搐，鏡中的維洛克帶著帽子和手杖，踩著笨重步伐倒退走出去。門關上了。

穿長褲的男僕突然出現在走廊，領著維洛克走另一條路，從庭院角落的小門離開。站在大門旁的門房完全無視他的離去。維洛克循著上午的路線往回走，宛如置身夢中——怒氣騰騰的夢。他徹底與現實世界脫離，以至於雖然他終將一死的軀殼依然緩步當車走在大街上，他無可奈何必將不朽的靈魂卻發現自己瞬間回到店門口，彷彿被一陣強風從西邊吹送到東邊。他直接走到櫃檯內側，坐上木椅。沒人來打擾他的清靜：史蒂夫穿著綠色粗呢圍裙，在樓上掃地撣灰塵，像遊戲般專注又認真；廚房裡的溫妮聽見破鈴鐺響起，走到客廳玻璃門，掀起門簾一角，瞥了陰暗的店鋪一眼，看見她丈夫龐大模糊的身影坐在那裡，帽子前緣掀到頭頂上方，馬上又轉身回到爐子旁。一個多小時後，她幫弟弟脫掉圍裙，用命令式口氣要他去洗洗手臉。這種口氣她已經用了大約十五年，也就是從她停止幫他洗手臉開始。她利用上菜空檔匆匆瞥弟弟一眼，因為史蒂夫已經洗完手臉走到餐桌旁，伸出雙手等待檢查，自信之中藏著一絲永難抹滅的焦慮。過去他們父親的怒氣是這項儀式最有效的約束力，如今維洛克性情太溫和，就連緊張不安的史蒂夫都很難相信他會生氣。於是溫妮編造一套理論，說是餐桌上如果有人手臉不乾淨，維洛克會非常難過與震驚。父親的過世帶給溫妮最大的安慰是，她從此不必再為可憐的史蒂夫擔心害怕。看見史蒂夫受傷害，她會不忍心，會激動發怒。小時候她經常為了保護弟弟對抗父親，兩眼噴出怒火。如今光看她外表，誰都猜不到她也會大發雷霆。

她把菜都端上客廳餐桌，走到樓梯口大喊一聲「媽！」再打開通往店鋪的門，輕喚一聲「阿道夫！」維洛克還是原來的姿勢，顯然整整一個半小時沒動了。他沉重地站起來，穿著大衣戴著帽子走到餐桌旁坐下，悶不吭聲。這間屋子所在的骯髒街道鮮少接觸陽光，客廳外的陰暗店鋪陳列各種劣質曖昧商品，住在裡面的維洛克原本就不多話，只是，這天他明顯心事重重，引起太太和岳母的關注。她們也靜靜坐著，緊緊盯住可憐的史蒂夫，以免他忽然喋喋不休說起話來。史蒂夫隔著餐桌坐在維洛克對面，乖巧又安靜，只是傻傻望著姊夫。溫妮和媽媽平時想方設法避免史蒂夫做出任何惹維洛克生氣的事，日子過得忐忑不安。打從她們口中的「那孩子」出生後，母女倆幾乎沒過過一天太平日子。史蒂夫過世的爸爸因為生出這麼個特殊孩子，引以為恥，動不動就對他拳打腳踢。老先生情感細膩，兒子帶給他的痛苦可想而知。老先生死了以後，兩母女又得擔心史蒂夫吵到那些單身房客：那些房客本來就是一群怪胎，經常為一點小事耿耿於懷。當然，她們還得擔心他的將來。過去溫妮媽媽住在貝爾格萊維亞那棟破爛房子的地下室時，經常想像兒子淪落濟貧院醫務所的畫面。「乖女兒，如果妳沒找到這麼好的丈夫……」她經常對溫妮說，「我真不知道那可憐的孩子會變成什麼模樣。」

維洛克對待史蒂夫，就像不特別喜歡動物的丈夫看待妻子心愛的貓咪，善意與敷衍並存。溫妮和媽媽都認為，維洛克能做到這樣已經仁至義盡了，老太太對他尤其感恩戴德。老太太平時極少跟人打交道，生性多疑，初期偶爾會不安地問溫妮，「親愛的，妳覺得女婿會不會開始討厭史蒂夫了。」對此，溫妮的回應總是把頭輕輕一甩。有一次她有點不耐煩地回嘴，「他得先討厭我。」接下來誰也沒說話。這個深奧的回答聽得老太太摸不著頭腦，她雙腳擱在凳子上，認真思索背後的含義。她始終想不通溫妮為什麼嫁給維洛克。這當然是個理智的抉擇，對大家都好，可是女兒應該會想找個年齡相當的對象。女兒曾經跟一個性情穩定的年輕人交往，是鄰街肉販的獨生子，在家裡幫爸爸做生意，溫妮跟他出門總是開開心心的。沒錯，那孩子確實還得靠父親庇蔭，可那家肉鋪生意不賴，前景看好。年輕人帶溫妮出去看過幾場戲。老太太開始擔心女兒要出嫁（畢竟她一個人帶著史蒂夫，要怎麼打理那棟大房子），這段戀情卻無疾而終，溫妮變得像個行屍走肉。也許是天意吧，維洛克剛好搬進一樓面街那間房，兩母女再也沒提起過肉鋪少東。這一定是天意。

3

「……理想化只會讓生命更窮困。美化生命，只會抹滅生命複雜的本質，會摧毀生命。小子，這種事留給道德家就好了。歷史是人類創造的，但憑藉的不是頭腦。在歷史的進程中，人類大腦裡的想法無足輕重。歷史由工具和生產——也就是經濟條件的影響力——主導、決定。資本主義創造了社會主義，而資本主義為了保護資產制定的法律，又創造了無政府主義。誰也不知道未來社會組織會以何種型態呈現，那又何必耽溺於預言家的幻想？那些幻想最多只能告訴你預言家腦子裡在想什麼，不具備任何客觀價值。小子，這種娛樂留給道德家就好了。」

假釋聖徒麥凱里斯用平穩的語氣說著話，那聲音喘咻咻地，彷彿被他胸口那層脂肪壓得奄奄一息。他從乾淨衛生的監獄出來時，整個人圓滾滾得像浴缸，肚腹高高隆起，蒼白到幾近透明的臉頰異常膨脹，彷彿他蹲坐陰暗潮溼苦牢的那十五年之間，監獄裡那些專責懲奸除惡的公僕只用發胖食物填塞他的胃。出獄後他的渾身肥肉一盎斯都沒減少。據說有個財力雄厚的老夫人一連三季送他到捷克的瑪麗恩溫泉療養。他曾經差點在那裡碰上某個皇室成員，可惜警方命令他十二小時內離開。他的苦難並沒有因此結束，因為警方從此禁止他進入溫泉區。不過他已經認命了。

他渾圓的手肘沒有關節，看上去就像布偶的手。他雙手擱在椅背上，上半身微微前傾，懸在肥短的巨腿上方，把一口痰吐進壁爐格柵裡。

「沒錯！我有大把時間可以思考。」他語調依然持平。「社會給了我充足的時間冥想。」

壁爐另一邊有張馬毛扶手椅，平時多半是溫妮母親的寶座，這時卡爾．揚德坐在那裡咯咯傻笑，沒有牙齒的嘴巴裡黑森森地怪嚇人。自稱恐怖分子的揚德已經老邁童禿，雪白的山羊鬍無力地垂落下巴，失去光采的眼神仍然隱含驚人的陰狠勁。他忍痛起身時，一隻瘦骨嶙峋又痛風腫脹變形的手往前伸出去，像極了垂死殺手鼓起全身僅剩的力氣刺出最後一刀。一根粗大枴杖在他另一隻手底下搖晃不已。

「我經常夢想……」他咬牙切齒地說，「有這麼一群人，他們意志堅決，不挑剔方法或手段；體格健壯，當得起毀滅者的稱號；不受啃蝕這個世界那種悲觀認命影響；不同情地球上的任何事物，包括他們自己；隨時可以拋頭顱灑熱血，只為了替全人類服務。

那就是我樂見的。」

他光禿禿的腦袋瓜子不住晃動，那把白色山羊鬍也滑稽地震動起來。他說的話聽在陌生人耳裡恐怕模糊難辨，因為嗓子乾了，少了牙齒的牙齦似乎總是擋到舌尖，昔日的狂熱已經油盡燈枯，就像年老力衰的好色之徒雄風不再。坐在房間另一頭沙發一角的維洛克發自肺腑地咕噥兩聲，表示贊同。

揚德細瘦頸子上方的腦袋緩緩向兩側轉動。

「這樣的男人我卻找不出三個來，都怪你們那可惡的悲觀主義！」他朝麥凱里斯咆哮。麥凱里斯墊枕似的雙腿原本翹著，這時放了下來，兩腳突然滑進椅子底下，傳達內心的憤怒。

悲觀主義！荒謬至極！他發出怒吼，聲稱這種指控簡直天理不容。他說他一點也不悲觀，因為他已經預見私有財產制基於本質上的謬誤，不可避免地必將劃上休止符。資產階級非但要面對覺醒的無產階級，還得跟自己人鬥爭。沒錯，衝突與戰爭是私有財產制的必然命運，它也終將敗亡。啊！他不需要激動的情緒來堅定信念，不需要口若懸河，沒有憤怒、不需要想像飄揚的鮮紅旗幟或象徵復仇的火紅太陽在衰亡社會另一端升起。他不需要！他誇口說，他的樂觀來自冷靜的判斷。沒錯，樂觀……

他吃力地喘著氣說到這裡，再吸一兩口氣後，又說：

「如果我不是樂觀主義者，難道在牢裡那十五年我找不到東西割自己喉嚨？最低限度我還有牢房的牆壁可以撞頭。」

急促的呼吸讓他的聲音不再激揚、不再勁道十足。他蒼白的大臉像鼓脹的囊袋，動也不動，沒有一絲震顫。可是，那雙瞇成細縫、像在凝視什麼的藍色眼眸依然閃現自信的精明，專注得近乎痴狂，八成就像他入夜後坐在牢房裡沉思時一樣。揚德仍然站在麥凱里斯面前，他褪色的綠披風一片前襟瀟灑地甩到背後。奧西彭同志坐在壁爐正前方，他讀過醫學院，是「無產階級未來」傳單的主要寫手。他伸直結實的雙腿，鞋跟朝上對著爐柵裡的火焰。一頭濃密的黃色鬈髮，紅潤的雀斑臉上長著典型黑人的扁塌鼻子和厚凸嘴唇，一雙杏眼在高高的顴骨上方倦怠地斜視。他穿著灰色法蘭絨襯衫，黑色蠶絲領帶末端露在整齊扣起的嗶嘰外套下緣。他腦袋靠向椅背，露出大半截頸子，舉起長長的木菸嘴塞進嘴裡，對著天花板噴出陣陣菸霧。

麥凱里斯重回原來的思路，也就是他在黑牢裡反覆琢磨的觀點。這些觀點促成他被捕，又在獄中慢慢茁壯，變成清晰可見的信念。他習慣跟自己說話，無論旁人同情或敵視，他都無動於衷，甚至直接無視他們的存在。會有這樣的習慣，是因為過去成天獨自對著牢房那四片白牆呢喃些樂觀話語。那間牢房就在河邊隱蔽的龐大磚造建築裡，陰森死寂邪惡醜陋，像專為不見容於社會的人打造的超大停屍間。

他不擅長討論，倒不是因為爭辯會撼動他的信念，而是因為別人的聲音令他痛苦不安，會擾亂他的思緒。畢竟多年來那些思緒禁錮在比乾涸沙漠更荒蕪的孤寂心靈中，不曾與活人的聲音對陣、不曾受到批評或認可。

此刻沒人打斷他，他再次闡述那些有如恩典般令他無法抗拒、徹底臣服的信念：展露在物質層面的生命奧祕；鋪寫過去、打造未來的當前經濟狀態；引領人類心靈發展與激情衝動的所有歷史與思想根源……

奧西彭發出刺耳笑聲，麥凱里斯舌頭突然打結，長篇大論遽然中斷，略微激動的眼神變得困惑游移。他緩緩閉目沉思，彷彿在重拾潰散的思緒。現場一片靜默，餐桌上方懸著兩盞煤氣燈，壁爐裡也燃著熊熊烈火，維洛克店鋪後側這間小客廳變得悶熱異常。維洛克龐大的肥胖身軀百般不情願地從沙發起身，打開通往廚房的門，好讓空氣對流，看見天真的史蒂夫乖巧安靜地坐在松木桌旁，畫著一個又一個圓圈。他畫了數不清的圓圈，同心的、相交的、撲朔迷離、眼花撩亂的圓圈。龐雜繁複的弧線、整齊劃一的形狀和混亂的交錯線條，像在勾勒混沌的宇宙，是嘗試描繪非凡奧祕的痴狂藝術。史蒂夫始終沒有轉頭，他全神貫注畫著，背部微微抖動，腦袋底下的纖細脖子深深彎曲，幾乎一折就斷。

維洛克不悅地悶哼一聲，重新坐回沙發上。亞歷山大·奧西彭站起來，在低矮天花板下，穿著一襲破舊藍色嗶嘰西裝的他顯得特別高大。他抖抖雙腳，甩掉久坐不動的僵硬感，走下兩級階梯，漫步進入廚房，站在史蒂夫背後觀看。他又走回來，莫測高深地說：「好極了。特徵明顯，完美的典型。」

「什麼好極了？」重回角落沙發的維洛克問道。

奧西彭把頭往廚房的方向一點，有點高傲地草草解釋：

「這種心智耗弱症的典型。我指的是他畫的東西。」

「那麼你認為那孩子低能？」維洛克喃喃問道。

奧西彭綽號醫生，讀過醫學院卻沒拿到學位，之後遊走各勞工組織，以社會主義者的保健概念為主題發表演說；寫過一份名為「中產階級的墮落劣行」的類醫學研究報告，以廉價小冊子發行，剛出爐就被警方查扣。他也是帶點神祕色彩的紅潮委員會特別代表，跟揚德和麥凱里斯共同負責委員會的文宣工作。這時他望著偷偷跟兩名大使館員晤談過的維洛克，眼神裡滿是叫人難以忍受、無可救藥的自負，就像學識豐富的人看著識字不多的俗物。

「科學界應該會這樣稱呼他。整體來說是很標準的心智耗弱。看他耳垂就知道了，如果你讀過倫柏羅索[6]……」

心情鬱悶的維洛克大字型躺在沙發上，直勾勾盯著背心的鈕釦，臉頰微微泛紅。最近以來，即使只是拐彎抹角提及「科學」這個不具冒犯意味、定義不明確的詞，瓦迪米爾那令人氣憤的身影就會鮮活地出現在他眼前，清晰得異乎尋常。這種堪稱科學奇蹟的現象讓維洛克畏懼又憤怒，幾乎想狠狠咒罵發洩一番。但他保持沉默，緊接著出聲的是有話直說的揚德。

「倫柏羅索是個白痴。」

面對如此褻瀆，奧西彭震驚之餘，只是用凶惡眼神茫然瞪著對方。揚德失了光采的雙眸藏在高凸額頭的陰影底下，顯得更黑暗了。他含糊說著話，舌尖每秒卡在雙唇間一次，彷彿他怒不可遏地咬嚼舌頭。

「你見過這樣的白痴嗎？他覺得囚犯就是罪人。很簡單，對吧？那麼，那些把他關起來的人呢？那些逼他進去的人？沒錯，逼他進去。這個白痴只是看看一群不幸傢伙的耳朵和牙齒，就在這個到處都是痴肥蠢蛋的世界無往不利。他知道什麼是犯罪嗎？耳朵和牙齒可以辨識罪犯，是嗎？那麼更能辨識罪犯的法律呢？不就是那些吃撐了的人發明來保護自己、對付挨餓的人的烙印工具嗎？熱騰騰燒灼在他們可鄙的皮膚上。你在這裡難道聽不見、聞不到人們的皮膚被燒得滋滋響。罪犯就是這樣來的，方便你那些倫柏羅索寫出那些蠢東西。」

他的手杖握把和雙腿激動得劇烈顫抖，披風下的軀幹維持一貫的桀傲神態。他彷彿努力嗅聞冷酷社會的腐敗空氣，豎起耳朵聆聽它的殘暴聲響，這種姿態傳達出一股強烈暗示。風中殘燭的他一生轟轟烈烈：年輕時是個偉大表演家，在講台上、祕密集會中和私人訪談裡唱作俱佳。在這場對抗社會的鬥爭中，他連一根小指頭都沒有動過。他不是個衝鋒陷陣的人，甚至沒辦法用伶牙利齒的滔滔雄辯、在喧騰擾攘的氛圍中鼓動群眾情緒。他有意無意地走另一條路，變成更無恥、更惡毒的煽動者，利用無知導致的盲目羨慕與驕傲自滿、貧窮引發的苦難與悲慘，以及由義憤、憐憫與反感構築的高尚假象，激起邪惡的衝動。他身上仍然殘存這種邪惡天賦的餘韻，像舊毒藥瓶裡致命藥劑的氣味。可惜瓶子如今已經空了，沒用了，隨時可以扔進失去利用價值的廢物堆裡。

6. Cesare Lombroso（一八三五～一九〇九），義大利犯罪學家，主張罪犯與精神病患有其明顯生理特徵。

假釋聖徒麥凱里斯緊閉的嘴唇淡淡笑著，他麵糰似的月亮臉往下垂，鬱鬱寡歡地表示認同。他自己曾經淪為階下囚，皮膚曾經被那標示罪犯身分的熾鐵燒灼。綽號醫生的奧西彭從震驚中回過神來。

「你不懂。」他鄙夷地說，卻又立刻打住，因為揚德慢慢轉過頭來，深陷的眼窩裡漆黑死沉的眼珠子盲目地盯著，彷彿聽音辨位鎖定目標。奧西彭肩膀微微一聳，不再多說。

史蒂夫習慣旁若無人地四處走動，這時已經離開松木桌，準備帶著畫畫的紙張上床。他走到客廳門口，碰巧趕上揚德天馬行空的幻想，那張畫滿圓圈的紙從他手中滑落。他定定看著恐怖分子揚德，彷彿因為過度驚恐與害怕疼痛，嚇得動彈不得。他很清楚燒紅的鐵塊碰觸皮膚有多麼痛，怖畏的眼睛噴出怒火：肯定疼得不得了。他目瞪口呆。

麥凱里斯雙眼眨也不眨地望著火堆，這才找回接續先前思路所需的孤立感。他又開始發表樂觀言論，他看見資本主義制度本身夾帶著競爭毒藥，注定一出生就毀滅在自己的搖籃裡。大資本家吞併小資本家，生產力與生產工具大量集中，改善工業化進程。這股瘋狂的自我擴張，將會提升苦難的無產階級，讓他們做好萬全準備，將來順理成章接手。麥凱里斯說出關鍵字眼：「耐心。」他清澈的藍色眼眸散發聖潔的真誠，往上盯著維洛克家客廳天花板。站在門口的史蒂夫心情平靜了，恢復原本的愚鈍。

奧西彭氣得臉孔扭曲。

「那就什麼都沒必要做了……反正一點用處都沒有。」

「我沒那個意思。」麥凱里斯柔聲說道。這回他心中的真理影像鮮明，沒被陌生嗓音擊潰。他低頭盯著發紅的煤炭。必須為將來做好準備，他不否認社會的劇變可能會透過革命手段達成，但革命的宣傳是需要高度良知的棘手任務。它是在教導普通老百姓當世界的主人，必須像教育國王一樣嚴謹。我們無法預知經濟的改變會對人類的幸福、倫理、智力與歷史造成什麼影響，所以提出革命宗旨時要格外謹慎，步步為營。因為歷史是以工具打造的，不是理念建構出來的。任何事都會隨著經濟條件改變，包括藝術、哲學、愛情、美德，乃至真理！

爐柵裡的煤炭輕輕爆裂，塌了下來。麥凱里斯這個孤寂牢房裡的願景隱士猛然起身。他的身材圓得像膨脹的氣球，此時他張開肥短雙臂，彷彿可悲而絕望地想把重新生成的宇宙擁入懷裡。他激動得氣喘吁吁。

「未來跟過去一樣確定……奴役、封建、個人主義、集體主義。這是不變的定律，不是空泛的預言。」

奧西彭兩片厚唇輕蔑地噘起，他五官的黑人特徵更明顯了。

「胡扯。」他語氣還算平靜，「根本沒有定律、沒有必然。革命宣傳去死吧！只要人民的知識正確，他們知道些什麼一點都不重要。對我們來說，最重要的是群眾的情感狀態。沒有情感，就沒有行動。」

他停頓片刻，又謙虛而堅定地說：

「我現在是以科學角度在跟你說話，科學，明白嗎？維洛克，你有什麼看法？」

「沒有。」維洛克在沙發上咆哮。他被「科學」這兩個可恨字眼激怒，喃喃咒罵一聲「該死」。

恐怖分子揚德氣急敗壞地嚷嚷：

「你們知道我怎麼看現階段經濟狀態的本質嗎？我認為那是人吃人，就是這麼回事。他們用人民顫抖的肌肉和溫暖的鮮血餵養自己的貪婪，如此而已。」

史蒂夫聽見這恐怖的比喻，「咕嚕」一聲嚥下口水，頹然癱坐在廚房門階上，彷彿吞下的是速效毒藥。

麥凱里斯似乎什麼都沒聽見，雙唇好像從此不再開啟，肥厚的雙頰沒有一絲顫抖。他困惑的眼神找到他的硬質圓帽，拿起來戴在圓圓的腦袋上。他和善地攙扶揚德的手臂，在揚德尖削的肘關節下方，他胖嘟嘟的身子彷彿飄浮在椅子之間。揚德戴著黑色墨西哥毛氈帽，帽子的陰影遮蔽他凹凸不平的枯槁面容。此時他遲疑地舉起爪子般的手，神氣活現地把帽子往斜裡一推。他動作特別慢，每走一步，手杖就猛敲地板一下。送他離開可不是件容易的事，因為他不時停下腳步，彷彿陷入沉思，直到麥凱里斯輕推，他才會再往前走。身強體壯的奧西彭走在他們後面，兩手插在口袋裡，無所事事地打呵欠。他頭上的無邊便帽頂端是漆皮料子，戴在後腦勺上，蓋住他茂密的黃髮，像個剛經歷過驚濤駭浪、忽然感到百無聊賴的挪威水手。維洛克送客人出門，沒戴帽子，厚重大衣衣襟敞開，視線投向地面。

他用稍加節制的蠻力關了門，轉動鑰匙，拉上門閂。他對這群朋友很不滿意。在瓦迪米爾的炸彈攻擊策略裡，這些人毫無用武之地。在革命活動裡，維洛克一直扮演觀察角色，不管在自己家或在大型集會，他都不是主動做事的人。他必須慎重行事。他已經四十好幾，生平最在意的閒適與安全感受到威脅，當然會憤慨。他嗤之以鼻地自問，揚德、麥凱里斯和奧西彭這夥人有什麼可期待的。

他正要扭熄店鋪正中央的煤氣燈，卻停了下來，再度墜入思緒的深淵。他跟這些人有著相同習氣，因此輕易做出判斷：一群懶人。這個揚德，靠一個老眼昏花的婆子照顧。多年前，揚德從朋友身邊拐走這女人，後來三番兩次想甩開她，不管她死活。也算這苟延殘喘的傢伙走運，那女人一次次回來，否則如今他早晨到格林公園散步健身，誰來扶他下公共馬車。等那個百折不撓的凶婆子一命嗚呼，自以為是的揚德氣數也就盡了。麥凱里斯的樂觀態度也讓維洛克很不滿，這傢伙攀上個有錢老太婆，那老太婆最近送他到她在鄉下的別墅靜養，他可以連續幾天氣定神閒、悠遊自在地在林蔭小徑遊蕩。至於奧西彭，這個要飯的活在世上的最大目標，就是找個手頭上有點存款的傻女人。維洛克基本上跟這夥人是一丘之貉，內心卻根據某些微細差異，在彼此之間畫出淡淡的界線。他對這點差異格外自滿，因為他內心深處還是很在意世俗的體面與尊重。只不過，他更討厭任何形式的勞力工作，這是他與擁有某種社會地位的絕大多數革命者共通的毛病。畢竟，誰都不會嫌棄那個地位帶來的優勢和機會，只是討厭自己必須為那些優勢和機會付出價值相當的道德、自律和勞力。大多數革命者都是紀律與勞累的敵人。也有一些自然派，他們認為社會強索的代價簡直匪夷所思、令人作嘔、苛刻不公、製造煩憂、打壓羞辱、蠻橫無理、忍無可忍。這些是激進人士。剩餘的那些反社會分子多半脫離不了虛榮——這是所有崇高或卑劣假象的根源，是詩人、改革者、江湖術士、預言家、煽動者的共同特質。

維洛克沉思了整整一分鐘，卻沒想出個所以然來，也許他辦不到。總之，他沒時間。他突然痛苦萬分地想到瓦迪米爾，對於這個人，他基於某種微妙的心理傾向，倒是可以下個正確判斷：那傢伙是個危險人物。他內心油然生起一股羨慕之情：麥凱里斯那些人都可以清閒度日，他們不認識瓦迪米爾，而且都有個女人可以依靠，他卻有個女人要養……

這時，由於簡單的聯想，維洛克發現自己遲早都得上床睡覺，何不現在就去……馬上去。他嘆息一聲。以他的年紀和個性，上床睡覺原本是非常愉快的事，今天卻不是那麼回事。他害怕失眠，他覺得自己已經淪為失眠這個惡魔的掌中物了。他舉起手，關掉頭頂上方亮晃晃的煤氣燈。

明亮的燈光穿過客廳門，灑在櫃檯內側，維洛克一眼就看清楚收銀機裡的銀幣數量：少得可憐。打從開店營業到現在，他第一次以商業眼光評估這間店的價值，結果不盡如人意。他開這家店原本就不是為了賺錢。他當初會選擇做這門生意，是因為直覺認為這種見不得光的交易賺起錢來比較輕鬆。再者，這種生意也不至於背離他的領域——警察會密切關注的領域。相反地，他開這家店等於公開承認自己屬於那個圈子。也由於他某些不為人知的人際關係，他了解警界，卻也不在乎他們，開這樣的店對他反而是明顯優勢。只是，店裡的收入不足以養家活口。

他把錢箱從抽屜裡拿出來，轉身走向客廳，這才注意到史蒂夫還在樓下。

他到底在這裡做什麼？維洛克心想。又為什麼做出那麼奇怪的舉動？他狐疑地看著小舅子，卻沒有開口詢問。他平時跟史蒂夫的對話僅止於每天早上吃過早飯後喃喃一聲，「我的靴子。」就連這四個字也只是傳達他的需要，而非命令或要求。此時他驚訝地發現，他不知道該跟史蒂夫說些什麼。他站在客廳中央默默望向廚房。即使他真的說話，也不確定史蒂夫會做何反應。這事未免奇怪，因為他忽然想到，他也得養活這傢伙。這是他有史以來第一次從這個角度看待史蒂夫的存在。

他肯定不知道該怎麼跟這孩子說話。他看著他在廚房手舞足蹈、喃喃自語，像籠子裡的動物、狂野地繞著桌子來回逡巡。他試探地問了一聲，「你不是該上床了？」沒有得到任何回應。他不再探究史蒂夫的古怪行為，逕自拿著錢箱疲憊地走過客廳。他爬樓梯時感到渾身困乏，那純粹是心理因素使然，但他仍然感到憂心，暗自希望不是得了什麼病。他在漆黑的樓梯口停下來，想仔細分析那種感受，黑暗中持續傳來陣陣輕微鼾聲，擾亂他的心緒。那聲音發自他岳母房間，又是一個要養活的人，他邊想邊走進房間。

溫妮已經睡了，床邊桌上的油燈（樓上沒有煤氣燈）火力全開。光線透過燈罩投射下來，燦然落在白色枕頭上。枕頭被溫妮的腦袋壓得下陷。睡熟了的溫妮閉著雙眼，深色頭髮編成幾條辮子。她聽見有人喊她，醒了過來，睜開眼睛看見丈夫站在床前。

「溫妮！溫妮！」

她沒有立刻起身，只是靜靜躺著，看著維洛克手上的錢箱。等她聽明白史蒂夫「在樓下蹦蹦跳跳」，突然一躍而起，坐在床緣。她穿著寬鬆的素淨棉布長袖睡衣，領子和袖口的鈕釦扣得密實，雙腳從睡衣下襬伸出來，在地毯上摸索著找拖鞋。她抬頭看丈夫的臉。

「我不知道該怎麼處理。」維洛克不耐煩地說，「樓下開著燈，把他留在那裡好像不太好。」

她沒說話，只是快步走出去，順手帶上房門。

維洛克把錢箱放在床頭櫃上，開始寬衣。大衣、外套、背心，一件件拋到椅子上。他穿著襪子在房裡走來走去，雙手緊張地在頸部撥弄，胖大身影來回經過妻子衣櫃門上的長形穿衣鏡。他讓吊帶滑下肩膀，猛力拉起百葉簾，把額頭貼在冰冷窗子上。薄薄的窗玻璃外是酷寒、黑暗、潮溼、冷漠的磚塊、石板和石材組成的龐然大物，都是些不可愛也不友善的東西。

維洛克感受到外在世界潛藏的敵意，那種威脅感太強烈，幾乎引發實質疼痛。還有什麼工作比當祕密警察的密探更挫折人的。就像騎著馬走在沒有人煙也沒有水源的曠野，胯下的坐騎突然暴斃。維洛克會想到這個比喻，是因為他一生騎過各式各樣的軍馬，這時剛好有那種搖搖欲墜的感覺。他的前景就跟此刻他前額貼著的這塊玻璃外的夜色一樣漆黑。突然間，瓦迪米爾那張乾淨、機智的臉孔浮現眼前，周遭散發著他紅潤臉色的微光，像某種粉紅色印鑑，蓋在窗外致命的黑暗中。

那個微微發亮的殘缺影像具體得叫人毛骨悚然，他嚇得一面後退，一面放下百葉簾，發出嗒啦啦巨響。他害怕看見更多那種幻象，一顆心忐忑不安，看見妻子重新走進臥房，若無其事地躺回床上，他忽然感到孤獨又絕望。溫妮很訝異他竟然還沒上床。

「我不太舒服。」他一面說，一面伸手抹過汗溼的額頭。

「頭暈嗎？」

「嗯。覺得不對勁。」

扮演人妻已經駕輕就熟的溫妮一派鎮定，自信滿滿地指出病因，也提供解決之道。

維洛克依然站在房間中央，垂頭喪氣地搖搖頭。

「你站在那裡會感冒。」

維洛克費力地脫掉外衣，鑽進被窩。底下靜謐的窄巷傳來有節奏的腳步聲，慢慢接近，又不疾不徐、冷靜沉著地消失，彷彿那個路人打算在這個漫長夜晚數著一根又一根燈柱，直走到地老天荒。樓梯口老時鐘昏昏欲睡的滴答聲變得清晰可聞。

溫妮仰躺著，盯著天花板，說道：

「今天進帳不多。」

同樣仰躺的維洛克清了清喉嚨，像是要說什麼重要的事情，卻只問了：

「樓下煤氣燈關了嗎？」

「關了。」溫妮認真盡責地回答。經過滴答三響後，又說，「史蒂夫今晚特別躁動。」

維洛克一點都不在乎史蒂夫躁不躁動，但他了無睡意，害怕獨自面對熄燈後的黑暗與寂靜，所以他告訴溫妮他要史蒂夫去睡覺，史蒂夫沒理會。溫妮立刻上鉤，開始向丈夫詳細解釋史蒂夫的行為絕非「傲慢」，只是「情緒激動」。她信誓旦旦地說，整個倫敦再也找不到像史蒂夫這麼肯做事、這麼乖巧的男孩了。只要別人不來擾亂他的心情，他就是個最親切的孩子，很肯討好人，也能做很多事。溫妮轉身面對丈夫，支著手肘撐起上半身，焦慮地看著丈夫，要他相信史蒂夫對這個家大有貢獻。由於小時候不忍心看弟弟受苦，她對弟弟產生病態的保護欲，此時這股強烈情感讓她蠟黃的臉頰泛起紅暈，陰暗眼皮底下的大眼睛放出光采，整個人年輕了，看起來不但比過去的溫妮年輕，也比貝爾格萊維亞舊宅時代那個在男士房客面前冷若冰霜的溫妮更熱情。維洛克自己心事重重，對溫妮的話置若罔聞，彷彿她的聲音跟他之間隔著一堵厚牆。但溫妮的神情讓他回過神來。

溫妮似有若無的情意流露，讓他的心情跟著波動。他喜歡這個女人，只是，這份情感徒增添他內心的悲苦。她話聲停頓時，他不自在地挪了挪身子，說道：

「我這幾天總覺得身體不舒服。」

他或許有意用這句話當開場白，對妻子和盤托出。可惜溫妮重新躺下，盯著天花板說：

「那孩子聽見太多不該聽的話。我不知道那些人今晚會過來，否則一定讓他提早上床。他聽見什麼吃人肉、喝人血的事，整個人發了瘋似的。說那種話有什麼意思呢？」

她語氣裡有點憤怒的鄙夷。維洛克這下子總算有反應了。

「去問揚德。」他說得咬牙切齒。

溫妮嚴正地宣告，揚德是個「噁心的糟老頭。」她不諱言她喜歡麥凱里斯，倒是沒提及體格健壯的奧西彭。她在奧西彭面前總是板著一張臉，心裡始終有點疙瘩。她又聊起多年來讓她擔心害怕的弟弟。

「他不適合聽那些奇奇怪怪的話。他沒有判斷力，什麼都當真，變得歇斯底里。」

維洛克默不作聲。

「剛才我下樓時，他惡狠狠瞪著我，像是不認識我，心臟跳得又快又猛。他控制不住情緒。我叫醒媽媽，要她陪著他，直到他睡著。那不是他的錯，只要不受刺激，他不會給人惹一點麻煩。」

維洛克沒有回應。

「真希望當初他沒去上學。」溫妮突然又說，「他老是拿櫥窗裡的報紙看，看得臉紅脖子粗。那些報紙一個月賣不到十份，只是放在櫥窗裡占空間。奧西彭每星期又會帶來一疊《無產階級未來》，一份要賣半分錢。整疊賣半分錢我也不買，都是些沒營養的內容，根本賣不出去。前些天史蒂夫拿了一份，裡面有篇報導說有個德國軍官扯下新兵的半隻耳朵，卻沒有受到懲罰，真是個野蠻人！那天下午我拿史蒂夫一點辦法都沒有。那篇報導真叫人大動肝火，印那樣的文章到底有什麼意義？我們又不是德國人的奴隸，真是謝天謝地。那根本不關我們的事，對吧？」

維洛克依然沉默。

「我想盡辦法才搶下他手裡那把雕刻刀。」溫妮有點睏了，「他扯著嗓門吼叫、邊跺腳邊大哭。他受不了任何殘暴行為，如果他見到那個軍官，一定會拿刀捅他，像殺豬一樣，真的。有些人根本不值得同情。」她停頓良久，定住不動的雙眼宛如陷入沉思，越來越朦朧。「親愛的，舒服點了嗎？」她的聲音聽起來細微又遙遠。「要不要關燈了？」

維洛克無比沮喪，他知道自己失眠又怕黑，擔心得說不出話來，渾身乏力，卻還是強打精神。

「嗯，關了吧。」他用空洞的語調說。

4

這個地下室大約有三十張小桌子，鋪著紅底白圖案桌巾。大多數桌子排成一列，跟暗褐色護牆板成直角擺放。青銅吊燈上有許多圓球，從微微上拱的低矮天花板垂吊下來。四面無窗，牆上塗滿壁畫，描繪中世紀狩獵與戶外狂歡：穿著綠色無袖緊身短上衣的童僕揮舞獵刀，或手端溢滿泡沫的大啤酒杯。

「如果我沒弄錯，你應該知道這起離奇事件的內幕。」壯碩的奧西彭狂野的眼神透著興奮。他上身前傾，手肘攤開撐在桌面，兩腳縮進椅子底下。

一架鋼琴擺在近門處，左右兩側各有一盆棕櫚樹。此時鋼琴突然自動彈奏出華爾滋舞曲，技巧無比精湛，叮叮咚咚的琴音震耳欲聾。等它終於又無預警停止，坐在奧西彭對面那個衣衫襤褸、面前擺著厚重玻璃杯的瘦小眼鏡男說話了，平靜的語調像在閒談。

「原則上，我們不能打聽彼此知道或不知道某件事。」

「當然不行。」奧西彭低聲表示認同。「原則上如此。」

他雙手托著紅潤臉龐，繼續緊盯對方。邋遢眼鏡男從容端起啤酒灌了一口，再把杯子放回桌上。他那對大耳朵在頭顱兩側遙遙相對，頭骨看似脆弱，奧西彭幾乎能用拇指和食指捏碎。他圓凸的前額宛如壓在眼鏡框上；扁平雙頰看似油膩不健康；唇邊蓄著稀疏的深色小鬍子。這人儘管其貌不揚、悲慘寒磣，卻散發出一股無人能及的自信，兩相對照之下，不免唐突滑稽。他說話簡省，是個十足的悶葫蘆。

奧西彭又低聲說：

「你今天有沒有到外面走走？」

「沒。我一早上都沒下床。」那人說，「怎麼？」

「喔！沒事。」奧西彭目不轉睛看著對方，一顆心卻在顫抖。他顯然想探聽點什麼，見到小個子一臉漠然，遲遲不敢開口。每次跟這個同志說話（這種情況少之又少），人高馬大的奧西彭就會自覺卑微，甚至連身高似乎都矮對方一截。但他終究還是提出另一個問題。「你走路來的嗎？」

「不，搭公共馬車。」小個子不假思索地答。他住得比較遠，在伊斯靈頓一條破落街道上，路面到處散落乾草和廢紙，放學時總有年齡大小不等的學童嘰嘰喳喳地奔跑打鬧。他租了間附家具的單身雅房，裡面有座特別顯眼的超大櫥櫃。房東是兩名獨身老婦，算是家庭裁縫師，客戶多半是富貴人家的女僕。他用一只大掛鎖鎖住櫥櫃，除此之外，算是個模範房客，不找麻煩，幾乎也不需要任何服務。他倒是有個怪僻，堅持他在家時才讓人進去打掃，一離開就鎖房門，甚至順手帶走鑰匙。

奧西彭想像那副圓形黑框眼鏡在公共馬車上沿著街道前進，自信的光芒照耀兩旁房屋牆壁，或落在人行道渾然不覺的人潮頭頂。他幻想那些牆壁傾斜崩塌、人們看見那對鏡片時倉皇逃命，唇角不禁露出似有若無的變態笑容。那些人如果知道！會掀起多大恐慌！他好奇問道：「在這裡坐很久了嗎？」

「大約一小時，或更久。」小個子不以為意地答，又喝一口深色啤酒。他每一個動作——抓起酒杯、啜飲一口、放下酒杯、雙臂抱胸——都散發出堅決與確信。相較之下，上身前傾、眼神專注、雙唇凸出的奧西彭更顯得焦急遲疑。

「一小時。」他說，「那你可能還不知道我剛才在街上聽說的消息，對吧？」

小個子微微搖頭。他顯然一點也不好奇，奧西彭只好補充說他是在酒館外頭聽到的，有個報童在他面前嚷嚷著那件大新聞，他萬萬沒想到會發生那種事，所以格外震驚煩亂。他嚇得口乾舌燥，只好走進酒館潤潤喉。「沒想到會在這裡碰見你。」他繼續壓低聲嘀咕著，兩邊手肘擱在桌上。

「我偶爾會過來。」小個子仍舊冷漠得惱人。

「這事可太巧了，你竟然什麼都沒聽說。」大塊頭奧西彭說話時，緊張得眼皮眨呀眨地。「你竟然沒聽說。」他意在言外地重複一次。在這個平靜的瘦小男人面前，大個子奧西彭顯然不敢造次，似乎有種難以置信又無法言喻的膽怯。小個子又舉起玻璃杯，喝一口，而後直率又自信地放下。就這樣。

奧西彭等不到隻字片語或表情手勢，只得裝出蠻不在乎的模樣。

「你那些東西，」他把嗓音又壓低了些，「不管誰來要你都給嗎？」

「我的做法是，只要身邊還有，從不拒絕。」小個子堅定地答。

「也是原則？」奧西彭問。

「是原則。」

「你覺得這麼做妥當嗎？」

那副圓形大眼鏡在小個子焦黃的臉龐上顯得自信滿滿，此時直視奧西彭，像一對不眠不休閃耀著冰冷火焰的球體。

「非常妥當，向來如此，任何情況下都是。我有什麼好怕的？我為什麼不給？為什麼要多考慮？」

奧西彭戒慎恐懼地倒抽一口氣。

「你是說，如果條子來要你手上的貨，你也會給？」

小個子淡淡一笑。

「叫他們來試試，到時候你就知道答案。」他說，「他們知道我，我也認識他們每一個。他們不會靠近我，他們不敢。」

他兩片薄唇緊緊閉上。奧西彭鍥而不舍。

「他們可以派別人來，比如設個陷阱坑你。明白嗎？先騙到你的東西，再拿來當證據逮捕你。」

「什麼證據？頂多也就是無照販賣爆裂物。」這算是輕蔑的玩笑，但那張病懨懨的瘦削臉龐卻沒有絲毫變化，口氣也同樣漫不經心。「我不認為有哪個警探會想逮捕我，應該沒有人想申請拘票，就算最盡職的都不會，一個都沒有。」

「為什麼？」

「因為他們很清楚我身邊永遠帶著那玩意兒，隨時隨地都有。」他輕輕碰觸外套前襟。「裝在厚玻璃瓶裡。」

「我也是這麼聽說。」奧西彭口氣帶點驚異。「但我不確定……」

「他們也知道。」小個子毫不遲疑打岔。他靠向椅背，椅背高出他腦袋。「我永遠不會被捕。他們勝算不大。想對付我這樣的人，得要有純粹的、赤裸裸的、不求名利的奉獻精神。」他的嘴唇再度不可一世地閉上。奧西彭按捺住一股不耐煩。

「或魯莽，或無知。」他回嘴道，「他們只需要找個替死鬼出面，那人不知道你口袋裡的東西足以炸爛你自己和方圓六十公尺內的一切。」

「我從沒說過我不會被炸死，」小個子反駁，「我只說我不會被捕。何況，實際執行起來沒那麼容易。」

「呸！」奧西彭不以為然。「別太肯定。萬一你走在街上，突然有五、六個人從背後突襲呢？你雙手被制伏，什麼事都做不了，不是嗎？」

「你錯了。我天黑後幾乎不出門。」小個子無動於衷，「即使出門時間也不會太晚。我走在路上右手一定握住長褲口袋裡的橡皮球。只要捏這個球，就可以啟動玻璃瓶裡的引信。它跟瞬間啟動相機快門的氣壓裝置原理相同。那條管子連到……」

他迅速拉開外套，讓奧西彭瞄一眼藏在裡面的橡皮管。那管子看上去像條細長的褐色昆蟲，從他背心的袖口伸出來，再彎進他外套內側的上口袋。他的衣服是某種不起眼的褐色布料製成，已經十分破舊、污漬斑斑，摺縫處堆積灰塵，釦眼也破破爛爛。「引信是半機械半化學原理。」他不以為意地解釋。

「所以它會瞬間啟動？」奧西彭微微打了個寒顫。

「差得遠了。」小個子不諱言。他顯然不太願意承認這點，嘴唇憂傷地一撇。「我按下橡皮球以後，要等二十秒才會爆炸。」

「咻！」奧西彭震驚地吹了一聲口哨。「二十秒！太驚悚了！你受得了嗎？我一定會瘋掉……」

「瘋掉也無妨。當然，這是這種特別裝置的弱點，是我個人專用的。我們最大的問題是很難掌握爆炸方式。我想要設計一款可以根據各種外在條件自動調節的引信，甚至可以因應突發性變化。一種可以彈性調整，又極度精準的裝置。真正的智慧引信。」

「二十秒。」奧西彭喃喃重複，「哇！那麼……」

他們此時置身知名的席勒努斯餐廳地下室的啤酒屋。小個子略略環顧四周，那對鏡片的光芒似乎評估了啤酒屋面積。

「這裡面沒有一個人逃得掉。」他宣布評估結果。「樓梯上正要離開那對男女也一樣。」

樓梯旁那架鋼琴放肆又狂熱地奏著馬祖卡舞曲，鏗鏗鏘鏘好不熱鬧，彷彿某個粗魯無禮的鬼魂正在炫技。琴鍵神祕地陷落又騰起，之後完全靜止。奧西彭一度想像這個燈火通明的酒館變成恐怖黑洞，煙霧瀰漫，遍地瓦礫、屍塊橫陳。他彷彿親眼見到了殘破與傷亡，再度打了個寒顫。小個子男人見狀，平靜自若地說：

「到了關鍵時刻，決定生死的往往是人的性格。在這世界上，性格像我這麼堅定的人寥寥可數。」

「真想不通你怎麼能忍受。」奧西彭不滿地說。

「性格的力量。」小個子語氣依舊平和。這個明顯弱不禁風的人竟說出這麼篤定的話，壯碩的奧西彭不禁咬咬下唇。「性格的力量。」小個子故作冷靜地重複一次。「我擁有致命武器，只不過，你也知道那個武器本身沒有一點保護作用。真正發揮作用的是，那些人相信我敢使用這個武器。那是他們的認知，不可動搖。所以我才會是危險人物。」

「那些人之中也有性格堅毅的人。」奧西彭低聲唱反調。

「也許吧。但那顯然是強度的問題，畢竟我沒被他們嚇住，所以他們氣勢比我弱。他們只能如此，他們的性格建立在傳統道德上，脫離不了社會秩序；我的性格完全擺脫世俗教條，他們卻被各種常規束縛。他們依靠的是生命，在這方面，生命是個歷史現象，有種種限制與考量，錯綜複雜，各方面都不堪一擊；而我仰賴的是死亡，死亡沒有弱點，沒人能攻擊它。我明顯占上風。」

「你這樣解釋流於虛幻，」奧西彭盯著那對鏡片的冷光，「前不久我才聽揚德發表過類似論調。」

「揚德，」小個子不屑地說，「國際紅潮委員會代表，只會藏頭露尾，裝腔作勢。你們總共有三個代表，對吧？其他兩個我就不評論了，因為其中一個就是你。你們說的話不值一提。你們都是革命宣傳的可敬人物，卻跟任何正派小販或新聞記者一樣，沒有獨立思考能力。只是，問題不在這裡，而在於你們沒有一點個性。」

奧西彭忍不住心頭火起。

「那麼你認為我們該怎麼做？」他壓低聲音抗議，「你自己追求的又是什麼？」

「完美引信。」小個子斬釘截鐵地答，「你為什麼扮鬼臉？看吧，你甚至連這種決定性言論都聽不進去。」

「我沒扮鬼臉。」被激怒的奧西彭粗魯地咆哮。

「你們這些革命分子……」小個子又從容不迫地說，「都是社會制度的奴隸。社會制度怕你們，你們是跟挺身而出維護這套制度的警察一樣的奴隸。你們想要革它的命，更加證明這點。它掌控你們的思想，這是當然，但它也掌控你們的行動。所以你們的思想和行動都左搖右擺，不知所終。」他停頓下來，氣定神閒，彷彿從此噤口不語，卻又馬上說：「你們跟那些專責對付你們的人不相上下，比如警察。前幾天我在托騰罕宮路巧遇錫特督察長，他直盯著我看，我沒理會他。我何必看他？他腦子裡的盤算太多：他的上級長官、他的名聲、法院、他的薪水和媒體，多不勝數；我只想著我的完美引信。我一點都不在乎他。他就像……我想不出來有什麼微不足道的東西可以拿來比喻他，大概只有揚德吧。他們是一丘之貉，恐怖分子和警察半斤八兩。革命和法治是同一場遊戲裡相抗衡的力量，都是不同形式的懶散，基本上異曲同工。他要他的花招，你們這些革命宣傳者也是。但我不耍花招，我一天工作十四小時，經常三餐不繼。偶爾我的實驗得花大錢，那時我就要挨餓一兩天。你在看我的啤酒，沒錯，我已經喝兩杯了，馬上還會再點一杯。今天是個小小假日，我一個人慶祝。有何不可？我有膽量獨自工作，孤孤單單，沒有任何同伴。我已經單獨工作很多年了。」

奧西彭的臉漲成豬肝紅。

「為了設計完美引信，是嗎？」他不屑地說，音量極低。

「沒錯。」小個子說，「那是絕佳定義。你們委員會和代表團那麼多人，卻沒有一個能精準定義你們的行動。我才是真正的宣傳家。」

「這件事我們不談。」奧西彭似乎不想再討論個人議題。「看來我可能要破壞你的假期了。今天早上有個男人在格林威治公園被炸死了。」

「你怎麼知道？」

「街上的報童從下午兩點開始叫嚷這件事。我買了報紙，走進來，看見你坐在這裡。報紙還在我口袋。」

他拿出報紙，粉紅色一大張，彷彿為自己布達樂觀宣言時的激昂感到羞赧。他快速瀏覽。

「啊，在這裡！格林威治公園爆炸案，內容不多。上午十一點半，有霧。羅姆尼路和公園街都感受到爆炸威力。一棵樹底下的地面炸出大洞，裡面都是破碎樹根和斷裂樹枝。有個男人被炸得粉碎，大小屍塊散落一地。就這樣。其他都是一般的廢話。據說，顯然有個白痴想炸掉天文台。唔，實在說不通。」

他又默默看了一會兒報紙，才遞給小個子男人。小個子心不在焉地瞄了幾眼，就不發一語地放下。

奧西彭先開口，他仍然氣憤難平。

「你應該發現了，是**一個**男人的屍塊。也就是說：把**自己**給炸死了。你想得到會有這種事嗎？我可想不到。我萬萬想不到會有人在這裡策劃這種事，在這個國家。以目前的情況看來，這根本就是犯罪。」

小個子冷淡又輕蔑地挑了挑他稀疏的黑色眉毛。

「犯罪！那是什麼東西？究竟何謂犯罪？你這話什麼意思？」

「那麼我該怎麼說？我總得用現成字眼。」奧西彭不耐煩地說，「我的意思是，這件事對我們在這個國家的處境有很不好的影響。對你來說，這不算犯罪嗎？我敢說最近一定有人跟你拿炸藥。」

他緊盯對方，小個子卻不為所動，腦袋瓜子緩緩低下又抬起。

「果然！」奧西彭激動地低聲叫道，「你真的就這樣隨手給人，不管什麼傻瓜來要都給？」

「沒錯！不管你怎麼想，這該死的社會不是靠紙張和印刷建立起來的，我也不認為紙張和印刷湊合起來就能瓦解它。沒錯，只要有人上門來要，我就會雙手奉上，不管是男人、女人或呆子。我知道你心裡在想什麼，我不接受紅潮委員會擺布。就算你們一個個全被趕出去，或被捕，甚至被殺頭，我也不會皺一下眉頭。個人命運一點都不重要。」

他說得一派輕鬆，不慍不火，甚至沒有一點感情。奧西彭聽得七竅生煙，卻故作鎮定。

「如果這裡的警察有點本事，就會用他們的左輪手槍把你打成蜂窩，或大白天從背後敲你腦袋。」

小個子顯然早就考慮過這點，依然淡定自信。

「說得對。」他毫不遲疑表示贊同，「可是那麼一來，他們就得面對他們自己的體制。你懂了嗎？那需要不尋常的膽識，不同凡響的膽識。」

奧西彭眨巴著眼。

「如果你把實驗室設在美國，下場應該就是那樣。美國人可沒那麼多繁文縟節。」

「你說得或許沒錯，但我不太可能去美國。」小個子不否認。「美國人比較有個性，而且傾向無政府主義。那裡是我們這種人的天堂，非常適合我們發展。那個國家骨子裡就帶點破壞性，無法無天就是他們的集體性格。他們或許會開槍射殺我們，可是……」

「你太天馬行空，超出我的理解範圍。」奧西彭悶悶不樂地說。

「我講究邏輯。」小個子反駁。「邏輯有很多種，這是文明的那種。美國還可以，危險的是英國，因為英國的法治充滿理想主義色彩。英國社會偏見無所不在，這對我們的工作極為不利。你把英格蘭說成我們唯一的避難所！這更糟糕，苟且偷安！我們要避難所做什麼？你們在這裡高談闊論、印傳單、密謀，卻什麼都不做。我敢說揚德那類人非常樂在其中。」

他微微聳肩，從容不迫地說，「我們的目標應該是打破那種對法治的迷信與崇拜。我最高興的莫過於，錫特和他那些同路人取得公眾認可，光天化日之下開槍擊斃我們。那時我們的戰鬥就贏了一半，舊時代的倫理就會在它自己的殿堂裡崩解。那才是你們努力的目標，可惜你們這些革命分子永遠弄不懂這點。你們計畫未來，滿腦子幻想著根據現狀建構的經濟制度，事實上社會需要的是清空一切、重新開始，建立全新的生命觀。只要清除掉障礙，這種未來會自動到來。因此，如果我炸藥數量足夠，我會把它們堆在街頭巷尾。因為我沒有，只好盡我的能力製造出可靠的引信。」

這席話把奧西彭搞得頭昏腦脹，像在汪洋大海中泅泳。他聽見最後兩個字，彷彿抓到救命的浮木。

「對了，你的引信。我敢說就是你的引信引爆，把公園那個人炸得稀巴爛。」

奧西彭對面那張蒼白的堅定臉龐露閃過一抹黯淡的苦惱。

「我的困難點在於，各種類型的引信沒辦法一一實測。但最終還是得測試，再者……」

奧西彭打斷他。

「那傢伙會是誰呢？我們這些在倫敦的人沒有一點線索。你能不能描述一下跟你拿貨的那個人？」

小個子的眼鏡像探照燈似地投向奧西彭。

「描述他……」他緩緩複述，「現在應該不會有人反對了。我可以用三個字描述他……維洛克。」

奧西彭在好奇心驅使下，略略抬高臀部靠上前去聆聽，這下子「咚」地落坐，像是臉上挨了一拳。

「維洛克！不可能！」

沉著穩健的小個子輕輕點一下頭。

「就是他沒錯。這麼一來，你就不能再說我把東西隨便交給任何找上門來的呆瓜。據我所知，他生前是你們組織裡的重要成員。」

「沒錯。」奧西彭說，「重要。不，未必。他是消息中心，通常負責接待外地來的同志。用處很大，重要性未必高，是個沒想法的人。過去他經常在會議上發言，應該是在法國時。口才一般，倒是挺受拉托雷、莫瑟那些老一輩的器重。他展現出的唯一才能就是很擅長避開警方的注意。比方說在這裡，警察好像並沒有密切監視他。他跟一般人一樣結婚成家，我猜那家店也是用他太太的錢開的，收入好像不錯。」

奧西彭突然停下來，自言自語地說，「不知道那女人接下來會怎樣？」而後陷入沉思。

小個子男人毫不在意地等著。他身分隱密，認識他的人都只知道他綽號「教授」。之所以會有這樣的頭銜，是因為他曾經在某所技術學院擔任化學課助教。他因為不公平待遇問題跟上司發生爭執，後來又到染料工廠實驗室任職，同樣遭到惡劣至極的不公平待遇。他曾經吃苦受罪，也努力奮鬥力爭上游，因此過度高估自己的本事。不管社會怎麼樣對待他，他都覺得受委屈，畢竟社會公不公平，很大部分取決於個人的耐性。教授是有才華，可惜欠缺適應社會所需的重要美德，那就是順服。

「是個沒大腦的傢伙。」奧西彭大聲宣告，不再糾結於維洛克的新寡妻子和那家店何去何從。「個性庸庸碌碌。教授你實在應該多跟同志們打交道。」他用責備的口氣說，「他跟你說了什麼嗎？有沒有透露他的動機？我上一次見他是一個月前，很難想像他已經死了。」

「他說是針對某棟建築物的示威行動。」教授答，「我至少要知道這些訊息，才能準備東西。我告訴他我手邊的材料不足以炸毀一整棟大樓，但他誠懇地要我盡力而為。他需要的是可以光明正大提在手上的東西，我正好有個容量一加侖的亮光漆空桶，就建議他用。他很喜歡這個點子，我可麻煩了，因為我得先把底部切割下來，事後再焊接回去。油漆桶裡裝著廣口厚玻璃瓶，瓶口用軟木塞密封，瓶身裹一層溼黏土，裡面填裝四百五十克粉狀炸藥。引信跟油漆桶的旋轉蓋連接。那是天才設計，時間與衝擊的結合。我跟他解說裡面的機制，是一條細細的錫管裝著……」

奧西彭聽得恍神了。

「你認為出了什麼問題？」他打岔。

「說不上來。也許把上蓋旋緊了，啟動炸藥，卻忘了時間。時間設定二十分。另一方面，蓋子旋緊後，劇烈震動也會導致炸藥瞬間引爆。他或許把時間計算得太緊迫，或者只是桶子掉地上。引信本身沒有問題，至少這點我很確定。這種裝置萬無一失，唯一可能的問題就是用的人太笨，匆忙之間忘了啟動定時裝置。本來我也只擔心這種事，可惜，這世上的呆子形形色色，防不勝防。你總不能期待引信可以做到完全防呆。」

他朝侍者揮揮手。奧西彭呆坐著，眼神渙散，像是絞盡腦汁思考某個重大議題。侍者拿著酒錢離開後，他情緒激動起來，顯得十分氣惱。

「實在傷腦筋。」他尋思道，「揚德得了支氣管炎，已經臥床一星期，說不定再也起不來。麥凱里斯在鄉下某個地方享福，有個上流社會出版商花五百英鎊請他寫書。這本書肯定一塌糊塗，他在牢裡蹲太久，已經沒有思考能力。」

教授站了起來，正在扣外套釦子，漠不關心地望望四周。

「你會怎麼做？」奧西彭沮喪地問。他擔心受到中央紅潮委員會的責怪。這個委員會沒有固定會址，他甚至不清楚會員有多少。萬一因為這件事牽連，《無產階級未來》宣傳手冊再也拿不到微薄補助款，那麼維洛克這個莫名其妙的呆瓜可真害慘他了。

「跟極端行動同一陣線是一回事，愚蠢的莽撞又是另一回事。」教授陰陽怪氣中帶點冷酷。「我不知道維洛克是怎麼回事，其中有點蹊蹺。總之，他死了，你怎麼想是你的事。以目前的情況來說，你們這個激進革命組織唯一的策略就是，聲明你們跟這個該死的怪胎沒有關係。問題在於，怎樣才能讓別人相信你們的聲明。」

小個子男人扣好大衣準備離開，他並沒有比坐著的奧西彭高，那副眼鏡平視奧西彭的臉。

「你們可以請警方出具行為良好證明，他們知道你們每個人昨天晚上的行蹤。如果你們提出要求，也許他們願意發出官方聲明。」

「他們肯定知道我們跟這件事沒有關係。」奧西彭恨恨地說，「他們會怎麼說又是另一回事了。」他依然冥思苦想，沒有理會站在他身旁那個衣著破爛、面容嚴肅的矮個子。「我得馬上去找麥凱里斯，要他在組織的集會裡說點真心話。公眾對那傢伙多少有點同情，很多人聽說過他。我也認識幾個大報記者。他當然會說出一堆蠢話，可是他有演說天分，總是能打動人心。」

「像裹了糖蜜。」教授插嘴，他聲音很低，表情依然冷淡。

心煩意亂的奧西彭繼續跟自己說話，像隱居的人在沉思默想。

「不可理喻的笨蛋！留這個白痴爛攤子給我。我甚至不知道……」

他抿著雙唇呆呆坐著。直接到維洛克的店打聽消息顯然不是好點子，那裡可能已經變成警方的陷阱，警方一定會想辦法逮幾個人。他平順的革命生涯平白無故受到威脅，因而氣憤難平。可是，除非他去跑一趟，否則很難掌握某些切身重要的訊息。話說回來，假使公園那男人如晚報所說，已經炸得粉身碎骨，那麼警方可能還沒查出他的身分。如果真是這樣，那麼警察對維洛克的店的監視行動，就不會比其他知名無政府主義分子出入的場所更嚴密，大概會像監視席勒努斯餐廳出入口一樣。反正不管他走到哪裡，到處都有人監視。只不過……

「現在我該做點什麼比較好呢？」他自言自語。

他身邊有個粗嘎嗓音平靜又不屑地說：

「不管維洛克的女人有多少錢，先勾搭上再說。」

教授扔下這句話，轉身就走。奧西彭被這突如其來的明智建言嚇了一跳，微微一怔。他仍然兩眼無神地坐著，彷彿屁股已經釘牢在椅子上。那架連琴凳都付之闕如的孤單鋼琴勇敢地彈奏出幾個和弦，而後開始演奏異國曲調，最後以一曲〈蘇格蘭風鈴草〉送他離開。他緩步爬上樓梯、越過大廳走到街上，背後那不帶感情的樂音漸漸遠颺。

餐廳外有一群神情鬱悶的報紙小販，他們不敢占據人行道，擠在排水溝旁推銷商品。這是陰冷的早春時節，烏雲遮蔽的天空、泥濘不堪的街道、骯髒破爛的衣裳，跟那些被印刷廠油墨污染、廢話連篇的潮溼紙張上的聳動消息相互呼應。污泥斑斑的海報像掛毯似地妝點著路邊石。午後報紙銷售暢旺，只是，街上行人來來往往，關心時事的仍屬少數，有種普遍性的冷漠。奧西彭加入川流不息的人潮之前，匆匆瞥了瞥左右兩側，教授已經不見蹤影。

5

教授轉進左側街道，往前走去。他抬頭挺胸走在人群中，幾乎周遭每個人都高過他發育不良的身材。說他不失望是騙人的，但那只是一種感覺。這次或任何失敗，都擾亂不了他堅毅的內心。下一次，或再下一次，肯定能祭出有效的一擊，會驚天動地，足以震裂保護這個殘暴不公社會那高不可攀的法治城牆。他出身貧寒，外形又極不討好，阻礙了他偉大天賦的發展。他從小就聽說許多男人從社會底層白手起家，最後爬到頂端，終於掌握金錢與權勢的故事，內心無限憧憬。他的思想極端，幾乎有種苦行般的純淨，不諳社會現實，一心追求權力與聲望，卻不懂得運用謀略、風度、手腕與財富，唯一的憑藉是個人能力。他覺得光憑自己的才華，理所當然就該萬事亨通。他父親是個巡迴佈道家，屬於基督教某個教規嚴格的隱密派別，天性敏銳、狂熱激越、言論聳動，額頭往上傾斜，展現高度自信，深以自己與眾不同的正直為榮。教授本身懷抱個人主義，他進大學就讀後擴展視野，學術知識取代了祕密教派信仰，傳承自父親的道德信念轉變成純粹的狂熱野心。在他心目中，這股野心有種非關宗教的神聖光環，目睹它受挫的同時，他見識到世界的真實面，了解到所謂的道德竟是矯揉造作、腐敗墮落、褻瀆不敬。即使出發點最無可非議的革命手段，背後隱藏的也是偽裝成信條的個人衝動。教授在自己的義憤中找到終極藉口，因而能夠坦然以破壞來實現個人野心，不必背負沉重的罪惡感。摧毀公眾對法治的信心，並非追求他狂熱目標的完美方案，但他下意識裡認定，要想有效撼動社會秩序的框架，只能靠某種集體或個人暴力。這點認知倒是精準無誤，他深信自己背負道德使命，從不懷疑。他以冷酷的反抗執行自己的任務，從而建立自己的威權與優勢。這是飽受屈辱的他應得的，它平撫了他的敵意與怨念。說到底，即使最激烈的革命者，也只是在尋找所有人類共同追求的平靜：虛榮與欲望得到滿足，或者良心不受譴責。

他淹沒在人群裡，衣著寒酸又矮人一截，卻不可一世地幻想著自己的威力，左手放在長褲口袋裡，輕輕握住那個橡皮球，那是他災難性自由的終極保證。不一會兒，他開始厭煩馬路上絡繹不絕的車輛和人行道上摩肩擦踵的男男女女。他走在一條筆直長街上，周遭的人潮不過是這個城市龐大人口數的一小部分。他覺得從四面八方往外延伸、到隱沒在成千上萬磚造房屋後方的地平線為止，到處擠滿了不計其數的人類。他們像蝗蟲般多不勝數、像螞蟻般勤奮不懈、像自然力般橫衝直撞，盲目又專注地往前推進，秩序井然，不受情緒、邏輯，甚至恐懼干擾。

他最害怕的，就是這種不確定感。人們對恐懼無動於衷！有時他在外面走著走著，如果碰巧從冥想中回到現實，經常會突然對人類產生一股令人生厭又合情合理的不信任。萬一沒有任何方法可以撼動他們呢？所有渴望直接掌控人性的人都會面臨這樣的時刻，比如藝術家、政治家、思想家、改革家或聖人。這種情緒狀態著實可惱，在孤獨的催化下，昇華為優越感。這時他想到他的住處，心生狂喜。那個房間隱藏在雜亂的簡陋屋舍之中，裡面有一座上鎖的櫥櫃，是頂尖無政府主義者的僻靜住所。為了早點到達搭乘公共馬車的地點，他閃身離開車水馬龍的大街，轉進一條陰暗狹窄的石板小巷。巷子裡有一排低矮磚房，布滿灰塵的窗子黯淡無光，是終將崩塌的垂死面貌，等待拆解的空殼子。另一邊還殘存些許生命跡象：二手家具店洞穴似的店門朝唯一那盞街燈打著哈欠。一條昏暗小徑蜿蜒在怪異的衣櫥叢林之間，地面長出紛亂糾結的桌腳，小徑深處的高大壁鏡閃閃發亮，像森林裡的湖水。一張鬱卒沙發流落在門外，旁邊站著兩張不成套的椅子。走在這條巷子裡的除了教授，只有另一個人。那人身材健壯結實，挺直腰桿從對面走來，大搖大擺的步伐倏地煞住。

「唷嗬！」那人出聲招呼，警覺地側身站定。

教授已經停下腳步，半轉身子，肩膀貼近牆壁。他右手輕輕擱在那張被逐出家門的沙發椅背上，左手依然深深埋在長褲口袋裡。他面容陰鬱，卻鎮定自若，在圓形粗框眼鏡襯托下，更顯嚴肅。

兩人彷彿在熱鬧宅第裡的僻靜走道狹路相逢。健壯男人的深色大衣扣得密實，手拿雨傘，帽子往後斜，露出一大片前額，在陰鬱天色裡顯得異常白淨；暗沉眼眶裡兩顆眼珠子閃爍出銳利光芒；熟玉米色的八字鬍垂落嘴角，末端勾勒出刮得素淨的方顎。

「我沒找你。」那人唐突地說。

教授寸步不移。這座大城的雜沓人聲已經減弱為隱約模糊的低語。特殊犯罪科的錫特督察長變換語調。

「不趕著回家嗎？」他語帶嘲弄地問。

五短身材、其貌不揚的教授身為擔負破壞任務的道德使者，暗地裡為擁有個人威勢欣喜若狂，連眼前這個奉命保護惡質社會的執法者都得讓他三分。教授比羅馬暴君卡里古拉幸運，卡里古拉多麼希望羅馬元老院[7]只有一名元老，以便遂行一己的殘暴欲望。他在眼前這個男人身上看見他反抗的一切：法律的約束力、財產、壓迫與不公。他志得意滿、高傲自負地看著全體敵人，無所畏懼地與之對陣。敵人茫然失措地站在他眼前，彷彿面對令人畏懼的惡兆。這次偶遇確認他凌駕於全體人類之上，令他沾沾自喜。

這確實是一場偶遇。打從這天上午將近十一點半特別犯罪科接到格林威治發來的第一封電報起，錫特就忙得馬不停蹄，心情也怏怏不樂。首先，他不到一星期前才向頂頭上司拍胸脯保證，城裡的無政府主義者絕不會蠢動，如今卻發生這樁暴行，著實叫人惱火。他向長官誇下海口的當下，內心確實毫無懷疑。當時說出那番話後，他對自己的表現滿意至極，因為那顯然就是長官想聽的。他向長官打包票，即使真有不法分子圖謀不軌，他的部門一天之內就會收到消息。他之所以那麼說，也是因為他自認是部門裡的一流專家。他甚至說了些聰明人會選擇保留的言語，可惜錫特不算太聰明，至少不是真聰明。真正的聰明人會知道，這個矛盾世界充滿不確定性，也不會接下他目前的職位。如果他的長官夠聰明，也會心生警惕，那麼他就升職無望。反之，他卻官運亨通，一日九遷。

「長官，他們每個人一天二十四小時的行蹤，都在我們掌握之中。我們隨時隨地都知

7. Roman Senate，羅馬帝國與羅馬共和國的諮詢議會，初期由一百個家族的首領組成，後來增加至三百名。

道他們一個個在做什麼。」他如此宣稱。那位高官賞他一個笑容。錫特覺得，以自己的聲望，顯然就是該說這樣的話，所以心裡特別開心。那位高官聽信錫特的話，因為那符合他心目中的理想狀態。高官的聰明跳脫不了官場那一套，否則他判斷事情時也許懂得運用經驗，而非一味依靠理論。那時他就會明白，陰謀分子與警方關係撲朔迷離，偶爾會意外中斷，在時間與空間中出現漏洞。某個無政府主義者或許隨時隨地都在警方掌握之中，卻總會在某些時刻突然銷聲匿跡，失聯幾小時。在那種時候就會發生某種可悲可嘆的事，通常是爆炸案。只是，這位高官太相信自己觀察到的太平現象，滿意地笑了。無政府主義活動專家錫特想到那個笑容，心裡特別懊惱。

錫特這位辦案專家腦子裡的煩心事可不只這一樁。另一件事就發生在當天早上，他被召喚到助理處長私人辦公室，竟然沒辦法掩飾自己的驚訝，回想起來心情夠鬱悶的。做為成功男人，他很久以前就知道，要有好名聲，除了亮眼的辦事績效，也要有卓越的處世態度。長官拿電報質問他時，他表現出來的態度實在差強人意。他瞪大雙眼，驚呼一聲「不可能！」當時長官拿著電報大聲讀出內容，隨手扔在桌上。聽見他的反應，伸出手指狠狠地戳了戳桌上的電報，害他無言以對。像那樣被別人的食指狠戳，感覺真的很不愉快。也很受傷！更嚴重的是，錫特還當場跟長官鐵口直斷，事後想想，實在是成事不足敗事有餘之舉。

「有件事我現在就可以向您報告，這事跟我們監控的那群人無關。」

當時他只是盡量展現出優秀探員該有的魄力，現在他已經明白，故作神祕、有所保留，也許更能保住他的名聲。話說回來，他不得不承認，如果讓門外漢插手這件事，那他將來要如何在警界立足。無論在警界或任何行業，外行人都是十足的禍患。助理處長的嚴厲口氣實在夠讓人窩憋的。

再者，這天他只吃了早餐，之後就什麼都吃不下了。

他收到消息後，立刻到現場展開調查，在公園吞了好些溼冷又不健康的霧氣。之後他轉進醫院，等格林威治爆炸案調查完畢，他已經胃口盡失。他跟那些醫生不同，不習慣近距離觀察支離破碎的人類遺體。所以醫院某個房間桌上的防水布掀開那一剎那，眼前的景象嚇得他寒毛直豎。桌面上還鋪著另一塊防水布，充做桌巾使用，四個角落都往上拉，蓋住一堆沾染血跡的焦黑碎布，儼然就是食人族盛宴後的殘羹冷炙。目睹這樣的畫面，得要有非比尋常的堅定意志，才不會心生畏怯。錫特畢竟是部門裡的拔尖警官，他沒有退縮，卻也整整一分鐘止步不前。有個穿制服的轄區探員斜瞄他一眼，簡單扼要地說：

「都在那裡了，一塊肉都沒少。費了好一番工夫。」

他是爆炸後第一個趕到現場的警探，這時他又重提此事。當時他站在威廉王街守衛室門口跟守衛說話，看見濃霧裡強光乍現，像一道閃電，爆炸威力震得他全身發疼。他穿過樹林跑向天文台。「使盡吃奶力拚命跑。」他重複了兩次。

錫特小心翼翼又驚恐萬分地俯在桌子上方查看，任由警探喋喋不休。醫院的門房和另一個男人拉下防水布四個角落，退到一旁。錫特細細察看那堆像是從廢墟和舊貨商店搜集來的驚悚混合物。

「你用了鏟子。」他看見幾顆小石子、細碎的褐色樹皮和針尖大小的碎裂木頭。

「有個地方不得不用。」淡定的警探答，「我派公園守衛去找了把鐵鍬。他聽見我用鐵鍬鏟地上的東西，把額頭貼在一旁的樹幹上，吐得慘兮兮。」

錫特戰戰兢兢俯在桌子上方，奮力壓抑住湧上喉頭那股作嘔感。儘管理智告訴他，當時的衝擊力八成像閃電一樣迅速，這個不管是誰的傢伙肯定瞬間斃命。但強大的破壞力把這具軀體炸成一堆無名碎片，他始終覺得非常殘暴無情。人的身體炸得這樣粉身碎骨，很難相信過程中不會產生劇烈疼痛。錫特不是生理學家，更不是形上學家，他的同情心超越通俗的時間觀念，而同情心本身就是一種恐懼。什麼瞬間！他想起在報章媒體讀到過，許多漫長的驚悚夢境其實都是清醒前那一瞬間夢見的；也讀過溺水的人在水中載浮載沉時，腦袋最後一次冒出水面的那一剎那，會把過往人生重新經歷一次。人類的意識如此神祕難解，錫特陷入苦思，最後他歸納出一個駭人結論：只要一眨眼的時間，就能體驗到經年累月的肉體劇痛和精神折磨。他一面想著，一面觀看桌上的東西，面容冷靜，神情卻有點焦慮，像手頭拮据的顧客檢視肉攤上的內臟和碎肉，想料理一頓平價週日餐。身為優秀探員，他從不放過任何線索。檢查屍體的過程中，他訓練有素的感官也沒錯過自鳴得意的警探欠缺條理的長篇大論。

「是個金髮的傢伙。」警探平靜說道，「有個女人跟小隊長說，她看見一個金髮男人從梅茲山車站出來。」他停了一下。「死者也是金髮。北上火車離站後，那女人看見兩個男人走出車站。」他又徐徐說道，「她不確定他們倆是不是一夥的。她沒多留意塊頭大的那個，倒是看見另一個是膚色白皙、身材瘦小的年輕人，手上提著一罐亮光漆。」

「知道那女人是誰嗎？」錫特喃喃問道。他的視線仍然緊盯桌面，腦子裡隱約想到，調查結果可能無疾而終，死者也許永遠身分不明。

「知道。是某個退休酒館老板的管家，偶爾會到公園街的教堂做禮拜。」警探煞有介事地說著，而後又停頓下來，瞄了桌上一眼。

他突然又說，「是啊，他在這兒，我找得到的都在。膚色白皙、身材瘦小，確實夠瘦小的了。看看那邊那條腿，我先撿起兩條腿，到處都是屍塊，簡直不知道該從哪兒下手。」

他那張大餅臉閃過一抹極細微的自豪笑容，像嬰兒般天真。

「絆倒了。」他又說，「我跑過去時也絆了一跤，摔個倒栽蔥。有些地方到處都有冒出地面的樹根。他可能絆到樹根摔倒，手上的桶子應該是直接在他胸口底下爆炸。」

「身分不明」這幾個字不斷在錫特腦海裡迴響，令他格外苦惱。即使只為了自己，他也想把這件事查個水落石出。職業使然，他喜歡追根究柢。他也希望藉由查出死者身分，向社會大眾證明部門的辦案效率。他是個盡職的公僕，可惜，這個願望顯然機會渺茫。這件案子的第一項證據根本無法判讀，除了殘酷的暴力，什麼線索也沒提供。

錫特克制住一股厭惡感，伸手拿起血跡最少的一塊布。他這麼做倒不是為了安撫自己的良心。那是一塊長條形的天鵝絨，連著一片面積更大的三角形深藍色布料。他把布塊舉到眼前，警探又說話了。

「天鵝絨領子。怪的是，那個女人當時也注意到這個天鵝絨領子。她告訴我們那年輕人穿著深藍色大衣，領子的布料是天鵝絨。這就是她看到的那個小伙子，錯不了。全都在這裡了，天鵝絨領子有的沒的都在。即使只有郵票大小，我應該也找回來了。」

到這時，錫特訓練有素的感官不再留意警探的話。他走到光線更明亮的窗子邊，背對房間細看手上那塊三角形布料，震驚之餘凝神專注。他使勁扯下那塊布塞進口袋，之後才轉身面對房間，把天鵝絨領子扔回桌上……

「蓋起來。」他對一旁的助手下令。他接受警探行禮致意後，頭也不回地帶著戰利品走出去。

他碰巧趕上一班火車，載著他飛奔進城。他獨自坐在三等車廂裡推敲琢磨。那塊燒焦的布極其珍貴，竟然這麼意外地落入他手中，彷彿命運之神把線索扔到他手裡，他驚訝得瞠目結舌。他跟所有意圖掌控一切的平凡人一樣，開始質疑這份天上掉下來的禮物，只因為這禮物好像被人硬塞進他手裡。成功的實際價值很大部分取決於你如何看待它，但命運之神無視一切，也毫無鑑別力。原本他認為查出這個把自己炸得面目全非的人的身分對自己有利，現在他已經不這麼想了。他不確定部門會怎麼看待這件事。在受雇者心目中，他所屬的部門往往深不可測，有自己的觀點，甚至有它自己的好惡。部門仰賴部屬的忠誠奉獻，而這些忠僕的奉獻往往夾雜著一絲親暱的鄙夷，才能維持部門的魅力。基於大自然的善意安排，天底下沒有哪個男人是他貼身男僕眼中的英雄[8]，否則英雄都得自己洗衣服了。同理可證，在雇員心目中，他們瞭如指掌的部門從來就沒有絕等智慧。部門的見聞往往不如某些雇員來得廣博，畢竟它是個被動組織，不可能無所不知。如果它知道太多，恐怕會效率不彰。錫特下火車時依然在深思熟慮。他心裡沒有一絲對部門的不忠，卻少不了對女人（或對部門）忠心耿耿時那種患得患失的疑慮。

錫特遇見教授時，腦袋瓜想著這些事，胃裡沒有一點食物，卻還為稍早見到的景象翻攪著。任何身心健全的男人處於這種狀態下，肯定都敏感易怒，所以錫特碰見教授，心裡特別嫌惡。當時他壓根沒想到教授這個人，也沒想到那些無政府主義者。這件案子的複雜程度，讓他強烈感受到人類的荒誕。這種荒誕的抽象面已經足以惹惱欠缺哲學修養的人，它的實質面更是差勁到叫人忍無可忍。錫特踏入警界初期負責偵辦重大竊盜案。他在那方面建立不少功績，等他升職到另一個部門，自然還保有過去的光環。偷竊倒不是什麼荒誕行為，它是人類的行業之一，儘管邪惡，卻還是勤奮世界的諸多行業之一，跟燒陶、挖煤、農耕、打鐵一樣，都是人類基於相同理由從事的活動。竊盜也是一種勞務，它跟其他勞務實際的差異點在於風險。它的風險不是關節僵硬、鉛中毒、沼氣或沙塵，而是可以用它那個行業的黑話一言以蔽之的「七年苦牢」。當然，錫特很清楚這其中涉及的道德議題，但他追捕的那些竊賊也知道。他們懷著認命心態，無奈地接受錫特熟知的那些嚴厲的道德懲戒。

那些都是他的同胞，他相信他們是因為教育不足而步入歧途。認同了這點差異之後，他就能理解盜賊的心思，因為，盜賊的心思與直覺，其實跟警察的心思與直覺沒兩樣。彼此都服膺同一套常規，也對彼此的執業手法和行事慣例有相當程度的掌握。他們互相了解，這點對彼此都有利，彼此之間似乎發展出某種和睦關係。他們都是同一部社會機器的產物，一方是人民保母、一方是社會敗類。他們都視這部機器為理所當然，各自角度不同，認真嚴肅的程度卻如出一轍。錫特不能接受造反行為，但小偷不是叛亂分子。他充沛的體力、冷靜靈活的風格、他的勇氣和為人的公正，讓他贏得竊賊一致的尊重和些許奉承。他覺得自己受到推崇與敬仰。錫特現在跟那個綽號「教授」的無政府主義者相距不到六步，不禁懷念起竊賊圈。那個圈子的人至少神志清楚、沒有病態空想、行事有規則，對代表公權力的官員有所敬重，內心沒有任何憎恨與失望。

錫特結束了他對社會正常現象（因為他直覺認定，偷竊這種事其實跟財富一樣正

8. 此處套用十六世紀法國哲學家米歇爾・蒙田（Michel de Montaigne，一五三三～一五九二）的名言：Peu d’hommes ont esté admirés par leurs domestiques。

常）的懷念，突然一肚子火氣，氣自己停下腳步，還說了話，也氣自己為了趕回總部抄捷徑，選擇這條小巷子。他又用他權威的大嗓門說了話，音調雖然稍有緩和，卻語帶威脅。

「我們沒找你。」他重複一次。

教授動也不動。他不屑的臉龐笑嘻嘻的，連牙齦都露出來了，卻沒有發出聲音。錫特不明智地補了一句：

「時候未到。等我想找你，自然知道該上哪兒去找。」

這些話擲地有聲，中規中矩，也是他這種性格的警官會對他的特定對象說的話。聽在對方耳裡卻是離經叛道、張狂無禮，根本令人髮指。那發育不良的瘦弱男人終於開口：

「到時候報紙一定會刊登你的訃文，只有你最清楚那對你有多少價值。你甚至不難想像訃文會寫些什麼內容。問題在於，雖然你那些同事肯定會想盡辦法把我們倆的屍骨分開來，但最後你可能得接受必須跟我合葬的無奈事實。」

錫特對教授儘管滿懷鄙夷，聽到這種意有所指的血腥話語，仍然心驚肉跳。他腦袋夠清楚，也掌握夠多精準資訊，沒辦法斥為無稽。身形瘦弱的教授站在暗處、背對牆壁，用中氣不足卻自信滿滿的嗓音說著話，為這條薄暮初降的巷弄增添了一抹不祥氛圍。在身強體健、活力充沛的錫特心目中，眼前這個苟延殘喘的可悲形體凶險萬分。因為如果他不幸過著那麼悲慘的人生，一定不會在乎自己還能活多久。但他太熱愛生命，所以胃部突然一陣翻攪，前額也滲出微汗。遠處的模糊人聲與減弱的隆隆馬車聲，從骯髒彎曲的巷道兩端看不見的盡頭處傳送過來。那聲響聽在錫特耳中無比熟悉、婉轉動聽，他終究只是個普通人，然而，他也是個男子漢，不能輕易放過這種恐嚇言語。

「這些話只能嚇唬嚇唬小孩。」他說，「我總有一天會找你。」

這話說得不卑不亢，沒有輕蔑，冷靜得近乎嚴峻。

「這我相信。」教授答，「可是你再也找不到比現在更好的時機。對於一心除暴安良的人而言，這是自我犧牲的大好機會。再也不會有比此刻更有利、更人道的時間點。我們身邊連隻貓都沒，這些破爛的老房子會變成一大堆磚塊，堆在你現在站著的地方。你現在抓我，傷亡人數和財產損失最低。保護人民的生命財產不就是你的職責？」

「你根本不了解我。」錫特立場堅定，「如果我現在逮捕你，那我跟你有什麼兩樣。」

「喔！遊戲規則！」

「你最好相信最後獲勝的一定是我們這邊。現在還不需要讓大眾明白你們這些人都像瘋狗，應該當街槍斃，到那時遊戲才正式開始。我不知道你們有什麼規則，我相信連你們自己都不知道。按你們的規則做事，什麼都得不到。」

「到目前為止，得到利益的是你，而且拿得挺輕鬆。我暫且不談你的薪水，你根本弄不清楚我們追求的是什麼，就已經揚名天下。」

「那麼你們追求的是什麼？」錫特的口氣不屑中帶點心急，像是趕時間的人發現自己在浪費時間。

教授這個完美無政府主義者露出冷笑，蒼白的薄唇依然緊閉。錫特覺得自己氣勢凌駕對方，豎起一根手指，警告意味濃厚。

「不管是什麼，放棄吧。」他勸誡對方，語氣不像過去大發慈悲忠告慣竊時那般友善。「放棄吧。你們寡不敵眾。」

教授臉上的笑容有點僵，彷彿背後的信心動搖了。

錫特又說：「你不相信我嗎？你只要看看四周，我們多的是人。反正你們做得不怎麼樣，老是把事情搞得一團糟。小偷如果像你們這麼不專業，早都餓死了。」

教授聽見錫特暗示他背後還有數不清的執法人員，內心一陣憤慨，臉上那抹神祕的嘲弄笑容消失了。他長期以來形單影隻孤軍奮戰，最大的恐懼就是對方人多勢眾，難以攻克。他嘴唇略微顫抖，才硬擠出一句話：

「至少我的表現比你稱職。」

「不多說了。」錫特匆匆打斷他。教授哈哈大笑，邊笑邊往前走。可惜，他沒有笑太久，從小巷踏入熱鬧大街的他，變成神情哀傷的瘦小男人。他像個流浪漢，欲振乏力地往前走，不停往前走，對雨水和陽光無動於衷，對天空和地球的一切現象視若無睹。錫特就不同了，他的目光尾隨教授片刻，就踩著果決迅速的步伐轉身離開，即使狂風暴雨也毫不在意，只知道自己身負使命，也擁有同道中人的精神支持。全城的居民、全國的百姓，乃至地球上忙忙碌碌掙扎奮鬥的無數人們，都是他的盟友，就連小偷和乞丐也不例外。沒錯，以他目前的任務來說，竊賊肯定跟他同一陣線。想到自己的行動得到全世界支持，他不禁精神百倍，開始考量眼前的難關。

錫特眼下的問題就是面對他所屬部門的助理處長，也就是他的直屬長官。這是忠實可靠的公僕始終無法擺脫的問題，無政府主義只是讓這個問題複雜化，如此而已。說實在話，錫特根本不把無政府主義者放在眼裡，他不覺得那些人夠重要，更不可能嚴肅看待他們。那幫子人充其量只是行為失序，一種不能拿酒醉當藉口的失序。酒醉某種程度上畢竟代表心情好、喜歡愉悅氣氛。做為罪犯，無政府主義者根本沒有格調，一點都沒有。這時他想到教授，一面繼續邁開大步、一面咬著牙低聲罵道：

「瘋子。」

抓小偷完全是另一碼事，這種使命本質夠嚴肅，就像任何形式的公開競賽，規則淺顯易懂，最優秀的人必定勝出。對付無政府主義者毫無規則可言，錫特最痛恨這點。這根本就是一件蠢事，偏偏這件蠢事會刺激到社會大眾，會引來高層關切，甚至牽扯到國際關係。錫特繼續往前走，心裡想著他那群無政府主義者，一臉的殘酷蔑視。那些人之中，沒有一個擁有他認識的這個或那個盜賊一半的勇氣。別說一半，連十分之一都不到。

錫特抵達總部後，立刻來到助理處長的私人辦公室。助理處長握著筆俯身一堆散亂文件上方，像在膜拜桌上那座巨形青銅水晶墨水瓶架。幾個像蛇似地捲曲纏繞的傳話筒綁在一起，掛在他那張木扶手椅的椅背，話筒那端對著他手肘，像是隨時會一口咬下去。他只抬起視線，眼皮的色澤比臉部更暗沉，而且層層皺褶。報告已經送進來了：每個無政府主義者的行蹤都在掌握中。

說完這句話，他視線又回到桌面，迅速簽了兩份文件，這才放下筆，靠回椅背，以探詢的目光注視眼前這位大名鼎鼎的部屬。錫特面不改色，恭敬謙遜，卻高深莫測。

「那天你說倫敦的無政府主義者跟這件事無關，」助理處長說，「看來是這樣沒錯。我很謝謝你的手下對他們滴水不露的監控。只是，從社會大眾的角度來看，這等於承認我們對這件案子毫無頭緒。」

助理處長態度從容，卻不失審慎。他說話時字斟句酌，彷彿徒步橫渡失誤之河，每個字都是他的踏腳石。「除非你在格林威治查到有用的線索。」他補了一句。

錫特立刻就事論事地講述起調查過程。助理處長略微轉動椅子，蹺起細瘦的腿，重心支在一邊手肘上，另一隻手遮在眼前。他的坐姿有稜有角，有種哀傷的優雅。等錫特說完，他緩緩點頭，腦袋兩側的烏黑頭髮閃耀出晶亮銀器的光澤。

錫特默默等候，像在回想自己剛才說的話，事實上卻在考慮該不該多說一點。助理處長打斷他的沉默。

「你認為做案的人有兩個？」他依然遮著眼睛。

錫特認為大有可能。據他推測，那兩個人一起走到距離天文台圍牆一百公尺內的範圍，才分道揚鑣。他進一步說明另外那個男人為何能夠迅速離開公園，完全沒被發現。當時霧氣雖然不濃，卻對他有利。他好像陪著死者到現場，再由死者獨自執行任務。根據老婦人看見那兩個人走出梅茲山車站的時間，以及爆炸發生的時間推斷，錫特認為，另一個男人走到格林威治公園站，準備搭下一班火車北上，他的同夥就是那時候把自己徹底毀滅。

「毀滅得非常徹底，是吧？」聲音從助理處長手部陰影下方傳出來。錫特用幾個字簡潔有力地描述屍體的慘狀。「驗屍官的陪審團要大開眼界了。」他冷森森地補了一句。

助理處長放下遮住眼睛的手。

「而我們沒辦法給他們任何訊息。」他喪氣地說。

他抬起頭，看了一眼錫特明顯保留的態度。他不是個不切實際的人，他很清楚部門的運作必須依賴下級主管，而這些下級主管對忠誠度的解讀各自不同。他最早是在某個熱帶殖民地的警務機關任職，他喜歡那份工作。他擅長追查當地某些惡名昭彰的地下組織，逐一瓦解。之後他請了長假，有點衝動地結了婚。以世俗的眼光來看，那是一樁美好姻緣，可惜他的新婚妻子聽過太多傳聞，對殖民地印象不佳。不過，她握有不少重要人脈，是個完美對象。他不喜歡現在的工作，總覺得要看太多部屬和太多長官的臉色，輿論這種古怪的情緒現象又緊迫盯人，壓得他喘不過氣來，它的非理性反應更令他膽戰心驚。當然，他不了解輿論，難免放大它的優缺點，特別是缺點。另外，英格蘭春季的凜冽東風（他太太覺得挺宜人）更讓他質疑別人的行為動機、不相信部門的辦事效率。只要碰上特別煩累的日子，這種徒勞無益的辦公生涯更令他膽寒。

他從椅子上站起來，越過房間走到窗子旁，很難想像他這種高高瘦瘦的男人腳步竟會如此沉重。窗玻璃掛著一道道雨水，底下那條短短的街道到處溼答答、空蕩蕩，彷彿瞬間被洪水沖刷殆盡。這是個特別難熬的日子，一早就濃霧蔽天，現在又被寒雨淹沒。搖曳閃爍的模糊街燈似乎也溶化了，變成一團團水氣。在這種惡劣天氣壓迫下，人類的高傲自大也化成空虛絕望，可鄙、可嘆又可憐。

「太糟糕了，太糟糕了！」助理處長把臉貼近窗玻璃，心裡想著。「這種天氣已經持續十天，不，兩星期了，整整兩星期。」他停止思考，大腦空白了大約三秒，而後隨口說道：「你應該派了人在鐵路沿線打聽另外那人的行蹤了吧？」

該採取的步驟肯定一個也沒漏。錫特當然很清楚該怎麼搜捕嫌犯，那都是例行公事，連剛入行的菜鳥都會做。向那兩座車站的收票員和腳夫稍一打聽，就更明確掌握那兩個人的外貌。再看一下當時回收的車票，馬上就查出那天早上他們倆從哪裡出發。這是一定要做到的基本功。因此，錫特的回答是，收到老婦人提供的消息後，調查工作立刻進行。他也說出車站名稱。「長官，他們在那裡上車。」他接著說，「在梅茲山車站收票的站務員記得當時有兩個符合嫌犯特徵的人出站。他覺得那兩個人看起來是挺體面的工人，比如畫看板的或做裝潢的。身材比較胖的那個從三等車廂後門下車，手上提著亮晶晶的錫桶。走到月台上時，他把桶子交給跟著他的那個白淨小伙子。這些都跟格林威治那個老婦人的證詞相符。」

助理處長依然面向窗外，對於那兩個男人是否真的涉案，他表達了些許質疑。他說，這個推論唯一的根據是某個打雜老婦的說詞，而她當時幾乎被另一個匆匆趕路的男人撞倒。這種證詞實在不足採信，除非她突然福至心靈，但這又說不過去。

「說實在話，她當真得到某種天啟嗎？」他語帶嘲弄地質問。他背對房間，彷彿對眼前泰半隱沒在夜色中的大城著迷，即使聽見錫特喃喃說出「天意」這兩個字，他也沒回頭。錫特的名字偶爾會出現報端，社會大眾對他相當熟悉，普遍認為他是個積極勤奮的人民保母。這時錫特稍稍抬高音量。

「我倒認為亮晶晶的油漆桶夠醒目。」他說，「算是可靠的證詞。」

「而這兩個人在鄉下那個小站上車。」助理處長喃喃說道，語氣中帶點納悶。錫特告訴他，當時有三個人在梅茲山車站下車，其中兩張票來自那個小站。另一個下車的人是從葛瑞夫森來的叫賣小販，站務人員都認識他。錫特決斷地說出這番話，似乎有點不滿，就像所有自認赤膽忠心、勞苦功高的部屬會有的反應。助理處長仍舊望著外頭廣闊無邊有如大海的黑暗。

「兩個外國籍無政府主義者從那個地方過來，」他明顯是在對窗玻璃說話，「實在說不通。」

「的確如此。換個角度看，假使那個麥凱里斯目前不是住在附近某間度假小屋的話，整件事就更沒道理了。」

助理處長原本隱約回想著他每天在俱樂部的牌局，聽見錫特提起那個名字，思緒被拉回眼前這樁煩心事。打橋牌是他目前生活中最大的安慰，不需要部屬協助，就能盡情展現他的才能。他每天五點到七點到俱樂部打橋牌，之後回家吃晚飯。那兩小時之中把生活中所有不如意事全拋到九霄雲外，彷彿牌局是一劑良藥，有助於緩解心靈匱乏。他的牌友一個是某知名雜誌的編輯，擅長黑色幽默；另一個是有點年紀的辯護律師，眼睛不大、目光凶惡；最後一個是驍勇善戰、頭腦簡單的老上校，褐色皮膚的雙手剛健有力。他們都只是俱樂部的熟人，只在牌桌上碰面。大家似乎都帶著某種苦惱坐上牌桌，彷彿牌局確實是對治生命隱疾的丹藥。每一天，當太陽降落在城裡無邊無際的屋頂另一邊，他的工作壓力就會被一股歡欣愉悅的急切取代，像迫不及待要去見某個知交好友。此時那股愉悅感因為某種具體震撼消失無蹤，他突然對自己保護社會的職責生起一股特別的憂慮。那是一種不太恰當的憂慮，像是突然無法信任自己手上的武器。

6

假釋聖徒麥凱里斯被譽為人道主義的希望，對他伸出援手的老夫人，正是助理處長妻子的人脈之中最有影響力、地位也最顯赫的一位。這位女士喊助理處長的妻子安妮，一直把她看成涉世未深的無知小女孩，也願意友善對待她丈夫。助理處長妻子那些達官顯貴朋友未必個個都願意接納他。多年前老夫人花樣年華嫁入豪門，見識過大場面，甚至近距離接觸過某些偉大人物。她本身也是個傑出女性，如今步入老年，已經慣於以輕蔑的漠視對抗歲月，彷彿那只是次等人類不得不屈服的庸俗概念。唉，許多更容易視而不見的概念同樣沒機會入她法眼，當然這也是個性使然，只因那些事太無聊，或者她無法加以鄙視或寄予同情。她的字典裡沒有「仰慕」這兩個字（她那位尊貴的丈夫私底下對此不無遺憾）。首先，她認為仰慕這種情緒或多或少顯出自己的平庸，也等於承認自己不如人。坦白說，這兩點都是她個性上難以接受的。她向來勇於表達自己的看法，因為她永遠只站在自己的角度做判斷。她的行動同樣不受約束。她的機智圓滑來自真正的人道精神，她也始終保持充沛活力，儘管自視甚高，卻不失穩重友善，因此受到三個世代的人們敬仰。就連她有生之年可能接觸到的最年輕一代，都認為她是個非比尋常的女性。她冰雪聰明，有種高傲的單純；本性好奇，卻不像許多女性那樣只喜歡社交八卦。她享受生命方法是，善用她偉大、歷久不衰的社會聲望，吸引任何因為身分地位、智慧、膽識、幸運或不幸而出人頭地的人物來到她眼前，不去在乎那些人行事合不合法。皇親國戚、藝術家、科學家、年輕政治人物，以及各式各樣的騙子都是她的座上賓。尤其那些不知從哪兒冒出來的騙子，往往最能呈現社會表層的潮流。她聆聽他們、看穿他們、理解他們、讚美他們，藉此開拓自己的視野。套句她自己的話，她喜歡看看世界會變成什麼模樣。她用務實眼光看待人事物，儘管免不了帶點偏見，卻很少判斷錯誤，更不會剛愎自用。世上如果有哪個地方可以讓警局助理處長跟假釋犯共處一室，卻不是基於專業或公務目的，恐怕也只有她家客廳了。

助理處長不太記得某天下午究竟是誰帶麥凱里斯到她家，只依稀覺得應該是某個出身無比高貴、心地極其善良的國會議員。這種人往往是連環漫畫最愛取笑的對象。由於老夫人還算高尚的好奇心，當代的達官貴人三教九流之輩，都可以自由自在出入她的殿堂。老夫人家中客廳有個半私密空間，以一座淡藍色鍍金絲綢屏風跟外間區隔，裡面擺設一張沙發和幾張扶手椅，形成舒適幽靜的角落，人們三三兩兩或坐或站，在從六扇高窗照射進來的光線裡低聲交談。你永遠無法預料自己會在裡面遇見何方神聖。

麥凱里斯算是在社會輿論中嘗盡人間冷暖。多年前他參加一次瘋狂的攔車劫囚行動，被重判無期徒刑，輿論喝采叫好。那次行動原本計畫先射殺拉車的馬匹，再制伏押送人員。很不幸地，有個警探中彈身亡，留下妻子與三名年幼子女。雖說在這個國家每天都有人為保衛國家人民生命財產壯烈犧牲，那名警探的死卻是舉國哀悼、人神共憤。社會大眾紛紛要求嚴懲惡徒，三名首腦因此被處以絞刑。當時的麥凱里斯還是個身材瘦削的年輕小伙子，打鎖為業，也上夜校勤奮學習，他甚至不知道這件案子有人喪命。他跟其他幾個人的任務只是打開囚車後側的門。他被捕時，口袋裡有好些萬能鑰匙，手裡拿著一把沉甸甸的鑿子和一根短鐵撬，配備跟小偷沒兩樣。可是，小偷不會受處那麼重的刑罰。警探意外喪生，他心裡很難受，可是行動失敗，他也有點沮喪。他在陪審團面前並沒有掩飾這些心情，而這種有欠完整的內疚令擠進法庭聆審的民眾難以接受。法官宣判時語重心長地說，這位年輕被告凶殘墮落、麻木不仁。

他因此莫名受到譴責。他的獲釋同樣毫無根據，或許有人意圖利用他的無辜來遂行私人目的，或基於某些不得而知的理由。他由著他們去，不抱期望，也沒有多想。他個人的事都無關緊要，就像那些聖潔之士，在思考過程中失去了個人特質。他的觀點並不是一般所謂的信念，不能拿來抽絲剝繭，儘管充滿矛盾、晦澀難懂，卻是顛撲不破的人道主義信條。他陳述這些觀點時，比較像在招供，而非說教，彬彬有禮卻不失固執，嘴上掛著溫和自信的微笑，坦率的藍色眼眸視線向下，因為人們的臉孔會阻礙他在孤獨中發展出的思路。助理處長就是看見那樣的他，拖著臃腫痴肥的胖大身軀，就像船上的奴隸，一輩子擺脫不了苦役。他坐在屏風內側一張尊貴扶手椅上，就在老夫人的沙發旁，話聲輕柔，像孩子般天真無邪，也有著童稚的魅力：心口如一的迷人特質。他在某座知名監獄的四堵牆裡思索出生命的奧祕，對未來充滿信心，沒有理由懷疑任何人。即使他沒能清楚向好奇的老夫人描述未來世界的樣貌，至少他不嗔不怨的信念與毫無雜質的樂觀輕易博得她的好感。

站在社會天平兩端的平靜心靈多半思慮單純，偉大的老夫人也有屬於她的單純。她不會對麥凱里斯的見解與信念感到震撼或驚駭，因為她是站在自己高高在上的地位加以審視。事實上，麥凱里斯那一類的人特別容易引發她的惻隱之心。她本身不是剝削他人的資本主義者，她根本超脫在經濟遊戲之外。她對普通人的悲慘境遇充滿同情心，正因為她完全沒有嘗過那種苦，只好在觀念中將之理解為心靈痛楚，才能真正體會人間的殘酷。

助理處長清楚記得麥凱里斯和老夫人的一段對話。當時他默默聆聽：那場談話某種程度上相當令人振奮，更因為它注定徒勞無功，就像兩個遙遠星球居民之間的心靈交流一樣，因而更為感人。然而，麥凱里斯這個外表痴肥的人道主義化身不知怎的卻很能打動人心。最後他站起來，拉起偉大女士伸出來的手，握了握，沒有立即放開，而是用他肥厚的手掌握住片刻，流露出坦然率真的友善，這才轉身走出客廳的隱蔽角落。花呢短外套裡的身軀彷彿膨脹了似的，像個龐然大物。他安詳的眼神帶著善意環顧四周，然後穿過三五成群的賓客，蹣跚走向遠端門口。他經過時，絮絮交談聲停頓下來。他對一個意外與他四目相對的亮麗女孩無邪地笑了笑，就走出去了，絲毫沒有察覺賓客的注目。麥凱里斯進入社交圈的第一步格外順利，成功博得尊重，沒有受到任何低語嘲諷。中斷的談話迅速恢復原本語調：有嚴肅有輕快。只有一個年約四十的男人大聲說出內心感受。這個人體格結實、手長腳長、個性活躍，當時在窗子旁與兩位女士閒聊，口氣滿是同情：「我猜他有一百一十公斤，身高卻不到一百七十公分。可憐的傢伙！糟透了，實在太糟了。」

屏風後的賓客只剩助理處長一人，女主人心不在焉地盯著他，風韻猶存的蒼老面容沒有表情，彷彿在整理內心的感受。幾個留著灰白八字鬍、生龍活虎般的男人帶著淡淡笑意走過來，圍在屏風旁；另有兩名優雅穩重的中年婦女、一個兩頰凹陷、刮淨鬍子的男人，金框眼鏡用黑色寬版絲帶綁縛，像極了舊社會的花花公子。空氣凝結了半晌，賓客們含蓄中不失恭敬。這時女主人說話了，口氣沒有憎惡，卻帶點義憤：

「那種人竟然被當成革命分子！真是胡扯。」她嚴厲地盯著助理處長。

助理處長喃喃致歉：「可能是沒有危險性那種。」

「沒有危險性，的確一點都沒有，他只是堅持自己的信念，那是聖人的特質。」老夫人以堅定的語氣宣告。「而他們關了他二十年。竟然有這麼蠢的事，想起來就叫人心寒。現在他們放他出來，他的親人不是搬走就是死了。他父母都過世了，年輕時想娶的那個女孩在他坐牢時死了，現在他連養活自己的能力都沒有。這些都是他用最有耐心、最平和的口氣告訴我的。他說，至少他有很多時間可以想清楚自己的事。那算什麼補償！如果這就是所謂的革命分子，那麼我們之中某些人還真該跪下來向他們膜拜。」她用開玩笑的語氣說出這話，身邊那些謙卑恭敬的世俗臉龐原本堆著應酬笑容，現在都變得有點僵硬。「這個可憐人顯然已經沒有能力照顧自己，一定得有人扛起這個責任。」

「應該建議他去接受某種治療。」那個看起來個性活躍的男人軍人似的嗓音從另一端傳來，語氣倒挺真摯。以他的年紀來說，他算保養得宜，就連他身上的長大衣都顯得彈性十足、堅固耐用，幾乎活力充沛。「他幾乎等於殘廢了。」他的同情絲毫不假。

其他人似乎很慶幸有人帶頭發言，爭相表達他們的憐憫。「太驚人了。」「駭人聽聞。」「慘不忍睹。」用寬版絲帶綁眼鏡的那個瘦長男人故作斯文地說，「荒謬怪誕。」站在他身邊的人紛紛頷首稱是，兩兩相視而笑。

助理處長當時或後來都沒有表示意見，他因為身分特別，沒辦法對一名假釋犯表達個人意見。可是，他其實認同女主人的看法，覺得麥凱里斯是個多愁善感的人道主義者，有點瘋狂，但大致說來連一隻蒼蠅都不忍心加害。正因如此，他處理這樁惱人的爆炸案時忽然聽見麥凱里斯這個名字，意識到麥凱里斯身陷何等險境，也立刻回想到老夫人對麥凱里斯那份有目共睹的垂憐。如果得知麥凱里斯的自由受到威脅，她必然無法接受。那是一份深刻、冷靜又堅定的喜愛。老夫人覺得麥凱里斯絕不會傷害人，也清楚明白地這麼告訴大家。儘管她的絕對主義論調不免有點混亂，她的話卻成了不容質疑的宣言，彷彿那個有著嬰兒般純真眼神與天使般胖嘟嘟笑容的痴肥男人深深令她著迷。她幾乎完全採信他那些關於未來的理論，因為那些理論跟她的偏見並不抵觸。她不喜歡財閥政治這種社會結構裡的新興元素。另外，促進人類發展的工業流於機械化、冷漠無情，在她看來格外可憎。溫和的麥凱里斯的人道主義希望並不崇尚徹底破壞，只是追求經濟制度的瓦解。她實在看不出來那能造成多大傷害，頂多就是消滅為數眾多的「新貴階級」，那些人她原本就不喜歡，也不信任。倒不是說那些人有些什麼成就（這點她嚴正否認），而是因為他們對這個世界一無所知，因而感知遲鈍、心靈貧瘠。只要消滅資本，那些人也會跟著消失。但普遍性的毀滅（假設正如麥凱里斯所預見，那是一場普遍性毀滅的話）並不會損及社會價值；錢幣的消失，也不會影響到有身分有地位的人，比方說，她就無法想像自己的地位會因而動搖。到了她這個年紀，看待世事不再冷漠以對，於是她平靜無畏地向助理處長陳述這些想法。助理處長老早下決定心，只要聽到類似言論，一定要保持緘默，不能說出任何冒犯言語。他很喜愛麥凱里斯這位女恩人，這種複雜心情部分源於她的聲望，部分來自她的性格，最主要是基於一股受寵若驚的感激。他覺得自己在她家裡很受看重，她等於善心的化身。她也夠務實、夠明智，像個閱歷豐富的女性，大方接納他「安妮的丈夫」這個身分，讓他的婚姻生活輕鬆得多。他太太個性上少不了有點自私、善妒、愛吃醋，幸好對老夫人言聽計從。不幸的是，老夫人的善良與智慧都複雜得難以理解、明顯婦人之仁，而且很難溝通。這麼多年來她始終保有女性特質，不像某些女人，到最後會變成穿襯裙的糟老頭，油滑又惹人嫌。在他心目中，她是個女性，萬中選一的女性特質化身，是溫柔、率真又狂熱的守護者，致力保護所有敢於慷慨陳詞（不管真話或謊言）的男人，比如佈道家、預言家、先知或改革者。

助理處長感激他太太——以及他自己——這位卓越好友之餘，開始擔心假釋犯麥凱里斯可能面臨的命運。一旦他因為涉及這次爆炸案遭到逮捕，不管涉案程度多麼低微，最起碼也得重返監獄服完刑期。這麼一來，他可能再也走不出大牢。助理處長接下來這個念頭恐怕難以彰顯他的人道精神，對他的警界高官身分更是極不恰當。

「萬一那傢伙又被逮了，」他心想，「她絕不會原諒我。」

這種未加修飾的內心獨白難免引來些許自我嘲弄與批判。男人只要做著自己不喜歡的工作，通常很難對自己有太多美好幻想。那份嫌惡、那份索然無味，都會從工作延伸到人格。當我們奉派的任務幸運地碰巧是我們天生特別熱愛的事，我們才能安心自在地耽溺於自我欺騙之中。助理處長不喜歡他在祖國的職務，他在地球遙遠的另一邊從事的治安工作就像不規則爆發的戰事，對人格有所助益，或者至少像戶外運動一樣冒險刺激。他真正的才能主要展現在行政管理方面，卻也摻雜了冒險精神。如今擠在四百萬人的大城市，綁在辦公桌前，他覺得自己的命運很諷刺。他的婚姻顯然也是這個命運促成，所以他妻子對殖民地氣候格外敏感，也厭惡任何有違她嬌貴天性與品味的不完美事物。基於強烈的自我保護本能，儘管他以嘲弄心情評論自己的擔憂，卻也沒有將那個不恰當念頭逐出腦海。相反地，他再次思索一番，甚至用了更粗魯、更傳神的語句。「該死！假使可惡的錫特如願以償，那傢伙就得坐一輩子牢，被自己的肥肉活活悶死。那麼她永遠不會原諒我。」

他穿著黑衣的狹窄後背文風不動，後腦勺的黑色短髮閃著銀光，底下是白色衣領。他實在沉默了太久，錫特清了清喉嚨。這一聲乾咳發生作用，依然面向窗外的助理處長總算開口，他問聰明又積極的錫特：

「你認為麥凱里斯跟這件案子有關？」

錫特顯得很篤定，卻也不敢大意。

「報告長官，」錫特說，「這條線索值得繼續追查。不管怎樣，像他那樣的人應該待在牢裡。」

「你需要找到確鑿證據。」助理處長喃喃說道。

錫特揚起眉頭，盯著那片沒將他的積極與聰明放在眼裡的後背。

「要找到證據定**他**的罪一點都不難。」他揚揚得意地說，「長官，這點你可以相信我。」他自滿地追加這多餘的一句。萬一社會大眾想針對這個案子發出怒吼，他們手邊剛好有麥凱里斯這號人物可以當代罪羔羊，實在太便利了。眼下還說不準大眾會不會群情激憤，這還得看報紙怎麼寫。無論如何，錫特的職責就是為監獄提供犯人，基於奉公守法原則，他合理地認為所有違法犯紀的人都該留在牢裡。他這個信念太強烈，以至於犯了技術上的錯誤，忘情地露出得意笑容，重複說道：

「長官，這點你可以相信我。」

這句話已經超出助理處長所能忍受。過去一年半來，他努力壓抑對這個體制和部門下屬的不滿。他像個被人硬塞進圓洞的方形木樁，其他少點稜角的男人可能會聳聳肩，滿心歡喜地待在那個日久年深的滑順圓洞裡，可惜對他而言，這樣的日子每一天都是凌遲。他最痛恨的，正是必須付出這麼多信任。他聽見錫特一聲輕笑，「咻」地轉過身來，活像遭到電擊。他不但看見潛藏在錫特八字鬍底下那抹恰如其分的自滿，也捕捉到那對圓眼裡來不及隱藏的防備。那雙眼睛想必一直盯著他後背，此時跟他視線交會，急切的凝視才趕緊變換成單純的驚訝。

助理處長坐在這個位子上也是有點真本事的：他突然起了疑心。只能說，他對警界（除非這是由他親自組織起來的半軍事化團體）的行事方法原本就有高度警覺。即使他的警覺心曾經因為厭倦而休眠，那也只是輕輕打個盹。對於錫特的認真盡職與工作表現，他多多少少讚賞，卻未必全盤信任。「他在搞鬼，」他暗地裡告訴自己，也為此怒火中燒。他昂首闊步走過辦公桌，猛地坐下。「我困在這堆亂七八糟的公文裡，」他怒不可遏地想，「理論上應該拉到了所有的線。但我拉到的卻只是別人放在我手上的，如此而已。他們可以隨心所欲把線的另一頭綁在任何地方。」

他抬起頭，瘦長的臉龐面對錫特，表情像極了精力旺盛的唐吉訶德[9]。

「你心裡在打什麼鬼主意？」

錫特瞪大了眼睛，一雙圓眼眨也不眨地望著主管，就像過去他緊盯五花八門的嫌犯時一樣。那些嫌犯受到一番告誡之後，有的會無奈地喊冤，有的會裝無辜，也有人悶悶不樂地認罪。只是，他那職業性的堅定表情裡也有著一絲詫異，因為他身為長官的得力助手，不習慣聽人用這種輕蔑的不耐煩口氣跟他說話。他欲言又止，像是遇見出乎意料的全新處境：

「長官，您問我掌握了什麼對麥凱里斯不利的線索嗎？」

9. 十七世紀初西班牙作家塞萬提斯（Miguel de Cervantes Saavedra，一五四七～一六一六）發表的同名小說裡的主角，經常被引用來比喻天真善良、行為卻盲目的矛盾人物。

助理處長看著錫特那子彈般的尖腦袋；他垂落到肥厚下巴以下的北歐海盜髭鬚末端；面貌飽滿白皙，滿臉的肥肉減損了原有的堅毅特質；以及從眼尾輻射出去的狡猾皺紋。他意味深長地打量最信任的得力助手的過程中，腦袋冷不防冒出一個念頭，這念頭來得突然，彷彿天外飛來的靈感。

「我有理由推測……」他慎重地說，「你走進這間辦公室時，心裡鎖定的嫌犯不是麥凱里斯。他不是你的主要對象，也許你根本沒懷疑他。」

「長官，您有理由推測？」錫特喃喃回應，臉上十足的震驚表情。他的震驚有某種程度的真實。他察覺到眼前這件事微妙而複雜的一面，身陷其中的他因此顯得有點虛偽。這種虛偽會在大多數人類事務中以技巧、審慎或思慮等表象呈現。當時他覺得自己像個走鋼索的特技演員，表演進行到一半，原該待在個人崗位運籌帷幄的劇場經理貿然衝出來，使勁搖晃他腳下的鋼索。他氣急敗壞：遭人背叛引發的不安全感，外加摔斷脖子的擔憂，難免像俗話所說的一肚子鳥氣。再者，他的技藝恐怕也會受到質疑。再怎麼說，人除了自己的性格之外，總得有點具體成就，要有讓自己引以為傲的東西，不管是社會地位、或不得不從事的工作，或僅僅只是有幸享受的清閒。

「沒錯。」助理處長說，「我有理由。我不是說你完全沒想到麥凱里斯，只是，你太強調你剛剛提出的線索，讓我覺得你有所隱瞞。如果那確實是你追查到的線索，你為什麼沒有立刻深入調查，沒有親自或派手下到那裡去？」

「長官，您覺得我失職了嗎？」他希望自己這話聽起來像是直覺反應。他冷不防被逼得必須全神貫注來保持冷靜，連忙抓住對方的語病，結果只是招來上司的不悅。因為助理處長微微蹙額，覺得錫特這句話非常不恰當。

「既然你這麼說……」他冷冷地說，「我就告訴你我沒那個意思。」

他停下來，凹陷的雙眼直視錫特，傳達了沒說出口的那句「而且你心裡很清楚。」助理處長身為特殊犯罪部門負責人，由於職位的關係，不能親自走出辦公室去追查埋藏在罪犯心底的祕密，只好將自己的偵查天賦發揮在部屬身上，嗅聞任何陽奉陰違的氣息。這種特殊本能也算不上什麼缺點，那只是天性。他是天生的偵探，選擇職業時不自覺地受到這種天賦牽引。他的本能幾乎沒有帶領他做出過錯誤決定，唯一的例外恐怕是他的婚姻，這也是天性。既然他必須坐鎮辦公室，他的天賦只好以靜制動，在那些來到他辦公室的部屬身上下功夫。我們總能找到機會發揮長才。

他一隻手肘擱在桌上，細長的雙腳蹺起二郎腿，舉起細瘦手臂托著腮，覺得對這件案子越來越有把握，興致也越來越高昂。在他敏銳的眼光看來，錫特即使不是什麼難纏的對手，至少也是他生活圈裡最值得費心的一個。

基於天生的偵探長才，助理處長對人們的聲譽向來抱持懷疑態度。他回想起過去在遙遠的殖民地時，遇見過當地某個又老又胖、財力雄厚的土著族長。歷任總督都信任那人，把他當成好朋友，認為他全力擁護白人建立的秩序與律法。然而，當人們用懷疑的眼光細細審視，卻發現那人唯一的盟友是他自己。那人未必是個叛徒，但他的忠誠卻有著許多危險的保留，因為他只在乎自己的利益、快活與安全。他的口是心非或許帶點無辜，卻同等危險，要想識破他底細可不是件容易的事。那人也是個胖子，雖然膚色有別，但助理處長看到錫特，總會聯想到他。這實在很不尋常，畢竟這兩個人五官並不相似。話說回來，華萊士[10]不也在他那本有關馬來群島的知名著作裡提到，他發現阿魯群島有個全身赤裸、皮膚黝黑的野蠻人，長相神似他在家鄉的某個朋友。

打從走馬上任到現在，助理處長第一次覺得終於可以大顯身手，做點對得起自己薪水的正事，那種感覺讓人樂陶陶的。「我一定要讓他現出原形。」他若有所思地看著錫特，心裡想著。

「不，我沒那種想法。」他又說，「你的工作表現一直可圈可點，這點無庸置疑。所以我才……」他突然打住，轉換口氣：「你手上有什麼確切證據可以證實麥凱里斯涉案？

我是說，除了那兩個嫌犯——你已經確定嫌犯有兩個人——上車的地方離麥凱里斯目前的住處不到五公里。」

「長官，像麥凱里斯那種人，光憑這點就足夠懷疑他。」此時錫特已經恢復冷靜。助理處長輕輕點了點頭，安撫了錫特內心的憤怒與驚訝。因為錫特秉性良善，是個好丈夫、好爸爸，個性溫和親切，不但贏得公眾與部門的信任，也跟他在這間辦公室見過的多位助理處長都保持友好關係。他經歷過三位助理處長。第一位英勇魯莽，總是紅光滿面，眉毛已經發白，性情暴躁。應付那位要軟硬兼施，用點技巧性的威脅。那人做到屆齡退休，接任的是個十足的紳士，非常知趣，明白自己和其他人各自該守的分寸。後來他辭職到海外高就，離開時還因為錫特（千真萬確）立下的功績獲頒獎章。跟那位長官做事既光榮又愉快。第三位一開始像匹黑馬，經過一年半以後，在部門裡仍然難以捉摸。整體來說，錫特覺得這位長官沒多大殺傷力：相貌古怪，卻沒有殺傷力。這位長官正在說話，錫特外表恭敬（只是職責所在，沒特別意義），內心是善意的寬容。

10. Alfred Russel Wallace，一八二三～一九一三，英國博物學家、進化論學者，著有《馬來群島科學考察記》（*The Malay Archipelago: The Land of the Orang-Utan and the Bird of Paradise*）。

「麥凱里斯離開倫敦搬到鄉下前，依規定報告行蹤了嗎？」

「是的，長官。」

「那麼他在鄉下做些什麼呢？」助理處長其實心知肚明。麥凱里斯在一棟青苔蔽瓦的四房小屋樓上房間裡，極不舒適地擠在老舊原木扶手椅上，面對蛀洞斑斑的橡木桌，日以繼夜用顫抖、歪斜的筆跡寫著那本「囚犯的自傳」。那本書可望成為人類史領域的《啟示錄》。那窄小房間與世隔絕、孤單寂寥，讓他文思泉湧。那種感覺就像在坐牢，卻不像過去在監獄時，受限於某些蠻橫規定，不得不出去做些可憎運動。他甚至不知道太陽是不是還照耀著地球。費力寫作滲出的汗水滴落他額頭，愉悅的熱情激勵他持續不懈。他的內在生命獲得解放，靈魂也得以悠遊廣闊世界，這股無邪的虛榮（被出版商提供的五百英鎊喚醒）激發的熱情似乎必然又神聖。

「當然，如果能了解他的近況，那是最好不過。」助理處長假意說道。

長官行事如此小心謹慎，錫特內心又湧起一股氣惱。他說，麥凱里斯一到那裡，郡警就收到消息，如果需要完整報告，幾小時內就可以拿到。只要給那裡的主管打個電報……

他慢慢說著，心裡已經在評估這麼做的後果，微微皺起的眉頭洩露他的內心世界。

助理處長的問題打斷他的思緒。

「電報發了嗎？」

「還沒。」他顯得驚訝。

助理處長突然放下二郎腿，動作迅速果決。他說出下一句話卻顯得蠻不在乎，形成有趣對比。

「你覺得麥凱里斯有沒有可能參與炸彈的製造？」

「我不這麼認為，現階段還不需要多做猜測。他跟某些危險人物有來往，假釋後不到一年就變成紅潮委員會的代表，算是一種表揚吧。」

說到這裡，錫特笑了，笑聲裡有點憤怒、有點鄙夷。對付那樣的人，這麼小心謹慎實在多餘，簡直不合法。兩年前麥凱里斯獲釋時，那些找不到題材的激情記者寫了一篇篇慷慨激昂的報導，到現在還刺痛他的心。只要有一丁點懷疑，就可以合法逮捕那男人，不但合法，還大有益處。他的兩位前長官肯定馬上就能看出這點，這位卻始終不給個明確說法，只是呆坐著，像在做白日夢。再者，逮捕麥凱里斯不但合法又有利，也能解決錫特的小小難題。這個難題攸關他的個人聲譽、心情舒坦與工作績效。因為，就算麥凱里斯果真知道這起爆炸案內情，錫特敢打包票他知道的不多。這樣正好，錫特敢肯定麥凱里斯知道的比某些人少得多，只不過，就遊戲規則而言，逮捕那些人不但比較複雜，也沒什麼好處。麥凱里斯是個假釋犯，不受遊戲規則保護。有這麼方便的法律手段，不好好利用豈不可惜。至於先前激動之餘把麥凱里斯吹捧成英雄的記者，隨時可以發揮同樣的激情，將他打入谷底。

想到這裡，錫特信心大增，覺得那會是他個人的莫大榮耀。身為胸懷坦蕩的平凡已婚男人，他內心深處幾乎不自覺地抗拒跟教授那種冷酷嗜血的亡命之徒交手。跟教授在小巷裡狹路相逢，強化了那股抗拒。警探在非正式場合跟罪犯之流私下交談，通常能體驗到飄飄然的優越感，既享受到權力的虛榮，也滿足了對同類的掌控欲。只是，跟教授的那場談話，並沒有帶給錫特那種感覺。

錫特並沒有把教授看成人類，在他心目中，那傢伙根本不可理喻，是一條不值得招惹的瘋狗。倒不是錫特怕他，恰恰相反，他總有一天會收拾他。但不是現在，他要等待時機，遵循遊戲規則，用最適當、最有效的方法處理。眼下還不是辦那件大事的時點，原因不一而足，總之公私兩便。錫特心裡有這個認知，強烈認為這樁天曉得會牽扯出什麼內情的案子，不能繼續朝它隱晦又不便利的方向前進。最好引向另一條名為麥凱里斯、低調又合法的支線。

這時他重複助理處長的話，彷彿認真盡責地思索了一番：

「至於炸彈，不，我不敢說得太篤定，說不定永遠查不出來。不過麥凱里斯明顯涉案，這件事一點都不難查清楚。」

他面容嚴肅，威風凜凜又冷漠，過去某些惡性不算重大的竊賊看見這副表情都會膽顫心寒。儘管他也算是個男子漢，卻不是笑容可掬那種。對於助理處長此時默默認同的態度，他內心倒是相當滿意。

助理處長溫和地說：「你當真覺得調查應該往那個方向進行？」

「確實如此，長官。」

「相當肯定？」

「沒錯，長官。那才是我們該走的路。」

助理處長支撐著腦袋的那隻手倏地移走，以他原本倦怠無力的模樣，你不免擔心他整個人會因此垮下來。結果沒有。他反而挺直上身，聚精會神地坐在大辦公桌後方。那隻移開的手重重落在桌面上。

「我想知道你為什麼到現在才想到這點！」

「到現在才想到？」錫特一個字一個字慢慢重複。

「對。直到我叫你來這裡。」

錫特覺得他的衣服和皮膚之間的空氣瞬間升溫，熱得叫人難受。這種感覺前所未有，也難以置信。

「當然，」他說話的速度慢到不能再慢，「我不知道我為什麼還沒去查麥凱里斯，如果真有個原因，那麼我沒派郡警去調查反倒是件好事。」

這番話花了好長時間才說完，期間助理處長始終專注聽著，可說是忍耐力的神奇展現。他的反駁絲毫沒有拖延。

「我倒不認為有任何理由。錫特督察長，你跟我耍這種把戲實在不成體統，非常不成體統，而且不公平。你不應該像這樣讓我自己摸索找答案。說實在話，我覺得很意外。」

他停頓下來，又圓滑地補充，「我應該不必強調，今天我們只是私下聊聊。」

這些話對錫特沒有一點安慰作用。他仍然氣呼呼地覺得自己走在鋼索上遭人背叛。不過，他自認是個備受肯定的公僕，所以深信搖鋼索的人只是傲慢無禮，並非蓄意害他摔斷脖子。他沒那麼容易被嚇倒！助理處長來來去去，優秀的督察長卻沒那麼容易被取代。他不怕摔斷脖子，光是表演走樣，就足以引爆他胸中的熊熊怒火。念頭沒有身分貴賤之別，錫特此時就生起一個極具威脅性的念頭。他那雙游移不定的圓眼緊盯助理處長的臉，心裡想著，「年輕人，臭小子，你搞不清楚自己的位置，那麼我敢打賭這個位置你也坐不久。」

助理處長嘴唇浮現似有若無的和藹笑容，彷彿在對錫特心裡那個念頭叫陣。他顯得從容自在，正經八百，卻一個勁地搖晃鋼索，不肯罷手。

「督察長，我們來聊聊你在事故現場查到了什麼。」他說。

「傻子一轉眼就得捲鋪蓋。」錫特的腦子繼續預測未來。只是，他旋即又想到，高層官員即使被炒了魷魚（他心裡就是這麼想的），轉身離開之前往往還有時間狠狠踹下屬一腳。他繼續用陰險目光盯著助理處長，淡淡地說：

「長官，我正要跟你報告這件事。」

「那好。你在案發現場找到什麼？」

錫特決定跳下鋼索，陰沉地回到地面，開誠布公。

「我找到一個地址。」說著，他氣定神閒地從口袋掏出一塊燒焦的深藍色布塊。「這塊布是從死者的大衣扯下來的。當然，那件大衣也許不是他自己的，甚至可能是偷來的。不過，如果你看看這個，就知道機率不大。」

錫特走到桌子旁，仔細撫平那塊布。他從太平間那堆噁心的東西裡挑出這塊布，是因為衣領底下偶爾會有裁縫師的名字。這種資訊通常用處不大，不過至少……他並不期待會找到什麼有力線索，更沒想到會找到……那東西不是在衣領底下，而是一針一線密密縫在標籤底下。那是一塊方形白棉布，上面用不掉色墨水寫著一個住址。

錫特的手從那塊布移開。

「沒人知道我拿走這個，」他說，「我覺得這樣做最合適。必要時隨時可以拿出來。」

助理處長稍微起身，把那塊布拉到自己面前，靜靜坐下來查看。那塊白色棉布比菸紙略大一點，上面只有不掉色墨水寫著「32」這個數字和「布雷特街」。他非常驚訝。

「很難想像他為什麼帶著這樣的標籤到處跑。」他抬頭看著錫特，「實在太特別了。」

「我曾經在旅館吸菸室遇過一個老先生，他所有外套上都縫了姓名地址，以防臨時發生意外或急症。」錫特說，「那個老先生說他八十四歲了，看起來卻沒那麼老。他說他在報紙上看過不少突然失憶的案例，擔心自己也會那樣。」

助理處長提出問題，打斷錫特的回想。他想知道布雷特街三十二號是什麼地方。錫特被助理處長的不公平花招逼得不得不攤牌，決定毫無保留交代一切。雖然他堅決認為部門知道太多沒有好處，但他畢竟是個忠誠的公僕，明智而審慎地暗藏某些訊息已經是他隱瞞上司的極限。當然，如果助理處長想在這件案子上動手腳，誰也阻止不了他。站在錫特的立場，這時候已經沒有裝模作樣的必要。他簡潔地答道：

「是一家店。」

助理處長視線向下，看著那塊布，等待更多訊息，卻沒有下文，只好耐心地主動提出連串疑問。他因此拼湊出維洛克那家店的營業項目、店主長相，最後才得知他的姓名。等問答結束，助理處長抬起視線，看見錫特的興奮表情。他們默默注視對方。

「當然，」錫特說，「部門裡沒有那個人的資料。」

「過去的助理處長也知道你剛剛告訴我的這些事嗎？」說到這裡，助理處長把兩隻手肘擱在桌上，雙手交握舉到面前，像要開始祈禱，只是，他眼神裡沒有一點虔敬。

「不，長官，當然不知道。知道又怎樣呢？把那種人推到檯面上，一點好處都沒有。只要我知道他是什麼人，利用他來做些對社會有益的事，這就夠了。」

「你覺得以你的職位，隱瞞這種事恰當嗎？」

「沒問題，長官，我認為非常恰當。恕我冒昧，我就是這樣爬到今天的位子，也才能得到上級和大眾的認同。那算是我個人的私事。我有個朋友在法國警界服務，他告訴我那傢伙是某個大使館的密探。私人友誼、私密消息，專供個人使用，這是我的看法。」

助理處長心想，錫特此時的巧言舌辯，充分顯示出他此刻的心理狀態，而他在警務工作上的卓越功績，似乎全都靠他那張嘴。他平靜地回應一聲「了解」，把臉放在交握的雙手上。

「那麼你跟這個密探私下往來多久了？你可以從私人角度回答。」

對於這個問題，錫特從私人角度給了答覆，可惜這個答覆太私人，始終沒有溜出他的嘴：

「早在你跟現在的職位還八竿子打不上就開始了。」

他的正式回答明確多了。

「我第一次見到他是在七年多前，當時帝國兩名皇室成員和總理大臣來訪，我負責維安工作。那時的大使是史塔渥騰罕男爵，是個緊張兮兮的老先生。某天晚上，就在市政廳晚宴的前三天，大使找我過去，說有事跟我談。當時我人在樓下，馬車停在門口，等著接皇室成員和總理大臣去欣賞歌劇。我立刻上樓，看見男爵在自己的臥室裡來回踱步，兩隻手不停互擰，一副六神無主的可憐模樣。他說他百分之百信任我國警方和我個人的能力，可是，有個人剛從法國過來，帶來絕對可靠的消息，要我聽聽那人要說的話。他馬上帶我到隔壁的更衣室，我看見有個身穿厚大衣的胖男人獨自坐著，帽子和手杖拿在手裡。男爵用法語對那人說，『朋友，你說吧。』房間光線昏暗，我跟那人談了大約五分鐘，他確實提供了一條非常驚人的消息。之後男爵緊張地把我拉到一旁，滿口誇讚那個人。等我回頭去看，那人已經像鬼魂般消失無蹤。我猜他從某座後梯溜走了。我必須趕緊跟著大使下樓，確認國賓們安全上馬車出發，沒時間去追他。無論如何，那天晚上我還是根據那人提供的消息採取了因應措施。不管消息正不正確，聽起來實在茲事體大。也許我們因此避免了一樁難堪的大麻煩。

「一段時間後，大約一個月左右，當時我已經升任督察長，我在河岸街看見一個壯碩男人行色匆匆從珠寶店走出來。我覺得那人挺眼熟，於是跟在他後頭，反正我順路去查令十字路口。我在查令十字路口看見馬路對面有個部門裡的警探，招手叫他過來，指指前面那男人，要他跟蹤個兩三天，再向我報告。隔天下午我手下就來告訴我，那人娶了房東的女兒，當天早上十一點半在註冊處辦好登記，就帶著新娘到肯特郡的濱海小鎮馬爾格特度蜜月一星期。我手下親眼看著他們把行李放上出租馬車，其中有個行李袋上貼了些巴黎的舊商標。不知怎的，我腦袋瓜一直想起那男人。後來我到巴黎出公差，就跟當地的警察朋友聊起那人。我朋友說：『根據你說的這些，我猜你講的是革命紅潮委員會某個小角色兼密探。那人自稱英國公民，我們認為他在倫敦某個外國大使館當密探已經很多年了。』聽到這裡，我全想起來了。他就是在史塔渥騰罕男爵的更衣室消失的那個男人。我告訴我朋友他說的沒錯，據我所知那傢伙的確是個密探。之後我朋友費了些工夫幫我查清那男人底細。我覺得我最好對他有個充分了解，不過您大概不想了解他的過往吧？」

助理處長搖搖雙手托住的頭。「現在最重要的是你跟那個人之間的互動過程。」說著，他緩緩閉上深陷在眼窩裡的疲倦雙眼，又迅速睜開，顯得精神百倍。

「我跟他只是檯面下的往來。」錫特口氣不太開心，「某天晚上我走進他的店，直接表明身分，告訴他我們在哪裡見過。他連眉頭都沒皺一下，只說他已經結了婚，安頓下來，他只希望自己的小生意不會受到太多干擾。我擅自做主向他承諾，只要他不做出任何重大違法行為，警方不會干涉他的事。這個承諾對他來說很有價值，因為我們隨便跟海關說一聲，他從巴黎和布魯塞爾帶回來的東西就會在多佛被打開來檢查，結果肯定是沒收，也許甚至會吃上官司。」

「那種生意風險很高。」助理處長納悶，「他為什麼做那行？」

錫特面無表情，只是不屑地挑了挑眉毛。

「多半是在歐洲大陸有這方面的人脈，有朋友賣這類商品。他結交的會是那種人，他也是個大懶蟲，跟其他那些人一樣。」

「他用什麼交換你的保護？」

錫特並不打算誇大維洛克對警方的價值。

「他提供的消息只對我個人有用。要妥善利用他那樣的人，你自己必須掌握足夠的訊息。我能夠理解他給的暗示，當我需要某種線索，他通常也能提供給我。」

錫特忽然沉默下來，彷彿在審慎思考。助理處長腦海忽然想到錫特響亮的名氣多半仰仗密探維洛克，忍住嘴角的笑意。

「至於他的一般性用處，我們負責監視查令十字路口站和維多利亞站的特殊犯罪部門警探都收到命令，隨時留意跟他見面的人。他經常接待剛從歐洲大陸過來的人，也會掌握那些人的後續行蹤。他好像奉命做這件事。如果我急著要找某個人，找他肯定沒問題。當然，我知道該怎麼處理跟他的關係。過去這兩年來，我見他不到三次。通常派人給他送張沒有署名的字條，他也用同樣方式回應我，字條送到我私人住宅。」

助理處長偶爾輕輕點頭。錫特又說，他認為維洛克並沒有打入革命紅潮委員會國際事務部核心，不過，組織對他還是有一定程度的信任。「只要我意識到某種風吹草動，」他總結說道，「總是能從他那裡打聽到值得一聽的消息。」

助理處長意味深長地評論道，「這回他沒幫上你的忙。」

「我事先也沒收到任何風聲。」錫特反駁，「我沒問他，所以他沒給我答案。他不是我們手下，我們沒付他薪水。」

「是沒有。」助理處長低聲說，「他是個間諜，領外國政府的薪水，我們永遠不能跟他推心置腹。」

「我必須用我自己的方法做事。」錫特說，「必要時，我會親自跟他過招，坦然承受後果。有些事不適合攤在陽光下。」

「你保守祕密的方法似乎包括讓你部門的上司蒙在鼓裡，這樣會不會有點越權？他住在店裡嗎？」

「誰？維洛克嗎？是，住家跟店鋪一起。他岳母好像也跟他們住。」

「你們有人監視那房子嗎？」

「天哪，沒有，那可不成。我們會監視某些到過他店裡的人。我認為他跟這件事無關。」

「那麼這個你怎麼解釋？」助理處長的腦袋朝桌上的布塊點了一下。

「長官，我不做任何解釋。根本沒有合理解釋，我目前掌握到的線索還不足以說明。」

錫特這話說得理所當然，一副他的威望堅如磐石、難以撼搖似的。「至少現階段還無法解釋。我認為涉案最深的會是麥凱里斯。」

「是嗎？」

「是的，長官。因為其他人的嫌疑都可以排除。」

「那麼從公園溜掉的那個人呢？」

「我猜這會兒他已經逃得無影無蹤了。」

助理處長嚴厲地看著他，猛地站起來，彷彿下定決心採取行動。事實上，在那個當下他忽然打定主意去做件令他心癢難搔的事。他要錫特先退下，隔天一早再過來深入討論案情。錫特用深藏不露的表情聽取上司吩咐，而後踩著慎重步伐走出房門。

不管助理處長心裡打什麼算盤，都跟桌上的公文無關。批公文這種事剝奪了他的自由，也脫離現實，是他人生的禍患。他不可能想繼續處理公文，否則他此時的興高采烈就變得不合情理。錫特前腳剛離開，他急忙找到帽子，戴在頭上。戴好帽子以後，他又坐下，重新考慮一番。不過，他已經下定決心，所以沒有想太久。錫特踏上回家的路不久後，他也走出警局。

7

助理處長走過宛如泥濘戰壕的窄巷，又穿過一條寬敞大道，進入某個政府機關，找某位大人物的（無薪）年輕私人祕書說話。

這個臉蛋光滑白皙的年輕人頭髮中分，儼然是個乾淨端正的男學生，聽見助理處長提出的請求，表情狐疑，用緊張的語氣說：

「他會見您嗎？我不敢說。他一小時前才從議會走過來，找常務次長談事情，等會兒馬上又要回去。他是可以派人找次長過去，但他想趁機活動一下筋骨。議會開議期間，他只能利用這點時間運動。我無所謂，我挺喜歡像這樣的散步。他扶著我手臂，一句話也不說。只是，他累了。而且，呃……剛發了頓脾氣。」

「我來是為了格林威治那件事。」

「哦！他對你們警方很不滿。如果你一定要見他，我就去問問。」

「去吧，這才是好孩子。」助理處長說。

無薪祕書欣賞助理處長這份勇氣。他讓自己鎮定下來，換上坦率的表情，打開一扇門走了進去，舉手投足之中有一股自知乖巧受寵的篤定。不一會兒他又出現，對助理處長點點頭。助理處長走進同一扇門，裡面是個大房間，只有大人物在。

大人物體型臃腫龐大，一張長臉異常蒼白，往下擴大成肥墩墩的雙下巴。花白的落腮鬍把他的長臉遮成鵝蛋形，整個人彷彿無邊無際向外擴展。他黑色外套前襟的交叉皺褶更加深這種印象，彷彿衣服的布料已經撐到極限，裁縫師見了只能搖頭嘆息。他的腦袋坐落在粗大頸子上；蒼白大臉上鷹鈎鼻昂然兀立；雙眼分據鼻翼兩側，高傲地向下俯視，眼袋浮腫。一頂光澤耀眼的絲質禮帽和一雙舊手套就擺放在長桌末端，看起來也碩大無朋。

大人物穿著超大長靴，站在爐邊地毯上，沒有出聲招呼。

「我想知道這會不會是另一系列連續爆炸案的開端。」他劈頭就問，低沉的嗓音格外柔和。「不需要講細節，我沒時間聽。」

助理處長站在這個大塊頭胖子面前，顯得脆弱又纖瘦，像蘆葦在對橡木說話。這個比喻也算貼切，因為大人物的家族源遠流長，比全國最高齡的橡樹還古老。

「不，我可以向您保證不是。」

「好。可是你們那裡的人的保證……」說著，大人物舉起手，輕蔑地朝面向大馬路的窗子一揮。「好像只是讓內閣大臣變成呆瓜。才不到一個月前，有人在這個房間向我保證不會發生那樣的事。」

助理處長平靜地瞄了窗外一眼。

「埃塞雷德爵士，請容我申明，到目前為止，我還沒有機會向您做任何保證。」那對向下俯視的高傲眼眸此時聚焦在助理處長身上。

「確實。」那低沉柔和的嗓音坦承，「我派人找錫特過來。你剛上任不久，一切還不熟。你適應得如何？」

「我每天都在成長。」

「那是，那是。希望你繼續努力。」

「謝謝您，爵士。今天我又學到新東西，而且就在過去這一個小時。不管再怎麼深入探究，這次事件看起來都不像一般的無政府主義動亂，所以我才來見您。」

偉大的爵士雙手叉腰，手背貼在腰際。

「很好，接著說。別講細節，拜託。」

「我會略過細節，爵士。」助理處長泰然自若地娓娓道來。他說話時，偉大的爵士背後那座時鐘的分針移動了七格。時鐘跟壁爐台一樣，採用暗色大理石材質，氣勢磅礴、熠熠生輝，持續發出幽微縹緲的滴答聲。他認真盡責地詳加說明，輕巧自如地把每件小事，亦即所有細節，都囊括進去，沒有被任何嘀咕聲或動作打斷。爵士看起來就像他某位高貴祖先英姿勃發的雕像，只是卸下了改革戰爭的戰袍，換上不合身的長禮服。助理處長覺得自己就算講一小時也無妨，但他自我克制，七分鐘後突然做了總結，再次強調最初的論點。他這席話說得擲地有聲，埃塞雷德爵士十分驚豔。

「這起事件其實不算嚴重，背地裡卻頗不尋常，至少以這類型事件而言極不尋常，所以需要特別處置。」

埃塞雷德爵士語氣深沉而堅定。

「確實如此，畢竟牽涉到外國使節！」

高高瘦瘦的助理處長斗膽淡淡一笑。「如果我讓您覺得這事牽涉到大使，那就是我的錯。根本不是這麼回事。如果我猜得沒錯，不管背後指使者是大使或門房，都只是無關緊要的細節。」

埃塞雷德爵士張開洞穴似的大嘴，那隻鷹鈎鼻似乎急於向內窺探。他喉嚨深處傳來悶悶的轟隆聲，彷彿遠處某個器官鄙夷地發出憤怒的阻塞音。

「沒錯！這些人太為所欲為。他們憑什麼把克里米亞韃靼人的野蠻手法帶進英國？土耳其人都比他們文明。」

「爵士，別忘了，嚴格說來目前我們什麼都不知道。」

「是沒錯！但你要怎麼描述這樣的行為？長話短說。」

「近乎幼稚的大膽無恥行為。」

「我們不能容許壞孩子的胡鬧。」爵士臃腫的身材彷彿又膨脹了，向下俯視的高傲目光惡狠狠盯著助理處長腳下的地毯。「他們要為這次事件挨一頓毒打。我們一定要採取……你有什麼看法？簡單扼要就好，別講細節。」

「好的。原則上我要強調，我們不能容許密探存在，因為他們往往會助長邪惡力量。眾所周知，間諜都會捏造情報。政治與革命行動多多少少必須運用暴力，職業間諜就有機會自行編造各種事件，造成兩種惡果，一是群起效尤，其次是導致恐慌、倉促立法、盲目仇恨等。然而，這個世界本來就不完美……」

一動不動站在壁爐地毯上的爵士兩隻偌大的手肘往外凸伸，迅速地說：

「請說重點。」

「遵命，爵士……不完美的世界。這次事件充分暴露出這個特點，所以我覺得處理時應該特別保密，這才冒昧來求見您。」

「做得好。」偉大的爵士贊同，視線越過雙層下巴、滿意地向下俯視。

「很高興你們部門裡總算有人覺得內閣大臣偶爾還是值得信任。」

助理處長莞爾一笑。

「我真心覺得現在正是時候換掉錫特……」

「什麼！錫特嗎？他是個呆瓜，對吧？」爵士語氣滿是嫌惡。

「一點也不。爵士，拜託您別這樣曲解我的話。」

「不然呢？聰明過了頭嗎？」

「也不是，至少通常不是。我所做的推測都是根據他提供的消息，只有他私下利用那個密探這件事是我自己查出來的。這不怪他，畢竟他在警界打滾那麼多年了。他幾乎明明白白告訴我，他需要辦案工具。我認為，這樣的工具應該交給特殊犯罪部門全權運用，不能是錫特的私人財產。我認為我們部門有責任壓制那個密探。可是錫特是部門裡的老將，他會指控我扭曲部門的倫理、破壞部門的工作效率。他甚至會不滿地說那是在包庇革命分子之中的罪犯。在他看來事情就是那樣。」

「嗯。你想表達什麼？」

「我想表達的是，首先，雖然大多數犯罪——無論損壞財產或傷害人命——確實都是流氓無賴所為，但就算我們查出罪犯只是某些聲名狼藉的壞蛋，而非無政府主義者，一點也不值得安慰。再者，這些外國政府豢養的走狗某種程度上摧毀了我們的監督效率，他們做起事來比最無法無天的叛國賊更無法無天。幹他們那行不受任何約束，他們否定信仰，目無王法。第三，我們已經背負庇護革命組織的罵名，如今這些組織裡又混進奸細，以後有誰會相信我們。不久前錫特才給您保證，他的保證並不是毫無依據，卻還是發生這段插曲。我說這是插曲，因為我大膽斷言，這只是單一事件，絕不會是某個重大計謀（不管多麼瘋狂）的一部分。正是那些令錫特感到驚訝困惑的現象，幫助我看清楚這次事件的本質。爵士，我把細節都省略了。」

站在壁爐地毯上的爵士始終專注聆聽。

「很好，力求精簡。」

助理處長畢恭畢敬點了點頭，示意他會長話短說。

「這次爆炸案有些特別愚蠢的弱點，我覺得它不是某個狂熱分子的反常行為，可能有機會查出別的案情。這個案子顯然經過策劃，做案那個人像是被人亦步亦趨帶到現場，匆匆留在那裡單獨做案。我懷疑他是從國外徵召而來，就為了做這件案子。另一個可能是他不懂英語，沒辦法問路，除非我們異想天開地認為他是瘖啞人士。話說回來……這些都只是臆測。他顯然出了點意外，把自己給炸死。不是什麼離奇意外，卻離奇地留下一點蛛絲馬跡，也就是他衣服上的地址，發現過程也純屬意外。這是個奇妙的小事，非常之奇妙，背後的理由肯定會指向整個案子的根源。我沒有指示錫特繼續追查，因為我打算自己出馬，由我親力親為去找答案。那個答案就在布雷特街一家商店裡，藏在某個密探心裡。這個密探曾經受到友邦大使史塔渥騰罕男爵信任與重用。」

助理處長停頓片刻，又說，「那些傢伙都是十足的惹事精。」爵士為了讓他俯視的目光移到助理處長臉上，腦袋慢慢往後仰，顯得不可一世。

「為什麼不讓錫特去辦？」

「因為他是部門的老手，他們有自己的倫理。我的調查方法在他看來會顯得違反職責。他認為他有責任利用調查到的任何一丁點訊息，盡可能把那些最活躍的無政府主義分子羅織入罪。至於我的做法，他會說我只想證明那些人的無辜。我已經用最精簡的方式向您說明了這件撲朔迷離的事，沒有提及任何細節。」

「他會那麼說，是吧？」埃塞雷德爵士仰得半天高的驕傲腦袋回應道。

「恐怕是這樣，而且懷著一股您跟我都無法理解的憤怒與嫌惡。他是個優秀部屬，我們不需要過度測試他的忠誠度，那樣不明智。再者，我需要更多揮灑空間，所以不適合交給錫特。我不想放過這個叫維洛克的密探。不管他跟這樁案子有什麼牽連，等他發現我們這麼快就循線找到他，一定驚慌失措。要嚇他一點也不難，但我們真正的目標藏在他背後。我希望您授權保障他一定程度的人身安全。」

「沒問題。」始終站在原地的爵士說，「盡量去查，用你的方法去進行。」

「我必須分秒必爭，今晚就行動。」助理處長說。

爵士的手在外套燕尾下挪了挪，頭往後仰，注視著助理處長。

「今晚我們要開夜車。如果到時候我們還沒散會，就帶著你的調查結果到下議院來。我會提醒嘟嘟留意，他會帶你到我房間。」

那個年輕祕書來自龐大家族，本身也交遊廣闊，親友都期待他將來能變成嚴肅高貴的人。他閒暇時出入的社交圈卻用「嘟嘟」這個綽號稱呼他。埃塞雷德爵士聽慣了妻子與女兒們每天（多半在早餐時間）「嘟嘟」長「嘟嘟」短，也一本正經地使用這個戲謔暱稱。

助理處長驚訝之餘，滿心歡喜。

「我一定會帶著調查結果到下議院，只要您有時間……」

「我沒時間，」偉大的爵士打斷他，「但我會見你。現在我也沒時間。你一個人去嗎？」

「是的，爵士。我最好單獨行動。」

爵士下巴抬得極高，為了看見助理處長，眼睛幾乎瞇成一條線。

「哦。哈！你打算怎麼……要喬裝打扮嗎？」

「稱不上喬裝打扮！我當然會換套衣服。」

「那是當然。」爵士自負中帶點心不在焉。他緩緩轉頭，驕慢地斜瞄那座輕輕發出詭異滴答聲的笨重大理石時鐘一眼：時鐘的鍍金指針背著他偷偷移動了二十五分。

助理處長看不見時鐘，莫名緊張起來。但爵士神情冷靜，若無其事。

「很好。」他頓了一下，彷彿對那座時鐘極為不屑。「你怎麼會想到要這麼做？」

「我向來是個有主見的人。」助理處長說。

「啊，沒錯！主見。那是當然。可是當下的動機呢？」

「爵士，我該怎麼說呢？新人對舊方法的不滿；想得到第一手訊息；耐心不足。這跟我過去的工作性質相同，只是換了套挽具，難免摩擦一兩個比較柔軟的部位。」

「希望你在那邊能做得好。」爵士和善地說，同時伸出手來。他的手掌觸感柔軟，卻寬大有力，像傑出農夫的手。助理處長上前握了爵士的手，隨即離開。

嘟嘟在外面的房間等候，原本坐在桌子邊緣，這時跳下來迎向助理處長，略略收斂他天生的浮誇氣息。

「怎樣？滿意嗎？」他煞有介事地問。

「完美至極。我對你感激不盡。」助理處長答。他的長臉沒有表情，像塊木頭。相較之下，年輕祕書儘管面容嚴肅，卻彷彿隨時可以噗嗤一笑。

「沒事。不過說真格的，他提出的漁業國有化法案受到激烈攻擊，你很難想像他有多生氣。他們說那是社會改革的第一步。當然，那確實是改革措施，可是那些傢伙實在蠻橫，那些人身攻擊……」

「我在報上看到了。」助理處長說。

「令人作嘔，對吧？你根本不知道他每天要處理多少事。他什麼都自己來，在漁業法這件事上面，他好像誰都不信任。」

「而他剛才花了整整半小時來關心我這條小小鯡魚。」助理處長插嘴道。

「小魚！是嗎？這就太好了。可惜你還是得來打擾他。這次的法案爭議耗損他很多元氣，他累垮了。我從他走路時扶著我手臂的模樣就看得出來。對了，他上街安全嗎？今天下午繆林斯帶著一批手下過來，每個街燈下都有警探站崗。我們從這裡走到國會大廈的路上，每兩個路人之中就有一個明顯是便衣，害他跟著緊張起來。這些外國無賴應該不會對他扔東西吧？如果是，就會是全國性災難。這個國家不能沒有他。」

「當然也不能沒有你，他得靠你攙扶。」助理處長認真地說，「你們倆會一起沒命。」

「那我可以搭個便車名垂千古。死於暗殺的英國大臣不是太多，一定會轟動國際。」

「你想名垂千古恐怕得做點別的大事。說正經的，你們倆唯一要擔心的是過勞。」

嘟嘟聞言樂得笑呵呵。

「漁業法案累不死我的，我習慣晚睡。」他說得直率而輕浮，卻又覺得內疚，立刻換上政治家憂國憂民的表情，像戴上手套似的。「他本領高強，再多的公事都難不倒他。我擔心的是他的心情。那個契斯曼張牙舞爪，帶領那些反動派每天晚上羞辱他。」

「因為他堅持改革！」助理處長低聲說。

「時候到了，全國上下也只有他有能力做這件事了。」改革派嘟嘟說得慷慨激昂，助理處長氣定神閒、若有所思地望著他。某條走道遠端傳來迫切鈴聲，嘟嘟忠心耿耿地豎起耳朵。「他要出發了。」他悄悄說完，拿起帽子走了出去。

助理處長從另一扇門離開，動作不如嘟嘟那般靈活。他再度越過那條大馬路，沿著狹窄街道往前走，匆匆回到自己那棟辦公廳舍。他快步走進自己的私人辦公室，一進門先看看桌面，在原地站了片刻，然後走過去，環顧整個房間，這才坐下來，搖了鈴，靜靜等候。

「錫特督察長離開了嗎？」

「是，長官。離開半小時了。」

他點點頭。「那好。」他端坐椅子上，帽子往後推，露出額頭。他心想，錫特偷偷拿走唯一物證的行為正符合那傢伙厚顏無恥的性格，但他沒有起反感，受重視的資深部屬總是恣意妄為。那塊縫了地址的外套碎片確實不能流落在外，錫特的行為顯示他不信任別人。助理處長不再多想，寫了張字條派人送回家，請妻子代他向麥凱里斯的女恩人致歉，因為當天晚上他們原本約好共進晚餐。

辦公室裡有個遮了布簾的壁龕，裡面有盥洗台、木頭掛鉤和置物架。他在裡面換上短外套和圓帽，完美襯托他肅穆的褐色臉龐。他重新回到明亮的辦公室：膚色黝黑、眼神狂熱、舉止從容，活脫脫就是個冷靜沉思中的唐吉訶德。他像一道毫不醒目的暗影，迅速溜出這個他鎮日伏案辦公的房間。走到街上時，一股漆黑陰鬱的溼氣撲面襲來，感覺就像鑽進抽乾了水的黏稠水族箱。屋舍的牆壁還是溼的，馬路上的泥土閃閃發亮，像森森鬼火。他從查令十字路口站旁的狹窄街道來到河岸街，立即被周遭環境吸納，看起來就像夜裡浮游在陰暗街角眾多古怪陌生魚兒之中的一條。

他停下腳步，站在人行道邊等著，老練的目光從馬路混雜交錯的光影中辨識出一部緩緩駛近的雙座輕便馬車。他沒有招手，當馬車的低矮踏板沿著路邊石滑到他腳邊，他從轉動中的大車輪前方俐落地鑽進車裡，大聲朝小活板門喊話。慵懶地直視前方的車夫這才意識到有乘客上了車。

他只搭了一小段距離，突然示意車夫停住。他下車的地點倒沒什麼特別之處，是在一家大型布莊前的兩根街燈柱之間。一整排商店都已經蓋上鐵皮浪板、打烊休息了。他從活板門遞交一枚錢幣，就溜下車走了，給車夫留下陰森詭異的恐怖印象。車夫覺得手裡的錢幣還算合心意，他書讀得不多，一點都不擔心錢幣會在口袋裡變成枯葉[11]。由於職業的關係，他居高臨下俯視芸芸眾生，對他們的行動興趣缺缺。他隨即拉扯韁繩，馬車調頭駛離，充分展現他的人生觀。

11. 典故出自法國大文豪雨果（Victor Marie Hugo，一八〇二～一八八五）於一八三一年出版的名著《鐘樓怪人》（*The Hunchback of Notre-Dame*）第八章，織布老婦Falourdel在法庭上供稱，房客給她的金幣到了隔天變成一片枯葉。

此時助理處長已經在轉角一家義大利餐館點菜。這是專門引誘飢餓食客的陷阱，狹長空間裡裝飾了鏡子與白色織品，低調不張揚，卻有自己的特長，那就是用魚目混珠的料理愚弄飢火中焚、求助無門的淒苦人們。在這樣的無良氛圍中，助理處長專心致志思索接下來的行動，身分似乎越發隱密了。他覺得有點孤單，也有種脫軌的自由，心情頗愉快。他草草吃過飯付了錢，站起來等侍者找零，不經意瞥見鏡子裡自己的身影，竟然覺得陌生。他用鬱悶的質疑目光打量鏡中人，忽然靈機一動，拉直外套的衣領。他喜歡這個小小巧思，於是又把黑色八字鬍尾端往上捲。這些調整讓他的外貌產生微妙變化。「這樣好極了。」他心想，「我的衣服會弄溼，長褲會濺到泥水……」

他察覺到侍者站在身邊，面前桌上擺著一堆銀幣。侍者一隻眼睛看守桌上的零錢，另一隻眼睛尾隨一名熟齡高個子女性的背影去到遠端的桌子。那女子顯得旁若無人、高不可攀，像是店裡的常客。

助理處長走出餐館時心想，這地方的顧客吃慣了這種以假亂真的菜肴，已經喪失了他們的民族與個人特質。這很奇怪，因為這家義大利餐館明顯英國風，坐在裡面用餐的顧客卻沒有任何明顯屬性，就像他們面前的餐點一樣，失去了國籍特徵。他們的個人特質同樣模糊難辨，看不出職業、社會地位或種族。這些人似乎是專為這家義大利餐館打造出來的，或者這家餐館碰巧專為他們而存在。但餐館不可能為他們而存在。你很難想像這些人還適合出現在其他任何地方，你在別處永遠遇不見這些謎樣的人們。你猜不出他們白天做著什麼樣的事業，夜裡又在什麼樣的地方就寢。助理處長自己也失去了屬性，誰也猜不出他的職業。至於在哪兒就寢，連他自己都有點懷疑。倒不是因為他有家歸不得，而是他不知道自己幾點才回得去。他聽見背後那扇玻璃門不太順暢地關上，內心體驗到一股獨立的喜悅。他快步走向泥濘路面與潮溼灰漿組合而成的街道。街燈間或點綴，被倫敦溼冷的暗夜包圍、壓迫、穿透、堵塞與悶抑。那暗夜裡瀰漫著的，是煤煙和雨水。

布雷特街就在不遠處，街面不寬，從某個三角形廣場側邊岔出去。廣場周邊圍繞著黑魆魆的神祕房屋，都是些小商家，已經關門歇息了。只有角落的水果攤放送出刺眼強光和繽紛色彩。更遠處一片漆黑，稀稀落落的行人往那個方向走去，經過一堆堆亮晃晃的柳橙與檸檬，再跨一步就隱身黑暗中，就此銷聲匿跡。他們的腳步聲沒有發出回音，再也聽不見。助理處長站在遠處，饒富興味地觀看那些消失的路人。他覺得心曠神怡，像是獨自一人在叢林中遭遇埋伏，距離部門的辦公桌和墨水架千哩之遙。面對還算重要的任務，他竟能輕鬆愉快地胡思亂想，可見我們這個世界終究不值得大驚小怪，畢竟助理處長個性並不輕浮。

巡邏警察肅穆的身影越過燦爛輝煌的柳橙與檸檬，不慌不忙地邁進布雷特街。助理處長躲在暗處，像個見不得光的罪犯，靜靜等待巡警繞回來。可惜那位警探宛如人間蒸發，始終沒再現身，或許已經從布雷特街另一頭出去了。

助理處長做出這個結論，這才踏進布雷特街。有家專供馬夫用餐的小吃店窗子透出黯淡燈光。一輛大型運貨馬車拴在外面，馬夫顯然在裡面吃東西，馬兒也低著頭，從掛在脖子上的飼秣袋裡取食。在對街更遠處，另一道鬼鬼祟祟的微弱光線從維洛克的店鋪灑出來，裡面掛著報紙，隱約堆著各式紙盒與書籍。助理處長站在對面查看，是這家沒錯。店鋪前窗旁有一扇門，處在五花八門商品的陰影中。煤氣燈的光芒從半掩的門縫投射出來，在地上照出一條狹長而清晰的光影。

助理處長背後的貨車與馬匹已經融為一體，彷彿有了生命，像某種黝黑的方背怪物，堵住半條街道，偶爾傳來鐵蹄跺地聲與尖銳鈴鐺聲，間或呼出深沉的嘆息。布雷特街盡頭處有條大馬路，對面是生意興隆的大酒吧，刺眼的光線傳達燈紅酒綠的歡樂氣氛。酒吧的豁亮燈火形成一道屏障，抵擋住聚攏在維洛克溫馨住家周遭的暗影，布雷特街的黑暗無法往外擴散，因而更顯抑鬱、陰沉與邪惡。

8

溫妮母親經過一番鍥而不舍的死纏爛打，終於說動幾個冷漠酒商（都是她過世丈夫的舊識），出面安排她住進某位有錢旅館老闆為生活陷困的同業遺孀開設的救濟院。

搬進救濟院這件事，溫妮母親忐忑不安地籌謀許久，守口如瓶、堅定不移。溫妮察覺事有蹊蹺，對丈夫說，「媽媽這星期幾乎每天花五先令搭出租馬車。」她不是心疼錢，畢竟媽媽身體不好。她只是想不通媽媽最近為什麼老愛往外跑。維洛克也不是小家子氣的人，只是不耐煩地嗯了一聲，一副溫妮的話打斷他思緒似的。最近他經常長時間沉思，他思考的事比五先令重要。明顯重要多了，而且從各方面來看都困難得多，必須靜下心來好好琢磨琢磨。

溫妮母親偷偷摸摸達成目標後，才對溫妮說出真相。她的表情揚揚得意，心卻在顫抖。女兒個性冷靜自制，生起氣來悶不吭聲，怪嚇人的。不過，再怎麼說她也一大把年紀了，胖大的身材外加三層下巴，雙腳又不太便利，可以倚老賣老，不洩露內心的憂慮。

當時溫妮當時正在做家事，撢著客廳家具的灰塵。這件事太出乎意料，她一反常態地停下手邊的活，轉頭望著媽媽。

「妳這是為什麼？」她又驚又氣地質問。

對於生活中的大小事，溫妮通常淡然接受，不多追問。那是她生命力的展現，也是一種防衛機制。這次事件一定是太震撼，她的反應異乎尋常。

「妳在這裡過得不好嗎？」

她忍不住問了這些問題，不一會兒就又恢復平日的冷靜，繼續撢灰塵。她母親戴著破舊的白色便帽和暗淡無光的黑色假髮，膽戰心驚地呆坐著。

溫妮撢好了椅子，雞毛撢子又掃過馬毛沙發的紅木椅背。這張沙發是維洛克的最愛，他經常和衣戴帽直接躺在上面休息。溫妮撢得格外認真，不過，她又容許自己提出另一個問題。

「媽，妳怎麼能申請得到？」

溫妮向來選擇忽視事件的本質，所以這點好奇並不違反她的原則，畢竟她問的是過程。她母親欣然接受這個問題，因為這方面沒什麼好隱瞞。

她描述得鉅細靡遺，提到很多人，附帶評論那些人的容貌變了多少，感嘆歲月催人老。那些多半是酒商，「乖女兒，都是妳爹地生前的朋友。」她特別提到某家大酒廠的負責人，言過其實地稱頌那人的樂善好施。那人是準男爵，也是國會議員，目前擔任慈善會主席。她滿懷感激，因為準男爵的私人祕書親自約見她。「是個謙和有禮的紳士，穿得一身黑，溫柔的語氣帶點哀傷，非常、非常瘦，也很沉默。親愛的，他就像個影子。」

溫妮拖延撣灰塵的時間，直到母親說完，才不發一語離開客廳，走進低兩階的廚房，神態跟平時沒兩樣。

女兒面對這麼嚴重的事，表現得如此溫和，溫妮母親無比欣慰，喜極而泣。她轉而盤算家具該如何處理，因為家具都是她的，有時她又寧願那些東西不是她的。偉大的犧牲沒什麼不好，可惜在某些情況下，就連幾張桌椅和黃銅床架的安排都牽一髮而動全身，會衍生遙遠而慘烈的後果。她自己會帶走幾件：救濟院雖然好心接納了她，房間卻極為簡陋，只有幾塊床板，磚牆糊了些廉價壁紙。她給自己留了幾件最破舊、最不值錢的東西。可惜女兒沒注意到她的用心，因為溫妮個性向來大而化之，不在意細節，直覺認為媽媽理所當然會挑選最符合需求的。至於維洛克，他的思緒像一堵中國城牆，將他和外界那些無謂掙扎與虛假表象完全隔絕開來。

她選好自己要的家具以後，剩下來那些該怎麼分配也特別傷神。那些東西當然要留在布雷特街，可是她有兩個孩子。溫妮夠理智，嫁了個好丈夫，後半生有了著落。史蒂夫無依無靠，而且有點特別。不管法律怎麼規定，無論別人會不會說她偏心，她都要優先考量這孩子的處境。幾件家具無法養他一輩子。這可憐的孩子，家具原本該給他的，只是，一旦把家具給了他，他就不再一無所有。史蒂夫一定得依賴別人，她一點都不想改變這個事實。再者，女婿如果連坐個椅子都得感謝小舅子，心裡難免會有疙瘩。根據過去應對男士房客的經驗，她了解人性的黑暗面，知道人心說變就變。萬一哪天女婿突發奇想，要史蒂夫帶著他那些寶貝家具滾出去呢？如果要分給姊弟倆，不論分配得多麼平均，溫妮都會不高興。不行，史蒂夫必須是個窮光蛋，必須依靠別人。她離開布雷特街時，對女兒說，「不需要等到我斷氣，對吧？乖女兒，我留在這裡的所有東西都是妳的。」

溫妮戴著外出帽，靜靜站在媽媽後面，幫媽媽拉好披風衣領。她帶著手提袋和雨傘，沒有任何表情。她們就要去搭那一趟三點五先令的出租馬車，這極有可能是溫妮母親生平最後一趟馬車。她們走出店鋪門。

假使有這麼一句俗話：「真相往往比諷世畫更殘酷。」那麼她們要搭的那輛馬車正是這句話的寫照。一匹病懨懨的馬兒舉步維艱地走過來，拉著一輛搖搖晃晃的出租車，車頂坐了個殘疾車夫。車夫的模樣讓氣氛變得有點尷尬。溫妮母親看見一隻鐵鉤從車夫左邊袖口伸出來，連日來累積的勇氣頓時消失於無形。她實在沒把握。「溫妮，妳覺得怎樣？」她躊躇不前。

大餅臉車夫急著要她們上車，說話聲像從喉嚨硬擠出來似的。他俯身向下，隱忍怒氣問她們怎麼不上車。現在是怎麼回事？可以這樣對待別人嗎？在泥濘街道襯托下，他那骯髒的大臉通紅似火。難不成政府給他的執照是假的？他氣急敗壞地質問。

管區警探友善地瞥了車夫一眼，才讓他安靜下來。

警探又若無其事地對溫妮母女說：「他駕車二十年了，據我所知，沒出過意外。」

「什麼意外！」車夫不屑地叫嚷一聲。

警探的擔保化解一場糾紛，圍觀的七個人（大多未成年）做鳥獸散。溫妮跟著媽媽坐進馬車。史蒂夫爬上車頂，他張著嘴、眼神憂傷，顯然剛才的插曲對他的心情不無影響。儘管看不出來，但馬車確實慢慢往前推移，因為狹窄街道兩旁的屋子徐緩地、搖搖晃晃地滑向後方，伴隨響亮的咔嗒聲和車窗玻璃清脆的叮噹聲，彷彿馬車經過後就會崩塌。那匹病馬似乎極有耐心地踮著腳尖、踩著小碎步向前邁進。馬具套在牠高凸的脊骨上，鬆垮垮地垂下來，連連拍打牠的大腿。來到寬闊的懷特霍爾大道後，少了兩旁景物烘托，馬車似乎靜止不動，只是一路叮叮噹噹地經過偌大的財政廳。時間彷彿也停止了。

溫妮說話了：「這匹馬不太健康。」

她的目光在昏暗的馬車裡閃閃發亮，動也不動直視正前方。坐車頂的史蒂夫先閉上嘴巴，才又認真嚴肅地喊出一聲：「別！」

車夫高高拉起纏繞在鐵鈎上的韁繩，沒理會史蒂夫。或許他沒聽見。史蒂夫胸口鼓脹。

「別打。」

車夫浮腫的臉龐五色雜陳，冒出許多白色短髭。一雙溼濡的小眼睛泛著光，厚厚的嘴唇是豬肝色。他用握馬鞭那隻手的髒污手背搓揉下巴的鬍子。

「不可以。」史蒂夫結巴得厲害，「會痛。」

「不可以打？」車夫低聲沉吟，旋即一鞭抽下。他這麼做倒不是因為他生性殘忍或心地歹毒，他只是為了生計。有那麼一段時間，下議院的圍牆和眾多塔樓與尖頂默默凝視這部叮噹響的馬車，最後也往後滾走了。到了橋上發生了一點騷動：史蒂夫不顧一切從車頂跳下來。馬路上有人大聲嚷嚷，有人往前跑。車夫停下馬車，氣惱又驚訝地低聲咒罵。溫妮拉下車窗探頭往外看，臉色慘白。她母親在車廂裡擔驚受怕地叫喊：「那孩子摔傷了嗎？那孩子摔傷了嗎？」

史蒂夫毫髮無傷，他甚至沒摔跤，只是，他跟平常一樣，情緒一激動就說不出話來，最多只是對著車窗結結巴巴地說，「太重。太重。」溫妮把手伸出去搭在他肩上。

「史蒂夫！馬上回車頂，別再下來了。」

「不，不。走路，要走路。」

為了表達走路的必要性，他說了一串毫無條理的話語。他身手矯健，輕鬆就能跟上那匹病馬晃盪的腳步，而且臉不紅氣不喘。可是溫妮絕不容許他這麼做。「這是什麼話！竟然要追著馬車跑！誰聽過這種事！」她母親害怕又無助，連聲說道：「天哪，溫妮，快阻止他，他會迷路，快阻止他！」

「當然不行！天曉得接下來還要搞出什麼花樣！史蒂夫，我可告訴你，維洛克先生聽到這事肯定會難過，一定會不開心。」

維洛克先生的心情果然很有影響力，本性溫馴的史蒂夫不再堅持，一臉失望地爬回車頂座位。車夫那張紅腫的大臉氣呼呼地轉向史蒂夫。「小伙子，你可別再幹那種蠢事了。」

他壓低聲音自言自語一番後，生著悶氣驅車往前走。剛才的事他實在想不通。多年來在風霜雪雨中討生活，他的腦筋已經麻木，不如過去那般靈活，但他至少還有自己的想法，頭腦也還算清楚。他覺得史蒂夫這小子恐怕不只是喝醉酒那麼單純。

被史蒂夫這麼一鬧，原本安安靜靜端坐顛簸搖晃車廂裡的兩母女終於打破沉默。溫妮大聲說：

「媽，這下子妳稱心如意了，萬一以後妳過得不開心，也只能怨妳自己。我不覺得妳去那邊會比較開心，真的。家裡不夠舒服嗎？妳就這樣搬到救濟院，別人會怎麼看我們？」

「乖女兒，」老太太扯著嗓門對抗馬車噪音，「妳一直是天底下最孝順的女兒，至於女婿……」

對於女婿的寬宏大量，溫妮母親找不到言語可以形容，只得老淚縱橫地望向車頂。然後她別開頭，假裝看著窗外，像是想知道馬車究竟走多遠了。馬車走得極慢，而且緊貼路邊。黑夜，骯髒昏暗的黑夜，倫敦南區險惡、嘈雜、絕望、喧鬧的黑夜，已經籠罩她這最後一趟馬車之旅。煤氣燈光線從兩旁商家的低矮門面照射出來，她帽子暗紫色陰影下的兩頰、在燈光下閃著橙紅光芒。

溫妮母親一生坎坷，不管為人妻或當寡婦，日子總是艱辛與憂愁，身子骨不算硬朗。如今有了歲數，臉色變得灰黃，是那種羞赧時會轉為橙紅的膚色。她性情溫和，在苦難中磨練出剛強意志，又已經活到這種不該會臉紅的年紀，沒想到竟在女兒面前漲紅了臉。在這部四輪馬車裡，在前往救濟院途中，她被迫在孩子面前掩飾自己的懊惱與羞愧。至於她即將入住的救濟院，那裡房舍窄小又寒傖，幾乎是基於善意特地如此設計，好讓住客提前適應更為窄小的墳墓。

別人會怎麼想？她很清楚溫妮指的是哪些人，也知道他們會怎麼想。那包括她亡夫的故舊，還有其他人，她順利博取了他們的同情。她從來不知道自己這麼善於乞求。不過，她很清楚別人會怎麼看待她的申請案。男人天生粗枝大葉，積極冒進，不會細究背後的原因。她只要緊閉雙唇，做出不願多談的表情，那些人就不再多問。她每每慶幸自己不需要跟女性打交道：女人情感比較麻木，喜歡探究細節，肯定會打破砂鍋問到底，會想了解他女兒和女婿究竟怎麼虐待她，逼得她寧可去住救濟院。只有在慈善會主席的祕書面前，她才痛哭失聲，彷彿被逼入絕境似的。因為祕書基於職責，必須調查清楚申請者現況。祕書身材瘦削，為人謙和有禮，經她這麼一哭也慌了手腳，只得棄守陣地，出聲安慰。他要她別難過，畢竟慈善會沒有明文規定申請者必須是「無子無女的寡婦」，所以她不至於資格不符。只是，委員會總得盡到查證責任，他能理解她不願意變成子女的負擔。令他失望的是，溫妮母親聽了這番話，哭得更是聲嘶力竭。

當時溫妮母親頭戴灰撲撲的黑色假髮、身上的絲質舊洋裝搭配髒污的白棉布花邊，她的傷心一點不假。她之所以哭，是因為她的勇敢、她的厚顏，以及她對兩個孩子毫無保留的愛。為了兒子好，父母通常會選擇犧牲女兒的權益。在這次事件中，她犧牲了溫妮。她不願說出真相，等於讓溫妮背負罵名。當然，溫妮個性獨立，不會在乎那些她沒見過、也無緣得見的人對她的評價。而可憐的史蒂夫在這世上一無所有，他唯一擁有的，就是媽媽的勇氣與厚顏。

溫妮結婚帶來的安全感隨著時間慢慢消磨（因為任何事都不長久），她母親獨處在後側臥房時，總會想起孀居教會她的生命經驗。回想過去的淒苦，她心中沒有無謂的怨懟，幾乎是以一種高貴姿態屈服於命運。她堅忍卓絕地想到，這世上的萬事萬物都會腐朽、都會衰敗。如果行有餘力的人願意為善，其他人應當盡量為他們排除障礙。她女兒溫妮是個最愛護弟弟的姊姊，也是個相當有自信的人妻。溫妮對弟弟的好無庸置疑，那份愛近乎神聖，不會隨著人世間其他事物衰退。她必須這麼想，否則她會害怕得不知所措。只是，考慮到女兒的婚姻狀況時，她堅定地排除一切美好假象。她冷靜又理性地認為，女婿的擔子越輕，他的好意就能持續越久。她這個一百分女婿當然疼愛她女兒，但無可諱言地，他肯定也希望她娘家不會造成他太大負擔，好讓這份愛情更加長久。這位英勇的丈母娘希望女婿愛屋及烏的心最好都能集中在史蒂夫身上，才下定決心離開兒女。她這麼做既是犧牲奉獻，也是深謀遠慮。

她走這步棋（她的行事風格向來深奧難解）的「好處」在於，史蒂夫可以更理所當然接受姊姊的照料。可憐的史蒂夫是個乖孩子，雖然有點特別，但很肯做事，可惜地位不明確。他跟媽媽一起被姊夫接收，有點類似貝爾格萊維亞大宅那些家具，彷彿只屬於媽媽。她經常自問（她還算有點想像力）：哪天我死了，那孩子怎麼辦？她問這個問題時，心裡總是充滿恐懼。想到自己離開人世後無法得知史蒂夫何去何從，更是愁上加愁。只要她離開，把史蒂夫交給姊姊照顧，就等於幫史蒂夫找到下半輩子的靠山，這是隱藏在她英勇厚顏行為背後的微妙動力。表面上她背棄了孩子，實際上卻是為了將史蒂夫推上康莊大道。其他人會選擇犧牲物質享受來達成這個目標，她則是用這種方法，這是唯一的選擇。再者，她能夠親眼看到實施成效。不管結果如何，總比瀕臨命終還懸著一顆心好得多。只是，這一步好難、好難，殘酷又艱難。

馬車咔嗒叮噹、顛簸搖晃著往前邁進。說起這馬車的搖晃，還真是不同凡響。它晃盪的力道又強又猛，簡直不成比例。車廂裡的人因此很難察覺車子是不是在移動，只覺得像是乘坐在中世紀某種懲罰罪犯的刑具上，沒命地搖撼抖動；或者某種新潮發明，專門用來治療肝功能不良。坐這種車子心情實在沮喪，溫妮母親扯著嗓門說話，聽起來像在痛苦哀號。

「乖女兒，妳一有空就會來看我，對吧？」

「當然。」溫妮答得簡潔，兩眼直視前方。

馬車晃過一家冒著熱氣的油膩膩小鋪，店內煤氣燈大放光明，空中飄來陣陣炸魚香氣。

溫妮母親又高聲嘶吼，「還有，親愛的，我希望每個星期天都能見到史蒂夫。他應該不介意陪媽媽一天。」

「介意？應該不會。他會非常想念妳。媽，妳當初應該考慮到這點的。」

沒考慮這點！勇敢的老太太感覺喉頭有顆貪玩的撞球直往外跳，她硬生生將它吞下肚。溫妮默默坐著，噘著嘴對車廂前方生悶氣。她突然氣沖沖地說話，跟平時的語氣大不相同。

「剛開始我恐怕要多花點心思安撫他，他一定會心煩意亂……」

「親愛的，妳怎麼做都好，總之，別讓他打擾他姊夫。」

她們就這麼閒聊著接下來的新局面。馬車繼續顛簸前進。溫妮母親說出內心疑慮：史蒂夫有辦法一個人去那麼遠的地方嗎？溫妮說他現在比較不那麼「忘東忘西」了，她母親表示認同。這點無可否認，他比過去進步多了，現在幾乎不會了。她們在嘈雜的馬車裡對彼此大吼，心情似乎愉快了些。只是，不一會兒溫妮母親又開始發愁：這一路得搭兩班公共馬車，中間還得走一小段路，難度太高了！想到這裡，她又難過又驚恐。

溫妮直視前方。

「媽，別這麼擔心。妳一定得看到他。」

「不，乖女兒，我可以忍耐。」

她揩抹盈眶熱淚。

「妳沒空陪他來，萬一他途中失神迷了路，別人問他的口氣又太急，可能會想不起姓名地址，很久很久都回不了家……」

她腦海裡浮現史蒂夫被送進濟貧院醫護所的景象，即使只是在等待查明身分，一顆心都揪住了，因為她也是個心高氣傲的女人。溫妮的眼神變得嚴肅、堅定，像在尋思。

「我沒辦法每星期陪他去看妳。」她大喊，「不過妳別擔心，我會想辦法讓他不至於迷路太久。」

她們意識到馬車猛地晃了一下，抖動的車窗外隱約出現成排磚柱。劇烈的顛簸與吵鬧的叮噹聲戛然而止，兩母女一時摸不著頭腦。怎麼了？她們一動不動坐著，害怕這突如其來的無邊靜寂。

車門開了，有個粗啞嗓音低聲說：「到了！」

一整排附三角牆的小屋子圍在種植了灌木的草地四周，一樓窗戶大多發出昏黃燈光，草地跟光影交錯的大馬路之間設有欄杆，遠處依稀響著轆轆車聲。馬車停在一間沒有燈光的小屋門前。溫妮母親先下車，手上拿著鑰匙。溫妮留在石板路上，付錢給車夫。史蒂夫幫忙把所有行李提進屋裡，又出來站在救濟院路燈下。車夫望著放在他骯髒大手裡顯得微不足道的銀幣，那是一個在這個險惡世界來日無多的人奮力操勞的微薄報酬。

這趟收入還算不錯，有四先令，他默默注視手上的錢，彷彿那是某個憂傷難題的意外插曲。他在身上的破爛衣服使勁掏呀掏地，這才慢慢把錢塞進某個內口袋。他身材矮胖，骨骼僵硬。史蒂夫卻是又瘦又高，肩膀略略拱起，兩手插在保暖大衣的口袋深處，站在小路邊緣，嘟起嘴唇。

車夫慢慢收錢的同時，似乎想起某個疑團。

「喲！年輕人，你在這兒呀！」他悄聲說，「以後你會認得牠，對吧？」

史蒂夫盯著那匹馬看。馬兒瘦骨嶙峋，臀部高高聳起，小小的尾巴像個冷酷的笑話；另一端又細又平的頸子像披著舊馬皮的木板，不堪沉重頭顱的負荷，垂向地面。基於某種疏失，兩隻耳朵安放的角度各自不同。在這悶熱的空氣中，這頭骷髏般的牲畜肋骨和背脊部位冒出蒸氣。

車夫舉起從破舊油膩袖口伸出的鐵鈎，輕敲史蒂夫胸膛。

「小伙子，**你**要不要試試在這馬兒後面一直坐到凌晨兩點？」

史蒂夫呆呆望著車夫的小眼睛和發紅的眼眶。

車夫極力壓低聲音，彷彿急切地說著某件不可告人的事。史蒂夫呆滯的眼神慢慢轉變成懼怕。

「你可以試試！到清晨三四點時，又冷又餓，到處找乘客，都是喝醉酒的人。」

他愉快的紫紅臉龐長著白色短髭，悄聲跟史蒂夫訴說做人的辛苦，被生活重擔壓得喘不過氣，有朝一日還得面對死亡。那模樣就像維吉爾的森林之神，臉上殘留酒漬，向西西里的單純牧民描述奧林匹斯山諸神[12]。

「我是夜班車夫，」他的語氣有種刻意誇大的憤慨，「他們派給我哪輛車，我都得接受。我得養活老婆和四個孩子啊。」

這義正詞嚴的人父宣告一出，整個世界似乎都沉默了。在這段靜寂中，那匹象徵末日苦難的馬兒[13]腹脅持續冒出熱氣，升騰在救濟院的煤氣燈光裡。

他又神祕兮兮地補了一句：「這年頭日子可不好過啊。」

史蒂夫的臉已經抽搐了一段時間，最後，他激動的情緒照例以簡單的語句迸發出來。

「差勁！差勁！」

他的目光依然鎖定馬兒的胸肋，神態忸怩又嚴肅，彷彿害怕看到周遭醜陋的世界。雖然他臉頰已經冒出毛茸茸的金黃色鬍鬚，他苗條的體型、紅潤的雙唇和白皙潔淨的面容看起來還像個小男孩。此時他噘起嘴唇，像個擔驚受怕的孩子。又矮又胖的車夫用他銳利的小眼睛打量史蒂夫，那雙眼睛彷彿在清澈的腐蝕性液體裡泡得發疼。

「馬兒辛苦，像我這樣的可憐蟲更辛苦。」他喘氣說，聲音幾乎聽不見。

「可憐！可憐！」史蒂夫結結巴巴地說，他油然生起強烈同情心，兩隻手使勁塞進口袋深處，一句話都說不出來。他對一切痛苦與悲慘感同身受，非常渴望能帶給馬兒和車夫一點安慰，幾乎到了想帶他們一起上床的地步。但他知道這是不可能的，畢竟他沒發瘋。那只是一種象徵性的渴望，感覺無比明確，因為它來自生活經驗，而經驗是智慧的源頭。小時候他經常害怕地躲在漆黑角落哆嗦，整個人陷入痛苦的黑暗深淵，悽慘又疼痛。這時姊姊溫妮就會出現，帶著他上床睡覺，像是到了寧靜安詳的天堂。史蒂夫雖然經常遺忘某些事，比如他的姓名地址，對於各種感受卻記憶鮮明。被帶上憐愛的床鋪是一種終極救贖，唯一的缺點是沒辦法大規模執行。他看著車夫，清楚意識到這點，因為他明白事理。

車夫慢條斯理地整理馬車，準備出發，彷彿史蒂夫不存在。他好像要爬上車頂，基於某種不為人知的動機，在最後一刻改變心意，也許只是坐車坐得膩了。他走向同甘共苦的工作夥伴，彎腰拾起馬籠頭，右手一使勁，就把馬兒疲累的大腦袋拉到跟他肩膀等高，顯得力大無窮。

「走吧。」他悄聲說。

12. Virgil（西元前七〇年至西元前十九年），古羅馬詩人。這裡引用的森林之神（Silenus）典故出自他的作品《牧歌集》（*Eclogues*）第六首。

13. 此處典故出自《聖經．啓示錄》第六章，羔羊打開七個封印中的前四個，看見四匹分別象徵瘟疫、戰爭、饑饉與死亡的馬。

他一瘸一拐地拉著馬車離開，人與車的背影透著一股辛酸。車道的礫石被緩慢滾動的車輪碾壓得嘎吱嘎吱哀號，馬兒削瘦的大腿邁著淒苦步伐，慢慢離開明亮的燈光，走進被尖銳屋頂與昏暗窗子圈圍的空曠區域，碎石子的哀號聲沿著車道往前移動。車夫和馬車去到救濟院大門燈光下，重新現身，在明亮處移動著。矮胖的車夫跛著腳快步走著，一隻手把馬兒的頭拉得高高的。瘦長的馬兒腳步僵硬，孤獨中不失尊嚴；漆黑低矮的車廂隨著車輪往前滾動，左搖右擺十分逗趣。人跟馬車一起向左轉，街道那頭有家酒館，離救濟院大門不到五十公尺。

史蒂夫獨自留在救濟院路燈下，雙手深深插在口袋裡，悶悶不樂地發著呆。他口袋深處那虛弱無能的雙手緊緊攥成憤怒的拳頭。他對痛苦有一股病態的畏懼，只要碰見任何直接或間接觸動這股恐懼的事件，他就會性情大變。一股難以遏抑的巨大怒氣蓄積在他脆弱的胸口，幾乎爆發開來，他坦率的雙眼因而瞇成一道縫。他雖然夠聰明，知道自己無能為力，卻沒有聰明到懂得克制自己的激情。他一視同仁的慈悲心有兩種面貌，彼此緊密結合、難以分割，就像勳章的正反兩面：過度的同情心令他痛苦，隨之而來的就是單純而冷酷的怒氣。這兩個階段呈現出來的跡象如出一轍，都是無濟於事的激動不安。溫妮只會安撫他激動的情緒，不去探究內在那兩種截然不同的特質。她從不浪費時間追根究柢，這是一種堪稱謹慎的務實態度，當然也不無謹慎的好處。這種人生觀倒是挺適合生性疏懶之輩。

在那個溫妮母親跟她的一對子女永別、也從此遠離塵世的夜晚，溫妮沒有深入了解弟弟的心理狀態：可憐的史蒂夫當然會心情激動。她在小屋門口再次向母親保證，弟弟就算在探視母親的路途中迷了路，一定很快可以回到家，說完她就挽著弟弟的手臂離開。史蒂夫靜悄悄地，連自言自語都沒有。溫妮根據她從小無微不至照顧弟弟的經驗得知，史蒂夫的心情確實非常激動。她緊緊挽住史蒂夫手臂，像是依偎在弟弟身上，說了些安撫弟弟的話。

「史蒂夫，等會兒到了十字路口，你要好好保護我，你還得先上公共馬車，這才像個好弟弟。」

史蒂夫以他一貫的順從承擔起這份責任，他覺得很開心，抬頭挺胸說道：「溫妮，別緊張，不緊張。公共馬車不可怕。」他的結巴話語突兀又含糊，揉合了孩童的膽怯和成年男人的決心。他挽著姊姊勇敢地往前走，嘴巴卻張開著。等他們走到寬敞骯髒的大馬路，家家戶戶都點著明晃晃的煤氣燈，愚蠢地暴露出屋裡的寒酸相。燈光也照亮姊弟倆的容貌，簡直像一個模子刻出來的，路人見了都會嘖嘖稱奇。

街角的酒館更是燈火通明到沒天理的地步，門前馬路邊停著一部四輪馬車，車上沒人。這馬車破舊到無可救藥，溫妮認出那車與馬。馬車的模樣慘絕人寰，七零八落、彎腳怪異、恐怖陰森，像死神的坐駕。溫妮本著女性對馬匹天生的慈悲心（當她不坐在車上時），喃喃地感嘆：

「可憐的牲口！」

史蒂夫遽然停步，溫妮因此被他拉住。

「可憐！可憐！」他贊同地喊道，「車夫可憐。他自己告訴我。」

那匹病弱孤單的瘦馬占滿他的思緒，即使姊姊催促，他還是固執地留在原地。他不久前才得知車夫和馬兒同樣悲慘的際遇，很想表達內心的同情。可惜這任務太艱鉅，只好一再重複：「可憐的馬，可憐的人！」又覺得這兩句話力道稍弱，最後唾沫四濺地罵出，「可恥！」就此打住。史蒂夫畢竟沒有滿腹文采，思路因而不夠清晰明確。儘管如此，他的感受卻更完整、更深刻。某一方為了生存，不得不對另一方施加折磨，就像車夫為了家裡可憐的孩子，不得不抽打可憐的馬兒。他內心充滿憤怒與驚恐，而「可恥」這簡簡單單兩個字就表達出他的全部感受。史蒂夫很清楚被打是什麼感覺，他自己曾經身歷其境。這是個差勁的世界。差勁！差勁！

他唯一的手足、監護人與守護天使體會不到他對生命的精闢理解。更何況，她沒聽見車夫那番感人肺腑的話語，不明白「可恥」這兩個字背後的深意。她平靜地說：

「走吧，史蒂夫。那是沒辦法的事。」

溫馴的史蒂夫跟著往前走，變得垂頭喪氣、腳步遲緩，喃喃有辭地念叨殘缺不全的語句。偶爾他會迸出貌似完整的字詞，卻是由不相干的單字拼湊起來，彷彿努力搜索枯腸找出他記得的所有單字，以便描述他此時此刻的心情。事實上，他辦到了，而且馬上停下腳步來說：

「可憐人活在差勁世界。」

這話一出口，他立刻明白自己對這種現象早已熟悉，這個念頭因此更加根深柢固，怒氣也往上推升。他認為，應該有人受到懲罰，冷峻嚴厲的懲罰。史蒂夫不是懷疑論者，只是個感情的動物，滿腔的正義無從宣泄，逼得他喘不過氣來。

「可憎！」他扼要地補了一句。

溫妮看得出他情緒非常激動。

「誰也沒辦法。」她說，「我們走吧。你就是這樣照顧我的嗎？」

史蒂夫順從地修正步伐，他很以當個好弟弟為榮。他有強烈的倫理觀念，當然要做到這點。只是，姊姊說的話讓他心情低落，因為姊姊也是好人。誰也沒辦法！他悶悶不樂往前走，不一會兒又一掃陰霾。他就像所有人類，對世間萬物充滿困惑，但偶爾想到社會制度的力量，會稍感安慰。

「警察，」他信心滿滿地說。

「警察不管這種事。」溫妮急著趕路，隨口敷衍。

史蒂夫的臉明顯垮下來，他在思考。他想得越專注，嘴巴就張得越開。可是他實在腦袋空空，只好放棄這種智力上的挑戰。

「不管這種事？」他嘀咕著，接受中帶點驚訝。「不管這種事？」在他心目中，警察是專門對抗邪惡勢力的理想典範，而仁慈這個概念跟那些身穿藍色制服的人代表的權力密不可分。他喜歡所有警察，對他們有一股真心實意的信任，所以他很痛苦，也很生氣，因為警察竟然不如他想像中那麼可靠。史蒂夫胸無城府，一顆心昭昭如日月。那麼警察為什麼要騙人呢？他跟姊姊不同，姊姊對任何事都抱持懷疑態度，他卻想要把事情弄清楚。他憤慨地提出質疑。

「溫妮，警察管什麼？警察做什麼？告訴我。」

溫妮不愛爭辯，只是，她擔心史蒂夫會太想念媽媽，陷入憂鬱低潮，所以願意跟他多聊聊。她不習慣冷嘲熱諷，回答的話倒也符合維洛克太太的身分。畢竟維洛克是中央紅潮委員會的代表，跟無政府主義者私交甚篤，也是社會改革的信徒。

「史蒂夫，你不知道警察是做什麼的嗎？他們的工作就是阻止兩手空空的人拿走別人的東西。」

她刻意避開「偷」這個字，因為史蒂夫聽見會不高興。史蒂夫個性誠實過了頭，他被灌輸了某些為人處世的道理（因為他有點「特別」），光是聽人說起些不法行為，就會極度震驚。他對別人說的話向來十分敏感，所以他現在錯愕不已，腦袋瓜變得相當靈敏。

「什麼？」他著急地問，「就算肚子餓也不行？不可以嗎？」

這時他們站在路旁。

「就算肚子餓也不行。」溫妮一派冷靜，絲毫不在乎財富分配如何不平均，兩眼望著馬路的方向，尋找他們要搭的公共馬車。「當然不可以。不過說這些有什麼用？你又沒挨過餓。」

她斜眼瞄了瞄身邊這個外表像個年輕男人的孩子。在她眼裡，他心地仁厚、帥氣迷人又重感情，只是有點——微不足道的一點點——特別。這是必然結果，因為史蒂夫是她乏味生活裡的唯一調劑，激發她的義憤、勇氣，甚至自我犧牲。她沒有追加一句：

「只要我活著，你都不會餓肚子。」她大可以說出來，畢竟她為了達到這個目標，採取了有效措施。維洛克是個好老公，但她真心覺得任誰見了史蒂夫，都會喜歡他。她突然大叫：

「史蒂夫，快！攔住那輛綠色公共馬車。」

挽著姊姊的史蒂夫覺得自己身負重任，有點膽怯，連忙對著迎面駛來的馬車高高舉起另一隻手，馬車停下來了。

一小時後，坐在櫃檯後方讀報（也許只是盯著報紙發呆）的維洛克視線往上移。等鈴鐺漸歇，他看見溫妮走進店裡，往樓上走去，小舅子史蒂夫跟在後頭。維洛克見到太太心情相當開心，那是他的慣性反應。小舅子他倒是視而不見，因為最近有太多煩心事，像一層面紗，將他和周遭的感官世界隔絕開來。他目光鎖定妻子背影，不發一語，彷彿那只是某種魅影。他平時在家裡說話的嗓音沙啞又溫和，最近卻幾乎不開口。妻子照例以簡短的「阿道夫」喊他吃晚飯，他還是沒說話。他坐下，意興闌珊地吃了起來，頭上的帽子往後推。他戴著帽子倒不是因為喜歡外出，而是因為經常光顧外國咖啡館，讓他即使舒適地窩在自己家裡，都顯得漂泊不定。

鈴鐺噹啷響了兩回，他起身兩次，走進店裡，又默默回座。他離座時，溫妮強烈意識到右手邊的空椅子，忽然非常想念媽媽，兩眼發直。基於同樣理由，史蒂夫兩隻腳在地板上來回移動，彷彿餐桌下的地板熱得燙腳。維洛克悶不吭聲地回座後，溫妮的眼神稍有變化，史蒂夫的腳也不再挪移，因為他對姊夫懷有崇高敬意。他尊敬又憐憫地瞥了姊夫幾眼，因為溫妮在馬車上告訴他，姊夫心裡很難受，不可以打擾他。史蒂夫自我約束的動力來自他過世父親的怒氣、舊居那些男士房客的暴躁，以及姊夫過度哀傷的傾向。這三種情況都很容易發生，他卻很難理解。其中以姊夫的心情對他的約束力最大，因為姊夫是**好人**。他母親和姊姊把這個概念深植在他心裡，而且是背著維洛克本人，悄悄在史蒂夫心中將姊夫神聖化。她們之所以這麼做，跟抽象的倫理觀念毫無關係，維洛克也不知情。說句公道話，他根本沒興趣在史蒂夫面前當好人，但他終究成了好人。在史蒂夫心目中，只有他夠格當好人，因為那些房客總是來去匆匆，距離太遙遠，除了他們的靴子，沒在他心裡留下特別印象。至於他爸爸對他的管教，溫妮母女憂傷之餘，不敢在史蒂夫面前美化他父親的行為，因為那樣太殘酷，何況史蒂夫可能不會相信。維洛克就不同了，史蒂夫可以把他看成好人，因為維洛克雖然行動神祕兮兮，卻明顯有一副好心腸，而好人的哀傷是非同小可的大事。

史蒂夫尊敬又同情地瞄了姊夫幾眼。姊夫心裡難過。他從來不曾這麼了解姊夫的好心腸，他能理解姊夫的傷心，因為他自己也很傷心。他很悲傷，跟姊夫一樣悲傷，想到這裡，他的腳又開始磨擦地板。他總是以肢體的躁動不安表現他的心情。

「親愛的，腳別亂動。」溫妮的口氣威嚴中不失溫柔。她轉頭看著丈夫，用一貫的淡漠語氣問道，「你今晚要出門嗎？」

「出門」這兩個字似乎讓維洛克倒盡胃口，他陰鬱地搖搖頭，垂頭喪氣地坐著，盯著眼前盤子裡那塊乳酪整整一分鐘。最後他站起來走出去，走出噹啷響的鈴鐺聲外。他不想出門卻又出了門，倒不是為了跟自己過不去，而是因為心情浮躁不安。出門一點好處都沒有，整個倫敦都沒有他要的東西。但他還是出去了，帶著滿腹愁思走在漆黑街道上，經過燦亮街燈，快速走進又走出兩家酒吧，像是想找個地方度過漫漫長夜。最後他還是回到他風雨飄搖的家，疲累地坐在櫃檯後方，他那些煩惱剎那間又聚攏過來，像一群餓慌了的黑色獵犬。他鎖好前門、熄掉煤氣燈後，又把那些愁思帶上樓。以即將上床就寢的人來說，那真是一群驚悚的隨從。

溫妮上床一段時間了，隆起的床單依稀呈現她豐盈的身形，她的腦袋躺在枕頭上，一隻手壓在一邊臉頰下，似乎已經睡意朦朧，他不禁羨慕她平靜的心靈。她水汪汪的眼睛瞪大著，在雪白被褥襯托下，顯得呆滯又陰暗。她一動也不動。

她的心平靜安詳。她深深覺得世間事都禁不起細究，也把這個觀念轉化成她的力量與智慧。只是，最近以來，丈夫的沉默已經變成她心裡的一塊大石頭，搞得她神經緊張。她依舊側躺著，若無其事地說：

「你穿著襪子到處走，會著涼的。」

這句話適切地表達妻子的關懷與女人的審慎，卻出乎維洛克意料。他把靴子脫在樓下，忘了穿上拖鞋。他沒穿鞋在臥室裡走來走去，像受困牢籠的熊。聽見妻子的聲音，他停下來，宛如夢遊似地、面無表情地盯著她好一陣子，害得溫妮不自在地挪挪被單底下的肢體。可是，她的頭還是躺在枕頭上，手依然壓在臉頰底下，大大的黑色眼眸眨也不眨。

看著丈夫毫無表情的眼神，想到樓梯口對面媽媽的空房間，她忽然體驗到一股椎心的寂寞。她從沒跟母親分開過，她們相依為命，至少她這麼覺得。如今她告訴自己媽媽走了，永遠離開了，她不會自欺欺人。不過史蒂夫還在。她說：

「媽媽這下子如願了，只是我看不出她這麼做有什麼道理。絕不是擔心你嫌她煩。就這樣離開我們，實在很過分。」

維洛克書讀得不多，不太擅長打比方。只是，眼下的情況太貼切，他不免想到「大難來時各自飛」這句話，也差點說出口。他最近疑心病重又愛生氣。那老女人莫非真能未卜先知？這種猜測明顯毫無根據，所以他忍住不說。但他還是想一吐為快，於是用沉重的語氣說：

「或許這樣也好。」

他開始寬衣。溫妮一動也沒動，靜靜躺著，迷離的眼神無語地盯著空中。有那麼一瞬間，她的心也停止了。那天晚上她正如俗話所說「有點失常」，簡單一句話到她耳裡，總會聽出弦外之音，而且多半是負面的。什麼叫**這樣**也好？為什麼？但她不允許自己浪費時間胡思亂想。她相信任何事都經不起仔細探究。基於務實又不可捉摸的行事風格，她第一時間提起史蒂夫。因為史蒂夫始終是她的唯一考量，是她本能要保護的對象。

「接下來這幾天我真不知道該怎麼安撫史蒂夫那孩子。他還不習慣媽媽離開，一定整天躁動不安。他真是個好孩子，可以幫我做很多事。」

維洛克置若罔聞，專注剝著身上的衣服，像個在廣大而絕望的沙漠裡寬衣的男人。在他心裡，我們共同生存的這個美麗星球就是這麼荒涼冷漠。屋裡屋外如此沉寂，樓梯口時鐘的滴答聲悄悄溜進房裡，彷彿也想要有人作伴。

維洛克上了床，躺在背對著他的妻子身邊，神情哀戚、沉默不語。他兩條胳膊擱在被單外，像繳出的槍械，像棄置的工具。在那一刻，他差點向妻子坦白一切。時機似乎挺合適。他用眼角瞄了妻子一眼，看見她蓋著白色被褥的高聳肩膀、她的後腦勺，頭髮編成三條辮子，髮尾用黑色帶子綁住。他忍下來了。他愛他的妻子，像正常男人愛他們的妻子那樣，也就是婚姻關係的愛，就像看待自己的主要財物。她的髮辮和高聳的肩膀，有種熟悉的神聖感，祥和家庭的神聖感。她躺著不動，輪廓龐大而模糊，像一尊橫躺著的、未經雕琢的雕像。他記得她那雙大眼睛望著空蕩的房間，神祕難懂，像所有生物那樣諱莫如深。已故史塔渥騰罕男爵麾下這位聲名遠播、專門示警的密探Δ不願意深入去探究。他很容易受驚嚇，也很懶散。正因為懶，顯得個性仁厚。他不願去碰觸那份神祕，是因為愛、膽怯與懶惰。反正有的是時間。在房間昏昏欲睡的靜寂裡，他隱忍了幾分鐘，而後用堅決的話語打破沉默。

「明天我要去歐洲大陸。」

妻子可能已經睡著了，他看不出來。其實溫妮聽見了。她兩眼依然圓睜，文風不動躺著，再次確認所有事都經不起細究。話說回來，丈夫去歐洲大陸也不是什麼罕見的事。店裡的商品來自巴黎和布魯塞爾，他通常親自去採購。店裡漸漸有了一群固定的新顧客。無論維洛克經營何種生意，這群神祕客人都是最佳主顧。至於維洛克本人，基於天性與需求的緣故，一直以來真正的職業都是密探。

他等待片刻，才又說：「我這趟會去個一星期，也許兩星期。白天讓尼歐太太過來幫忙。」

尼歐太太是布雷特街的清潔婦，不幸嫁了個花天酒地的木匠，家裡有好幾個嗷嗷待哺的小娃兒。她兩條臂膀紅通通，一條粗布圍裙繫在腋下，成天在洗刷聲和水桶　噹聲中度過，身上總有肥皂泡和蘭姆酒味道，是窮人的苦難氣息。

總是步步為營的溫妮用最平淡的口氣說：「不需要叫她來，有史蒂夫幫我就夠了。」

她等寂寞的時鐘那十五聲滴答消失在永恆的深淵，才問：「要關燈了嗎？」

維洛克沒好氣地答：「關了吧。」

9

十天後，維洛克從歐洲大陸回來。旅途上的新奇見聞顯然沒能掃除他心中的陰霾；回到溫暖的家，他臉色好像也沒變得更爽朗明亮。他在噹啷聲中進門，顯得又倦又累又心煩。他提著行李，垂著腦袋，直接走到櫃檯後側，頹然落坐，像是一路從多佛港走回來。當時還是大清早，史蒂夫正在撣櫥窗裡各式商品的灰塵，轉過頭來又敬又畏地望著姊夫。

「拿走！」維洛克輕輕一踢放在地上的輕便旅行袋。史蒂夫立刻飛奔過來抓起旅行袋，滿心歡喜地拿進屋去。他動作太敏捷，維洛克著實吃了一驚。

尼歐太太原本在給客廳的爐柵擦石墨，聽見鈴鐺響，隔著玻璃門探了一眼，站起來，穿著圍裙，渾身髒兮兮地走到廚房對維洛克太太說，「先生回來了。」

「進來吃早餐。」溫妮遠遠喊道。

維洛克雙手微微動了一下，彷彿心不甘情不願似的。等他走進客廳，卻沒有拒絕擺在眼前的食物。他把頭上的帽子往後推，像在餐館裡吃東西，外套下襬的衣角垂落椅子兩側。餐桌鋪了棕色油布，溫妮坐在對面，挑了些適合此情此景的話題，有一搭沒一搭聊著，想必就像潘妮洛普終於盼回漂泊的奧德修斯時一樣。只不過，丈夫出門期間溫妮並沒有織布[14]，只是把樓上房間徹底大掃除一番。店裡做了幾筆生意，接待來訪的麥凱里斯幾次。最後一次見面時，麥凱里斯說他要搬到鄉下的小房子住，就在倫敦查塔姆多佛鐵路線上某個地方。揚德也來過一次，是「他那個討人厭的老管家」扶著來的，真是個「叫人作嘔的糟老頭。」至於奧西彭，她一個字都沒提。奧西彭來訪時，她一步都沒離開櫃檯，板著臉孔，兩眼盯著前方遠處，不大理睬他。不過，她想起他時，突然頓了一下，臉上泛起似有若無的紅暈。她也趁機讚揚史蒂夫一番，說那孩子把地板擦得多麼乾淨。

「媽媽離開後，我們也就這樣過日子。」

維洛克沒有說，「該死！」也沒說，「見鬼的史蒂夫！」溫妮不知道丈夫心裡在想些什麼，無從感謝他的自制。

「他還是跟以前一樣努力工作。」她說，「幫了我很多忙，好像幫我們做再多事都不累似的。」

維洛克不經意地瞄了史蒂夫。史蒂夫坐在他右手邊，纖弱靈敏、臉色白皙，紅潤的嘴唇傻傻張開。這一眼不帶批判，沒有任何意圖。即使他覺得小舅子看起來一點用處都沒有，那也只是一閃而過、隱約模糊的念頭，軟弱無力、稍縱即逝，不是那種足以撼動世界的強大意念。他靠向椅背，摘下帽子正要放下，史蒂夫已經撲過去接走，畢恭畢敬地捧進廚房。維洛克又吃了一驚。

「阿道夫，你想叫那孩子做什麼都沒問題。」溫妮用最平靜的語氣說，「他可以為你赴湯蹈火。他……」

她忽然打住，耳朵轉向廚房門，凝神靜聽。

尼歐太太在那裡刷地板，見到史蒂夫進來，開始長吁短嘆。因為溫妮偶爾會給史蒂夫一先令，她只要說起家裡的孩子，三言兩語就能讓史蒂夫掏出那枚硬幣。她四肢著地趴在一窪窪髒水裡，身上污濁溼黏，像某種養在垃圾桶和污水裡的兩棲家畜。她又彈起老調：「你命好，什麼都不必做，像個大爺。」接下來就是絮絮叨叨地埋怨命苦。即使

14. 奥德修斯離家二十年，人們以為他已經死了。潘妮洛普面對眾多追求者，只好宣稱要為公公織裹屍布，等布織好就再嫁。她白天織布、夜晚拆布，以拖待變。

滿口胡言亂語，配上廉價蘭姆酒與肥皂水的恐怖氣味後，卻有種可悲的真實感。她使勁刷著，不停吸鼻子，嘴裡喋喋不休。她的難過絲毫不假，細瘦紅鼻子兩側的眼睛紅紅腫腫，被淚水淹沒，因為她真的每天早上都需要喝點酒提提神。

溫妮心知肚明地留意著：

「尼歐太太又在說她那些孩子多可憐。那些孩子年紀不可能像她說的那麼小，應該有幾個大得可以養活自己了。那些事只會惹史蒂夫心煩。」

話聲才落，廚房就傳來「砰」地一聲，像拳頭擊打桌面，確認她的說法。史蒂夫生起了憐憫心，卻發現口袋裡沒有錢。他自己沒有能力馬上解決尼歐太太那些「小傢伙」的困境，就覺得應該有人為這件事受到懲罰。溫妮起身走進廚房，去「阻止他們瞎胡鬧」，態度堅定卻不失溫柔。她很清楚尼歐太太一領到工資，就會到一家霉味撲鼻的廉價酒館買烈酒喝，那是她走在人生這條苦路上必定歇腳的驛站。溫妮向來只看事物表層，對這件事的見解卻出乎意料地深刻。「不然她要怎麼挨過去呢？如果我是她，一定也會那樣做。」

同一天下午，維洛克坐在客廳爐火前打盹，時睡時醒。他最後一次醒來時，說他要出門散散步。人在店裡的溫妮回應他：

「阿道夫，帶史蒂夫一起去吧。」

維洛克這天第三次吃了一驚。他怔怔望著妻子。溫妮面不改色地說，那孩子沒事做就在家裡拖地，害她神經緊張。這話從冷靜的溫妮口中說出來，不無誇大之嫌。事實上，史蒂夫擦起地來聲勢浩大，像頭鬱悶的家畜。他還會爬上黑漆漆的樓梯口，坐在大時鐘旁的地板上，縮起膝蓋，雙手抱頭。蒼白臉孔上的大眼睛在黑暗中閃呀閃地，乍見之下有點嚇人。溫妮一想到他那樣坐在樓上，心裡就鬧彆扭。

這個史無前例的提議太驚人，維洛克好不容易才適應。他很疼老婆，就像正常男人疼老婆的方式，對老婆寬容大方。但他實在不喜歡這個點子，也如實表達出來。

「他可能跟不上我，在街上迷路。」他說。

溫妮自信地搖搖頭。

「不會的，你不了解他。那孩子非常崇拜你。萬一他走丟了……」

溫妮頓了一下，只有極短暫的一瞬間。

「你只管散你的步。別擔心，他不會有事的，不久後他就會回來。」

溫妮這份樂觀製造了維洛克這天的第四次驚訝。

「是嗎？」他不可置信地咕噥著。也許史蒂夫不像外表看上去那麼蠢，妻子最清楚了。他別開視線，沙啞地說，「那就讓他跟著吧。」說完，他又變得鬱鬱寡歡。他的煩惱或許比較樂意搭馬車，卻也懂得緊緊跟隨買不起馬車的人，比如維洛克。

站在店門口的溫妮並沒有看見維洛克背後那些如影隨形的致命跟班。她看著髒亂街道上那兩個身影，一個魁梧壯碩，另一個纖瘦矮小，細細的頸子，半透明的大耳朵下是微微聳起的肩膀。他們倆身上的大衣布料相同，兩人都戴著黑色圓帽。看著兩人如此雷同的衣著，溫妮不禁幻想起來。

「真像一對父子。」她自言自語。她覺得，維洛克確實很像史蒂夫生命中欠缺的那個好爸爸。她知道這是她自己的功勞，也慶幸自己幾年前做了某個決定，為此感到自豪。那不是件容易的事，她有過掙扎，也掉過眼淚。

接下來那幾天，丈夫似乎越來越習慣跟史蒂夫一起散步，她更加慶幸。如今維洛克要出門散步時，就會大聲喊史蒂夫，像喊家裡養的看門狗，當然，呼喚的口氣不大相同。溫妮發現維洛克在家時經常盯著史蒂夫看，行為舉止好像也有點改變，雖然話還是不多，卻不再無精打采。溫妮覺得丈夫偶爾有點神經質，也許可以算是一種進步。至於史蒂夫，他不再擦樓上時鐘旁的地板，反倒經常坐在角落，用威脅的語氣喃喃自語。當她問，「史蒂夫，你在說什麼？」他只是張開嘴，斜眼看著姊姊。偶爾他會莫名其妙握緊拳頭，或一個人對牆壁發怒，給他畫圓圈的紙張原封不動躺在廚房桌上。史蒂夫變了，而且情況不太妙。溫妮用「情緒激動」概括這些異常行為。她擔心史蒂夫聽太多丈夫跟朋友之間的對話，影響他的心情。想當然耳，丈夫「散步」時一定會遇見朋友，難免閒聊一番。一定是這樣沒錯。出門散步也是丈夫的戶外活動，溫妮從不過問。她覺得史蒂夫的改變不太尋常，卻以一貫的冷靜態度面對。她那種高深莫測的平靜總是讓上門的顧客印象深刻，甚至嘖嘖稱奇，也讓其他訪客摸不著頭腦，只好保持距離。不對！史蒂夫八成是聽了不該聽的話。她跟丈夫提出這個憂慮，她說，那些話只會讓那孩子心情激動，因為他覺得無能為力。誰都無能為力。

當時他們在店裡，維洛克沉默以對。他沒有反駁，卻明顯不以為然。他也沒有告訴溫妮，當初建議他帶史蒂夫去散步的不是別人，正是她自己。在那一刻，以客觀第三者的角度看來，維洛克實在是宰相肚裡能撐船。他從架子上取下一個小紙盒，瞄了一眼，確認裡面的物品，再輕輕放上櫃檯。這時他才打破沉默，隨口說如果史蒂夫出城住個幾天，也許對他大有益處。他只擔心溫妮少不了史蒂夫。

「少不了他！」溫妮慢慢重複丈夫的話，「如果對他有好處，我怎麼會少不了他！簡直荒謬！我當然少得了他，只是他沒地方去。」

維洛克拿出棕色包裝紙和一團繩子，隨口說道，麥凱里斯住在鄉下的小房子，他不介意撥個房間給史蒂夫用。那裡沒有訪客，沒人談天說地。麥凱里斯在寫書。

溫妮說她喜歡麥凱里斯這個人，順便表明她多麼討厭揚德：「糟老頭子」。她沒提到奧西彭。史蒂夫一定很開心。麥凱里斯向來對史蒂夫和善又親切，他好像挺喜歡那孩子。當然，史蒂夫是個好孩子。

「你最近好像也越來越喜歡他。」停頓片刻後她又說，口氣十分篤定。

維洛克把那個紙盒包好綁妥，準備寄出去。他使勁扯斷繩子，心裡暗暗咒罵了幾句。之後又用平時的粗啞嗓音說，他可以親自帶史蒂夫到鄉下去，把他平平安安交給麥凱里斯。

隔天他就付諸行動。史蒂夫沒有反對，反而相當急切，只是顯得有點茫然。他直率的眼神不時探詢地投向維洛克的沉重面容，特別是溫妮沒看見時。他的表情驕傲、憂慮又專注，像年幼孩子第一次拿到火柴，獲准自行點火。弟弟這麼乖巧聽話，溫妮非常開心，只提醒他到鄉下可別弄髒衣服。史蒂夫聽見這話，看了他姊姊、監護人兼守護天使一眼。有史以來第一次，他看姊姊的眼神少了孩子般的全然信任，只有高傲與不滿。溫妮笑了。

「我的老天！你不需要生氣。史蒂夫，你也知道有時候你確實會把自己弄得髒兮兮。」

維洛克已經往前走了一段路。

母親勇敢地搬走，史蒂夫到鄉下度假，不論在店裡或家裡，溫妮都經常一個人獨處，因為維洛克必須出門散步。格林威治公園爆炸案那天，她獨處的時間比平時長得多，因為那天維洛克一大早就出門，到近黃昏才回來。她不介意一個人，也不想出門。那天天氣不好，待在店裡比上街舒適多了。她坐在櫃檯後面縫縫補補，即使丈夫在擾人的鈴鐺聲中走進來，她也沒有抬頭。他走到外面的人行道時，她已經聽出他的腳步聲。

她沒有抬眼看他。維洛克不發一語直接走向客廳門，帽緣壓得低低的。這時她安然說道：

「這天氣也太糟了。你今天去看史蒂夫了嗎？」

「沒！我沒去看他。」維洛克輕聲說。他關客廳玻璃門的力道不小。

溫妮的活計擱在腿上，呆呆坐了一會兒。她把針線收到櫃檯下，站起來點煤氣燈，之後走進客廳，準備去廚房，丈夫馬上要吃茶點了。溫妮對自己的魅力信心十足，從不期待丈夫每天說些甜言蜜語或表現溫柔體貼。那些頂多就是過時的無謂花招，也許根本不會有人在意，如今上流社會也不時興這一套，在溫妮這個社會階級，更是聞所未聞。

她不奢望丈夫獻殷勤，但他是個好老公，所以她忠心耿耿地當個賢內助。

溫妮原本會像個自認魅力依舊的女人，直接穿過客廳走進廚房準備餐點。可是她聽見一種細微、極其微弱的嗒嗒聲。那聲音太異常、太怪異，很難置之不理。她聽清楚聲音來源，突然站定，又驚訝又擔心。她劃了一根火柴，點亮懸在客廳餐桌上方的煤氣燈。煤氣燈有點故障，先是震驚地尖嘯一聲，而後像隻貓兒，舒適地嗚嗚叫。

維洛克一反常態脫掉大衣扔在沙發上，帽子翻過來落在沙發邊緣的地板上，肯定也是摘下來隨手一拋。他拉了把椅子到壁爐前，雙腳擱在爐圍裡，整個人低低俯在爐火熾烈的爐柵上方。他的牙齒沒命地打顫，力道太強，連他巨大的後背都以同樣速率顫抖著。溫妮驚呆了。

「你衣服溼了。」她說。

「沒有很溼。」維洛克勉強擠出回應，渾身又打了個寒顫。他費了好大勁才止住牙齒的嗒嗒聲。

「我看你需要好好休養。」溫妮的口氣滿是擔憂。

「沒這個必要。」維洛克用粗啞的鼻音回答。

早上七點出門，下午五點才進門，期間肯定招了風寒。溫妮望著丈夫彎曲的背部想著。

「你今天上哪兒去了？」她問。

「哪兒也沒去。」維洛克低沉的鼻音有點堵塞。他看起來像是受了委屈氣憤難平，或者頭痛欲裂。屋子裡一片死寂，他草率又敷衍的回答顯得格外刺耳。他用鼻音向妻子道歉，又說：「我去了銀行。」

「是嗎？」她漠然說道，「去做什麼？」

維洛克臉俯在爐柵上方，不甘不願地答：「去把錢領出來！」

「這話什麼意思？全領出來嗎？」

「嗯，全領出來。」

溫妮仔細鋪好不夠大的桌巾，從餐桌抽屜拿出兩把餐刀、兩把叉子。她一絲不苟的動作突然停頓。

「你為什麼這麼做？」

「可能很快會用到。」維洛克含糊回應，他能說的話幾乎說完了。

「我不懂你的意思。」溫妮口氣漫不經心，人卻在餐桌和餐櫃之間站定不動。

「妳應該知道妳可以信任我。」維洛克對著爐柵說，他覺得喉嚨有點沙啞。

溫妮慢慢走向餐櫃，慢條斯理地說：「是啊，我可以信任你。」

她開始有條不紊地做起事來：擺好兩只餐盤，拿出麵包和奶油，默不作聲地在餐桌與餐櫃之間來回走動，整棟屋子靜謐又祥和。她正要拿出果醬時，又打消念頭：「他出門一整天，肚子八成餓了。」她又走回餐櫃，拿出冷盤牛肉。她把牛肉放在呼呼響的煤氣燈下，又轉頭往下兩級階梯走進廚房，途中瞥了一眼動也不動抱著爐火的丈夫。等她拿著切肉刀和叉子回來，又開口說話。

「如果我不信任你，當初就不會嫁給你。」

維洛克弓著身子縮在壁爐架底下，雙手抱頭，像是睡著了。溫妮備好了餐食，低聲喚道：

「阿道夫。」

維洛克應聲而起，搖搖晃晃地走到餐桌旁坐下。溫妮看了看手裡切肉刀的刀刃，把刀放在盤子上，示意維洛克吃點牛肉。維洛克不為所動，下巴垂到胸前。

「吃點肉才有體力對抗感冒。」溫妮繼續催促。

他抬起視線，搖搖頭。他眼睛布滿血絲，一張臉紅通通。他的手指把頭髮撥得凌亂不堪，整個人看起來不太體面，像縱情聲色後那種難受、惱怒和鬱悶。但維洛克不是個不檢點的人，他的行為舉止還算正派，現在這樣可能是感冒發燒的結果。他連喝三杯茶，什麼都不吃，不管溫妮怎麼勸他，他都像要反胃作嘔似的，最後溫妮說：

「你腳沒溼嗎？最好穿上拖鞋，晚上別出門了。」

維洛克悻悻然地說他腳沒溼，反正他不在乎。至於拖鞋這件事，他根本充耳不聞。晚上要不要出門這個問題倒是有了不預期的發展。維洛克考慮的不是這天晚上要不要出門，他心中有個更遠大的計畫。他用陰晴不定又支離破碎的語句說，他考慮移居國外，還不確定要去巴黎或加州。

這太出乎意料、太不可能、太難以想像，溫妮反而不當一回事，平靜得就像丈夫告訴她世界末日就要到了。她說：

「這是什麼話。」

維洛克說他病了、倦了，何況……這時溫妮打斷他。

「你得了重感冒。」

維洛克確實明顯反常，無論身體或心理都一樣。一時之間他有點猶豫不決，之後又含糊籠統地說他必須這麼做。

「必須這麼做！」溫妮重複他的話。她冷靜地靠向椅背，雙手抱胸，面對丈夫。「我倒想知道有誰逼著你。你不是奴隸，在這個國家沒有人需要當奴隸，你也別任人擺布。」她停頓一下，態度堅定又直率。「店裡生意不錯。」她說，「我們日子還過得去。」

她環視客廳一圈，目光從角落的餐櫃掃到爐柵裡旺盛的火堆。這屋子雖然前面店鋪陳列著不名譽商品，櫥窗光線神祕而黯淡，面對漆黑窄巷的店門可疑地半掩半啟，卻擁有溫馨家庭該有的氛圍與舒適度。她不免想起此刻正在肯特郡麥凱里斯住處享受鄉居生活的弟弟史蒂夫。她對弟弟有一股本能的保護欲，此時此刻非常想念他。這裡也是那孩子的家，這裡的屋頂、餐櫃和暖洋洋的爐火都是。想到這裡她站起來，走到餐桌對面，發自肺腑地說：

「而且你還沒厭倦我。」

維洛克沒有吭聲。溫妮站在他背後，倚著他肩膀，雙唇貼在他額頭上，就這麼定住。周遭一片靜寂。

昏暗店鋪外的腳步聲出現又消失，客廳裡氣氛凝重而靜默，只有餐桌上方的煤氣燈持續發出嗚嗚聲響。

妻子突然親吻他額頭的那段期間，維洛克雙手緊抓椅子，老僧入定似地坐著。等妻子移開嘴唇，他放開椅子，站了起來，走到壁爐旁站著，不再背對客廳。他五官浮腫，像被下了藥，目光追隨妻子的一舉一動。

溫妮從容不迫地收拾餐桌。她用理性而平實的口氣評論丈夫的提議：那種事行不通，從任何角度看都荒唐可笑。其實她真正在乎的是史蒂夫，她覺得史蒂夫太「特別」，不能貿然帶他到國外生活，就這麼簡單。不過，她沒說出心中真正的憂慮，只是表達強烈反對。她一面說著，一面粗手粗腳地穿上圍裙，準備洗碗盤。維洛克自始至終沉默不語，她卻越說越激動，最後幾乎有點絕情地說：

「如果你搬到國外，我不跟你去。」

「妳知道我不會丟下妳。」維洛克粗啞地說，他在家時慣用的這種遲疑嗓音有點顫抖，似乎暗藏某種不為人知的情感。

溫妮話一出口就後悔了，她並不想表現得那麼絕情，何況這種話沒有必要，也不聰明。那是失去理智的人一時衝動才會說的話。但她知道該怎麼彌補。

她轉過頭去，用她那水汪汪的大眼睛向站在壁爐前的丈夫拋媚眼。那眼神淘氣中帶點殘酷，貝爾格萊維亞時代那個單純又矜持的溫妮是使不出那種眼色的。但眼前這人是她丈夫，她也已經明白了男女之事。她就那樣盯著丈夫看了整整一秒，嚴肅的臉龐毫無動靜，像戴著面具，最後她調皮地說：

「你辦不到，你會太想念我。」

維洛克邁開腳步往前走。

「說得沒錯。」說著，他張開雙臂朝妻子走去，表情狂野又可疑，讓人看不懂他究竟想掐死老婆或抱老婆。店鋪門鈴噹啷啷響起，轉移了溫妮的注意力。

「有客人。阿道夫，你去。」

維洛克停下腳步，雙臂緩緩放下。

「你去吧。」溫妮又說，「我穿著圍裙。」

維洛克乖乖聽從。他兩眼無神、四肢僵硬，像紅臉機器人。他的神情實在太像機器人，也幾乎像機器人一樣，莫名地意識到自己體內都是機器零件。

他關上客廳門，溫妮俐落地做起家事。她把托盤拿進廚房，洗了杯子和其他餐具，這才停下來聽外面的動靜。她什麼都沒聽見。這個顧客在店裡待了很長時間，應該是來買東西的，否則維洛克會帶他進客廳。她使勁扯開身上的繫帶，摘下圍裙扔在椅子上，慢慢走回客廳。

就在這時，維洛克從店裡走進來。

他出去時臉色泛紅，回來時卻白得像張紙。他的臉不再像發燒後服藥過度的呆滯，而是在極短時間內蒙上困惑與煩憂的陰影。他直接走向沙發，低頭望著沙發上的大衣，彷彿害怕碰觸它。

「怎麼回事？」溫妮壓低聲音問。她從門縫裡看見客人還沒離開。

「我忽然想到晚上還得出去。」維洛克答，卻遲遲不拿大衣。

溫妮二話不說走進店裡，隨手關上門，走到櫃檯後面。等她安穩坐上椅子，才仔細觀察那個客人。不過，在那之前她已經注意到那人又高又瘦，兩撇八字鬍往上翹。就在溫妮打量他的同時，那人又把鬍子末端往上扭了一下。他的臉又長又瘦，領子高高豎起，身上的衣服濺到雨水，有點溼。這人膚色黝黑，太陽穴略微凹陷，底下的顴骨明顯高凸。是個陌生人，也不是店裡的顧客。

溫妮平靜地看著那人。

「你從歐洲大陸來的？」一段時間後她問。

這個高高瘦瘦的陌生人並沒有正眼看溫妮，只是淡淡一笑。

溫妮好奇的目光依然盯著對方。

「你聽得懂英語吧？」

「喔，沒錯。我聽得懂。」

他沒有外國口音，只是發音緩慢，像是說得挺費勁。溫妮從過去的經驗得知，有些外國人的英語比本地人更字正腔圓。她把視線移向客廳門，又問：

「你打算在英國定居嗎？」

陌生人再次默默微笑。他的笑容頗友善，眼神卻充滿探詢。他搖搖頭，神情似乎有點哀傷。

「我先生會照顧你。最近幾天你先住在朱里安尼先生那裡，那地方叫歐陸旅館，非常便利，隱祕又幽靜。我先生會帶你過去。」

「好主意。」那個黑黑瘦瘦的男人眼神突然變冷酷。

「你以前就認識我先生吧？在法國認識的嗎？」

「我聽說過他。」陌生人答。他說話儘管緩慢又費勁，卻有一點突兀。沉默片刻後他又開口，這回說起話來流暢許多。

「妳先生會不會先到街上等我呢？」

「到街上！」溫妮驚訝地重複，「不可能。這房子沒別的出口。」

她靜坐片刻，又起身走到玻璃門瞄一眼，突然推開門走進去。

維洛克穿上了大衣，只是，她不明白他為什麼還俯身站在餐桌旁，兩隻手臂撐著桌面，像是頭暈或反胃似的。「阿道夫，」她稍微抬高音量。維洛克直起身子。

「你認識那男人嗎？」她快速問道。

「我聽說過他。」維洛克壓低聲音，有點不安地瞄了玻璃門一眼。

溫妮不感興趣的美麗眼睛乍然瞪大，閃過一絲嫌惡。

「是揚德的朋友，那個臭老頭。」

「不！不！」維洛克否認。他忙著撈沙發底下的帽子。等他拿到手，卻又彷彿不知道帽子是做什麼用的。

「他還在等你。」溫妮說，「阿道夫，他不會是最近惹您心煩的大使館人員吧？」

「大使館的人惹我心煩？」維洛克狠狠嚇了一大跳，又驚又懼。「誰告訴妳大使館人員的事？」

「你自己。」

「我！我！跟妳說大使館的事！」

維洛克的害怕與困惑似乎到了無以復加的地步。溫妮說：「你最近常說夢話。」

「我說了什……什麼？妳聽見多少？」

「沒多少。多半都是胡言亂語，只是聽得出來你在擔心。」

維洛克用力把帽子壓在頭上，氣得臉色漲紅。

「胡言亂語，是嗎？大使館的人！我會一個個挖出他們的心臟。那些人最好小心點，我知道的事可多了。」

他火冒三丈，在餐桌和沙發之間來回踱步，敞開的大衣下襬老是勾到桌角。他臉上憤怒的紅光退卻了，又變成一片慘白，鼻翼翕張。溫妮本著她務實的人生觀，認定丈夫的臉色變化都是感冒所致。

「那好吧。」她說，「不管那人是誰，你跟他去把事情辦好，趕快回家來，你需要休息個一兩天。」

維洛克冷靜下來，蒼白的臉孔顯得堅定。他拉開玻璃門，卻聽見妻子悄聲喚他：「阿道夫！阿道夫！」他驚愕地走回來。「你領出來的錢呢？」她問，「放在口袋裡嗎？要不要……」

維洛克呆呆望著妻子伸出來的手，半晌後才拍一下額頭。

「錢！對！對！我沒弄懂妳的意思。」

他從胸前口袋拿出一只全新豬皮皮夾。溫妮接過皮夾後沒再說話，只是站在原地，等丈夫和訪客離開，鈴鐺聲停歇之後，才取出皮夾裡的鈔票點了一下。之後她若有所思地看看屋子各處，似乎不信任這房子的靜謐與孤寂。她覺得這個家偏僻又危險，像坐落在樹林深處。那些堅固家具之間找得到的藏匿處似乎都不安全，防範不了她此時此刻特別擔心的盜賊。這是超凡想像力與神奇洞察力作用下的胡思亂想。收銀台絕不可行，那是小偷最先光顧的地方。溫妮匆匆鬆開幾個衣鉤，把皮夾塞進洋裝的馬甲裡。收藏好丈夫的錢之後，她開心迎接噹啷啷的門鈴聲。有人來了。她換上專門用來應對顧客的蠻不在乎眼神與冷漠表情，走進櫃檯內側。

有個男人站在店裡，迅速又冷靜地掃視一圈。他的目光滑過牆面，瞧了瞧天花板，瞄了瞄地板，所有動作一氣呵成。他長長的鬍子末端垂到下巴底下，臉上的笑容像是久未謀面的舊識。溫妮覺得她見過這人，不是顧客。她的「顧客眼神」稍稍軟化，變得淡然，坐在櫃檯內側盯著對方。

那人側著身子靠過來，動作有點神祕，又不會太神祕。

「維洛克太太，妳先生在家嗎？」他用輕鬆的口氣問道。

「不在，他出門了。」

「真遺憾，我有點事想私下問問他。」

這話一點不假。錫特原本已經回到家，甚至打算換上拖鞋。因為他告訴自己，反正他已經被逐出那個案子了。他在心裡狠狠地嘲弄了長官一番，又覺得發洩不了心裡那口惡氣，決定出門散散心。他當然可以隨心所欲來看看老朋友維洛克，他是以平民百姓身分離開家門，以私人名義搭上平時常搭的交通工具，這些交通工具帶他來到維洛克家。他格外尊重自己的私人身分，費了一番工夫避開布雷特街附近所有駐守定點或巡邏的警探。以他的身分，確實有必要採取這樣的謹慎措施，遠比身分隱密的助理處長更有必要。平民百姓錫特走進布雷特街，一路瞻前顧後，如果是作奸犯科之流，這樣的行為就會被貼上偷偷摸摸的可疑標籤。他從格林威治偷出來的那塊布還在口袋裡，倒不是想拿來私下向任何人展示，相反地，他想知道維洛克願意主動供出什麼。他希望維洛克能供出麥凱里斯，這是他身為警官的真心期望，卻也有它的道德意義，因為他是正義使者。得知維洛克不在家，他有點失望。

「如果他馬上回來，我可以等一下。」他說。

溫妮不敢給他任何保證。

「我要問他的事很私人。」他再度重申，「妳明白我的意思嗎？妳能不能透露一下他上哪兒去了？」

溫妮搖搖頭。「不方便說。」

她轉身整理櫃檯後方置物架上的盒子。錫特望著她的背影沉思。

「妳知道我是誰吧？」他問。

溫妮回頭看他一眼。她的沉著令錫特感到驚奇。

「妳一定知道我是警察。」他嚴厲地說。

「我才不管那些事。」說完，她又回頭整理盒子。

「我姓錫特，特殊犯罪部門的錫特督察長。」

溫妮把一個小紙盒規規矩矩擺放好，這才轉過身來面對錫特，眼神凝重、雙手下垂。空氣凝結了片刻。

「那麼妳丈夫出去十五分鐘了！沒有說什麼時候回來？」

「他不是一個人出去的。」溫妮不小心透露。

「跟朋友嗎？」

溫妮摸摸後腦勺的頭髮，仍然整齊有致。

「是個陌生人。」

「哦，什麼樣的陌生人？妳願意描述一下嗎？」

溫妮願意。錫特聽說那人又黑又瘦，長長的臉和捲翹的鬍子，顯得心亂如麻。他嚷嚷道：

「我他媽的早該想到的！他真是一點時間都不浪費。」

他內心對直屬上司的行為極度嫌惡，但他很識時務，不再想等維洛克了。他不清楚他們倆出去做什麼，卻猜想他們可能會一起回來。他咬牙切齒想著，這個案子已經偏離正軌，受到人為操控。

「我沒時間等妳丈夫了。」他說。

溫妮不為所動。錫特一直想不通這女人為什麼始終這麼冷淡，這時突然起了好奇心。他被人擺了一道，像所有平凡老百姓一樣，嚥不下這口氣。

「我在想……」他定定望著溫妮，「妳應該可以告訴我這是怎麼回事。」

溫妮強迫自己呆滯的漂亮眼睛回望對方，喃喃應道：

「『怎麼回事？』**什麼**怎麼回事？」

「當然是我專程來找妳丈夫談的那件事。」

那天早上溫妮照例匆匆看過早報，但她沒有出門。報童從來不會走進布雷特街，這裡沒生意。他們的叫嚷聲飄蕩在繁華大馬路旁，而後消失在骯髒的磚牆之間，進不了店鋪大門。維洛克沒有買晚報回來。總之，這天她沒看到晚報，什麼都不知道。她這麼告訴錫特，平靜的語氣裡帶著一絲好奇。

錫特覺得不可思議，竟然有人還不知情。他用冷淡的口氣簡單扼要說明案情。

溫妮別開視線。

「真蠢。」她慢慢說道，停頓片刻後又說，「這個國家又沒有誰被壓榨。」

錫特默默等著，留神觀察。溫妮沒再說話。

「你丈夫回家時什麼都沒說嗎？」

溫妮只是把臉從左邊轉到右邊，代替回答。店裡氣氛遲緩，叫人困惑。錫特實在憋不下去了。

「還有另一件小事。」他用不帶感情的語氣說，「我想跟妳丈夫聊聊。我們手上有一件大衣，應該是被偷走的。」

這天晚上溫妮對小偷特別敏感，伸手輕輕碰了一下胸口。

「我們家沒有遺失大衣。」她從容地說。

「那就怪了，」錫特說，「我看到妳店裡有不少不掉色墨水……」

他拿起其中一瓶，對著店鋪中央的煤氣燈細看。

「紫色……對吧？」他放下墨水，「如我所說，這事很古怪。那件大衣裡縫著一塊布，用不掉色墨水寫著這裡的地址。」

溫妮俯身靠向櫃檯，低聲驚呼。

「那是我弟弟的大衣。」

「妳弟弟人呢？我可以見見他嗎？」錫特連忙問道。溫妮上身更貼近櫃檯了。

「不行，他不在家。那地址是我寫的。」

「妳弟弟在哪裡？」

「他到鄉下去了，住在……朋友家。」

「那件大衣是從鄉下來的。那個朋友叫什麼名字？」

「麥凱里斯。」溫妮畏怯地輕聲回答。

錫特吹了一聲口哨，眼神變得銳利。

「果然！妙極了。再說說妳弟弟，他長什麼模樣，體格健壯、皮膚黝黑嗎？」

「不是。」溫妮激動地說，「那應該是那個小偷。史蒂夫瘦瘦的，皮膚很白。」

「很好。」錫特表示嘉許。溫妮憂心又納悶地盯著他，他趁機進一步打聽：為什麼把地址縫在大衣內側？他聽到的答案是，當天早上他強忍作嘔檢視的那堆殘骸，原本是個緊張、健忘又特別的年輕人，而此時跟他說話的這個女人從年輕人襁褓期照顧他到現在。

「情緒容易亢奮嗎？」他問。

「是啊，他是這樣。他怎麼會把大衣弄丟……」

錫特突然拿出他不到半小時前買的粉紅色報紙。他對賽馬有興趣。由於職業的關係，他對人類同胞充滿懷疑與不信任，只好將他人性中的輕信本能全部寄託在晚報的賽馬預測上。他把那份號外快報扔在櫃檯上，又伸手去掏口袋，這回拿出一小塊布，那是命運之神從一堆像是來自廢墟和舊貨商店的物品中挑出來交給他的。他把那塊布拿給溫妮看。

「妳應該認得這個？」

她用雙手呆板地接過來，眼睛似乎瞪大了。

「認得。」她低聲說，而後抬起頭，踉蹌地後退一步。

「為什麼破成這樣？」

錫特的手橫過櫃檯搶回那塊布，溫妮重重地跌坐在椅子裡。他心想：身分確認無疑。這時他才稍微弄懂這起神奇事件：維洛克就是「另外那個人」。

「維洛克太太，」他說，「我忽然覺得，這起爆炸案的內情妳知道不少，只是妳自己沒發覺。」

溫妮痴傻地坐著，震驚得說不出話來。這其中有什麼牽連？她渾身變得僵硬，即使門鈴響起，她都沒辦法轉頭去看。錫特聽見噹啷聲立刻轉身，維洛克剛關上門，他們倆默默對望片刻。

維洛克沒有看妻子，直接走向錫特。錫特看見維洛克單獨回來，鬆了一口氣。

「你在這裡！」維洛克沉重地說，「有什麼事？」

「沒事。」錫特低聲答，「我有點事想跟你談談。」

維洛克臉色依舊蒼白，神情卻多了點篤定。他還是沒看妻子，只說：

「那就進來。」

他帶頭走進客廳。玻璃門還沒閉攏，溫妮就從椅子上跳起來衝過去，像要推開似地。但她沒有，她跪在地上，耳朵貼近鑰匙孔。那兩個男人想必一進門就停下來，因為她清楚聽見錫特的聲音，只是，她沒看見他的手指戳向她丈夫胸口，加強語氣。

「維洛克，你就是另外那個人。有人看見兩個男人走進公園。」

維洛克的聲音說：「那就抓我啊，你還等什麼？你有權抓我。」

「喔，不！我很清楚你跟誰談過了，那人必須自己處理這件小事。不過你可得弄清楚，查出你身分的人是我。」

接下來只是含糊話聲。錫特應該是把史蒂夫大衣那塊布拿給維洛克看，因為史蒂夫的姊姊、監護人兼守護天使聽見丈夫稍微抬高音量：

「我完全不知道她這麼做。」

接下來又是一陣低語，內容隱晦不明，聽在她耳裡不像清晰語句那麼驚悚嚇人。門裡的錫特抬高音量。

「你八成是瘋了。」

維洛克的回答夾雜陰鬱的怒氣：

「過去一個多月以來，我的確是瘋了，現在我正常了。事情結束了，我會把一切都說出來，管它後果如何。」

兩人沉默片刻，而後平民百姓錫特說：

「你要說什麼？」

「所有事。」維洛克嚷嚷道，接著又壓低聲音。

不一會兒，他的聲音又拉高。

「你認識我也好幾年了，我幫了你不少忙，你很清楚我為人正直。沒錯，正直。」

這番套交情的話聽在錫特耳裡想必格外可憎。

他的回答不無警告意味。

「你別太相信別人給你的承諾。如果我是你，我會逃得遠遠的。我們應該不會通緝你。」

維洛克笑了一聲。

「是啊。你希望別人幫你擺脫我，對吧？不行，不行，如今你不能甩開我。我一直以來都太正直，接下來我要揭發真相。」

「那就揭發吧。」錫特冷冷地贊同，「跟我說說你今天是怎麼溜掉的。」

「當時我往契斯德菲路的方向走，」溫妮聽見丈夫的聲音，「突然聽見轟隆巨響，我拔腿就跑。到處霧茫茫，我跑過喬治街尾，才看見人。在那之前好像沒碰見任何人。」

「就這麼簡單！」錫特驚嘆道，「爆炸聲嚇了你一跳吧？」

「嗯，來得太快。」維洛克陰鬱沙啞的聲音說。

溫妮耳朵緊貼鑰匙孔，嘴唇發紫，雙手冰冷，蒼白臉孔上那兩隻眼睛像兩個黑洞。她覺得自己的臉好像被烈火包圍。

門裡的聲音變得極其細微。她偶爾聽見一兩個字，有時是她丈夫的聲音，有時是錫特平穩的嗓音。她聽見錫特說：「我們猜他絆到樹根跌倒。」

接下來是沙啞的低語，持續一段時間。然後是錫特的聲音，像斷然回答某個問題。「當然。炸個粉碎：四肢、碎石子、衣服、骨頭、木屑，全都混成一團。他們借了把鑵子，才有辦法幫他收屍。」

溫妮猛地跳起來，雙手摀住耳朵，在櫃檯和牆壁的置物架之間跌跌撞撞，朝椅子走去，狂野的目光注意到錫特留下的那份賽馬快報。她撞向櫃檯時順手抓起報紙，人也跌坐在椅子上。她想打開那份看似歡欣的粉紅色報紙，一個不小心把它撕成兩半，乾脆扔到地上。在玻璃門的另一邊，錫特督察長對密探維洛克說：「所以你打算坦白一切以求自保。」

「沒錯。我要把事情全說出來。」

「別以為他們會相信你。」

錫特繼續沉思。事情如此演變，意味著很多事情都會敗露，比如情報網面臨瓦解。這個情報網是由某位高人一手打造，對個人和社會有明顯價值，這實在是可悲又令人遺憾的攪局。麥凱里斯全身而退；教授的炸彈實驗室祕密不保；整個監視系統崩解；報紙口水謾罵不歇。想到這裡，他恍然大悟，原來報紙全是一群傻瓜寫給白痴看的東西。他心裡同意維洛克回應他的最後一句話。

「也許不會，但肯定會攪亂很多事。我向來為人正直，也會誠實地處理這……」

「只要他們允許你這麼做。」錫特冷笑道，「想當然耳，他們送你上證人席以前，一定會跟你說教一番。最後你可能被迫說出某些讓你震驚的話來。換做是我，就不會太相信剛才跟你說話那人。」

維洛克聽得眉頭緊蹙。

「我建議你趁還有機會溜之大吉。上頭還沒有命令下來，某些人……」錫特刻意強調「某些人」，「認為你已經人間蒸發了。」

「當真！」維洛克喜不自勝。逃離格林威治公園後，他一直窩在一家隱密小餐館的酒吧，不敢想像能聽到這麼正面的消息。

「那是上面對你的看法。」錫特點點頭，「消失了，逃之夭夭。」

「逃哪兒去？」維洛克咆哮。他抬起頭望著緊閉的客廳門，真心說道，「我多麼希望你今晚就逮捕我，我會乖乖跟你走。」

「這我相信。」錫特嘲諷地贊同，他的視線也投向客廳門。

維洛克的額頭滲出汗水。他壓低沙啞嗓音，對不表同情的錫特坦承。

「那小子是個白痴，沒有行為能力。法官一眼就能看出來。他只適合待在教養院，如果真是那樣，他可就慘了。」

錫特手握門把，悄聲對維洛克說：

「你說那小子白痴，我看你是瘋子，怎麼會做出這種荒唐事？」

維洛克想到瓦迪米爾，遣詞用字一點都不客氣。

「都怪一頭來自北方的豬玀。」他齜牙咧嘴地罵，「某個你所謂的『紳士』。」

錫特眼神堅定，點點頭表示了解，打開門。坐在櫃檯後方的溫妮也許聽見了門鈴激越的聲響，卻沒看見他離開。她在櫃檯內側自己的崗位上，直挺挺坐著，兩片破裂的粉紅色報紙攤開躺在腳邊。她雙手手掌抽筋似地壓住臉龐，指尖扣著額頭，彷彿她的皮膚是一張面具，而她想用力撕下來。比起心煩意亂地撞牆和失控尖叫那些膚淺反應，她這種不動如山的姿態，更能貼切地傳達她的憤怒與失望，以及她悲痛情緒中隱含的暴力。錫特離去時腳步匆忙，只草草瞄她一眼。等掛在彎曲鐵絲上的破鈴鐺停止顫抖，溫妮周遭依然一片靜寂，彷彿她的姿態是一道魔咒，凍結了一切，就連掛在T型托座末端的蝶形火焰都靜靜燃燒著，沒有一絲顫抖。在這家販售可疑商品的店鋪裡，漆成深棕色的松木貨架黯淡無光。溫妮左手的純金婚戒閃閃發亮，散發出高級珠寶店商品該有的晶瑩光彩。那枚戒指「咚」地落入垃圾桶。

10

助理處長迅速搭上雙座小馬車，離開蘇活區往西敏寺而去。他在這個日不落帝國的核心地帶下車，幾名警探向他行禮。這些幹員體格壯碩，奉命駐守這個莊嚴地點，似乎意興闌珊。他穿過一處稱不上雄偉壯觀的大門，來到國會所在地，沒錯，就是名聞遐邇的英國國會，千百萬人心目中的完美殿堂。他總算見到了活潑輕佻的改革派嘟嘟。

外表齊整、為人親切的嘟嘟原以為助理處長約莫午夜時分才會到來，沒想到這麼早就出現，他刻意隱藏自己的驚訝。助理處長這麼早就來，顯然他去辦的不管什麼事卻出師不利。嘟嘟滿懷同情，就是優秀青年那種帶點歡樂特質的同情。他不禁為他尊稱「老大」那位大人物感到遺憾，當然也替助理處長難過。他覺得此時助理處長的臉比任何時候更面無表情，更倒楣相，而且出奇地長。「這人長相也太奇特，太像外國人。」他心想。他開心友善地朝遠處的助理處長一笑。等助理處長走到跟前，他善意避開沒辦妥的那件事，說了一堆話：看來今晚國會議員的強勢攻擊會落得個虎頭蛇尾；今天國會出席率十分清淡，「可惡的契斯曼」的某個嘍囉厚顏無恥地編造一堆統計數字，搞得大家乏味至極，連連退席。嘟嘟認為，再這樣下去，會議很快就會因為人數不足散會。話說回來，那人說不定只是使出拖延戰術，方便貪吃的契斯曼從容地享用晚餐。總之，老大不聽勸，說什麼都不肯先回家。

「他現在一個人坐在自己的辦公室裡，想著大海裡的魚兒，應該馬上可以見你。」嘟嘟輕快地說，「來吧。」

無薪年輕祕書嘟嘟儘管天性善良，不免有些人性共通的缺點。他覺得助理處長的事肯定是砸鍋了，很不願意在他的傷口上灑鹽，但他的好奇心太強，不是區區的慈悲心可以克制的。兩人往前走時，他忍不住轉過頭來問：

「你的鮭魚呢？」

「捕到了。」助理處長答得簡潔，卻絕無拒絕再討論的意思。

「太好了。這些大人物很不喜歡為小事失望。」

經驗老道的嘟嘟發表他的高深心得後，似乎思考著什麼，因為他靜默了將近兩秒，才說：

「值得高興。只是，欸，那條魚當真像你說的那麼小嗎？」

「你知不知道鯡魚可以拿來做什麼？」助理處長反問。

「有時候做沙丁魚罐頭。」嘟嘟咯咯笑。他近來學習了很多漁業常識，相較於對其他產業的理解，他這方面的知識可算博大精深了。「西班牙沿岸有沙丁魚罐頭工廠……」

助理處長打斷這位政界實習生的話。

「沒錯，沒錯。但鯡魚有時也可以當誘餌，誘捕鯨魚。」

「鯨魚。哇！」嘟嘟屏住氣息，「你的目標是鯨魚？」

「那倒不是。我想抓的比較像狗鯊，你可能不知道狗鯊長什麼樣。」

「我知道。我們最近埋頭苦讀相關書籍，滿滿幾層書架的書，附有插圖。那是一種面目猙獰、長相凶惡的魚，模樣特別可憎的傢伙，臉有點光滑，還長著鬍鬚。」

「描述得分毫不差。」助理處長表示讚賞。「差別在於，我這隻一根鬍子都沒留。你也見過，是隻相當機靈的魚。」

「我見過！」嘟嘟不可置信地驚呼，「實在想不出我在哪裡見過這樣的人。」

「應該是在『探險家』。」助理處長淡淡說道。嘟嘟聽見這家只許會員入場的俱樂部名稱，顯然驚恐萬分，立刻停下腳步。

「胡說。」他震驚地說，「你這話什麼意思？那人是會員？」

「榮譽會員。」助理處長咬著牙低聲說。

「天哪！」

嘟嘟似乎驚呆了，助理處長微微一笑。

「這事千萬別傳出去。」他說。

「這是我這輩子聽過最可惡的事。」嘟嘟有氣無力地說，彷彿他渾身的活力都在一秒內驚嚇掉了。

助理處長肅穆地瞥了他一眼。他們走到大人物辦公室門口之前，嘟嘟始終沒吭聲，神情憤慨又嚴肅，像是惱怒助理處長跟他說出這麼擾亂人心的差勁事實。他對探險家俱樂部因此改觀，不再認為他們篩選會員夠嚴謹、裡面的分子夠單純。嘟嘟的改革理念只適用在政治上，至於他的社會階級觀念與個人感受，他希望到他離開地球的那一天都不必改變，他覺得這個地球住起來大致上還算舒適愉快。

他站到一旁。

「直接進去，不必敲門。」

深淺互異的綠色絲綢低掛在所有燈具上方，整個房間因此透著林蔭深處的昏暗。大人物那雙高傲的眼睛其實是他的弱點，但這個祕密無人知曉。只要找到機會，他就想辦法讓眼睛好好休息。

助理處長進門時，只看見一隻蒼白大手撐著大腦袋，遮掉半張大臉。寫字桌上有只打開的公文箱，旁邊有些長方形紙張和五、六枝散置的鵝毛筆。除此之外，偌大的桌面幾乎沒有其他東西，只剩下幾尊披著羅馬長袍的青銅小雕像，文風不動立在暗處，詭異地凝視一切。助理處長應邀坐下，在微弱燈光下，他的長臉、黑髮與瘦削身材看起來更像外國人了。

大人物沒有一點驚訝或急切，表情沒有任何變化。他健康堪慮的眼睛休息時，看起來像在沉思。他的神態沒有一點改變，語調倒是挺清醒。

「你查出什麼了嗎？一開始就有意外發現？」

「爵士，不盡然是意外發現。我發現的主要是一種心理狀態。」

大人物微微挪動身子，「麻煩你把話說清楚，拜託。」

「好的，爵士。你一定也知道，大多數罪犯都有想要認罪、想要向某個人——任何人——坦白一切的時刻。他們傾訴的對象通常是警察。我找到錫特極力掩護的那個維洛克，發現他就是處在這種心理狀態。那個人幾乎是一見面就對我掏心掏肺。我只悄聲表明身分，再補上一句，『我知道你跟這件案子有關。』這就夠了。我們這麼快就查到他，他一定覺得很神奇。不過他倒是心平氣和地接受，沒有一點遲疑。我只需要再問他兩個問題：誰指使你這麼做？做案的那人是誰？第一個問題他答得很詳細；至於第二個問題，我旁敲側擊才弄清楚，拿炸藥那個是他小舅子，很特別的小伙子，腦袋有問題……整件事非常古怪，故事太長，一時半刻說不完。」

「那麼你知道了什麼？」大人物問。

「首先，那小伙子最近一直住在假釋犯麥凱里斯的鄉下小屋子裡，到今天早上八點才離開。不過我也查出麥凱里斯跟這件案子無關，他可能到現在還不知道發生了爆炸案。」

「你這麼肯定？」大人物問。

「非常肯定，爵士。這個維洛克今天早上去了那裡，假稱要帶那小子出門走走。他不是第一次這麼做，所以麥凱里斯不可能起疑。至於其他的事，爵士，這個維洛克的憤怒證明了一切，沒有任何疑點。有人對他說了些很不尋常的話，害他失去理智。那些話我們聽了都會一笑置之，但他顯然信以為真了。」

接下來，助理處長開始描述維洛克如何看待瓦迪米爾的行為與性格，大人物靜靜聆聽，手遮住眼睛。助理處長好像覺得維洛克的判斷還算精準，大人物卻說：

「這些話聽起來難以置信。」

「可不是嗎？正常人都會覺得那是個大笑話，可是這個維洛克好像當真了，覺得自己受到威脅。過去他可以直接面見史塔渥騰罕男爵本人，也認為自己的角色無可取代，所以他等於是一棒被打醒，又氣又怕，失去了理智。在我看來，他相信大使館那些人不只能夠炒他魷魚，甚至會透過某種方式出賣他……」

「你跟他談了多久？」大人物的聲音從他的大手後面傳出來，打斷助理處長的話。

「四十幾分，爵士。我在一家旅館開了個房間跟他密談，叫歐陸旅館，聲名不太好。我發現他很想找個人招認一切。他稱不上是冷酷的罪犯，他不是故意叫那可憐小子去送死。事情的演變讓他很震驚，這點我看得出來。也許他是個感情豐富的人，天曉得，也許他甚至很喜歡那個小伙子。原本他可能希望那小子可以順利逃走，那麼一來，這個案子的真相就石沉大海了。總之，他大概覺得唯一的風險就是那小子被當場逮到。」

助理處長停止推論，思索片刻。

「只是，萬一那小子落網，他要怎麼避免被牽連，我就不清楚了。」他不知道可憐的史蒂夫對維洛克（是個**好人**）的忠誠，也不知道史蒂夫守口如瓶的本事。就拿在樓梯放鞭炮那件舊事來說，他最愛的姊姊花了好幾年時間想盡辦法盤問，不論她怎麼哀求、哄勸、發怒，史蒂夫不說就是不說。因為他忠心耿耿……「不，我想不通。也許他根本沒考慮到這點。爵士，我這麼說聽起來或許有點誇張，不過，他那副沮喪的模樣，實在很像衝動的人跑去自殺，以為可以解決所有問題，事後卻發現煩惱還在。」

助理處長打這個比喻時略帶歉意，不過，誇張的比方通常一針見血，大人物沒有不開心。他半隱在綠色絲質布幔陰暗處的龐大身軀微微抖動，用大手托著的大腦袋也震了一下，伴隨著受到抑制的陣陣雄渾嗓音。大人物笑了。

「你怎麼處理他？」

助理處長答得毫不遲疑：「他好像急著回到妻子身邊，所以我讓他走了。」

「是嗎？萬一他逃走呢？」

「恕我無禮，我不這麼認為。他能上哪兒去？再者，您得考慮到他那些同夥對他的威脅。他身上有任務，如果擅離職守，要怎麼跟人解釋？即使他行動自由，同樣什麼都做不了。現階段他精神恍惚，下不了任何決心。容許我提醒您，如果我留置他，那我們等於採取了行動，但在這方面我想先請示您。」

大人物笨重地站起來，在房間的陰暗綠光中，他胖大的身軀氣勢驚人。

「今晚我會找檢察總長談一談，明天早上再派人找你來。你還有事要說嗎？」

助理處長也站了起來，瘦長的身子動作挺靈活。

「應該沒了，除非要談細節……」

「不，拜託別說細節。」

那個龐大的陰暗身影似乎退縮了些，彷彿對細節有一股具體恐懼。接著又跨步上前，碩大無朋、步履沉重，伸出一隻巨掌。「你說這個人有妻室？」

「是的，爵士。」助理處長恭敬地握住那隻手，「如假包換的妻子，真實不虛、相敬如賓的婚姻關係。他說他到大使館晤談以後，原本想拋開一切，想賣掉店鋪遠走高飛，只是，他知道他太太肯定不願意離開英國，顯然他非常尊重他太太。」助理處長神情嚴肅：他自己的妻子也拒絕遷居外國。「沒錯，是明媒正娶的妻子，死者也是真正的小舅子。從某個角度看來，我們面對的是一樁家庭悲劇。」

助理處長輕輕一笑，但大人物的思緒似乎飄向別處去了，也許是想到國家的內政問題，想到他英勇對抗異端契斯曼的聖戰。大人物沒注意到助理處長已經默默離開，彷彿忘記他的存在。

助理處長也有自己的聖戰要打。這件案子某方面來說令錫特深惡痛絕，對他而言卻像天賜良機，方便他發起一場聖戰，他早已經摩拳擦掌等著。他慢慢走路回家，邊走邊思忖他的計畫，也琢磨維洛克的心理，既反感又稱心。他一路走回家，發現客廳沒點燈，走到樓上，在臥房和更衣室之間停留片刻，一面更衣，一面夢遊似地走來走去，思前想後。但他甩開滿腹思緒，又走出家門，到老夫人家跟妻子會合。

他知道自己會受到主人歡迎。他走進比較小的那間客廳時，看見妻子跟一小撮人坐在鋼琴附近。有個嶄露頭角的年輕作曲家坐在琴凳上跟二男三女交談：那兩個男士肥胖的背影看起來有點年紀，三位女士纖瘦的背影十分年輕。老夫人坐在屏風後面，旁邊只有兩個人相伴：一男一女，兩人並排坐在老夫人沙發尾端的扶手椅上。老夫人伸出手迎接助理處長。

「我以為你今晚來不了。安妮告訴我……」

「沒錯。我沒想到事情這麼快就辦好。」

助理處長壓低聲音說：「向您報告一個好消息，麥凱里斯跟這個案子沒有任何牽扯……」

老夫人聽得怒不可遏。

「什麼？你們這些人竟然蠢到以為他……」

「不是蠢。」助理處長恭謹地反駁，「是夠聰明，聰明到往那個方向聯想。」

現場鴉雀無聲。沙發另一頭那位男士中斷跟身旁女士的談話，笑著望向這邊。

「我不知道你們認不認識。」老夫人說。

經過介紹，瓦迪米爾和助理處長彼此打招呼，斯文有禮之中帶點拘謹與防衛。

「他剛才嚇我，」瓦迪米爾身旁那位女士突然說話，她的頭斜向瓦迪米爾那邊。助理處長認識那位女士。

「妳看起來好像沒被嚇著。」助理處長宣稱，他用疲倦又平和的目光細細審視那位女士。在此同時，他心裡尋思著，在這棟屋子裡，遲早什麼人都能見到。瓦迪米爾紅潤的臉龐堆滿了笑，因為他生性幽默風趣，眼神卻嚴肅認真，像意念堅定的人。

「應該說他想嚇我。」那位女士修正自己的話。

「或許是習慣使然。」助理處長忍不住逞口舌之快。

「他說了各種威脅整個社會的恐怖現象。」那位女士用輕柔緩慢的音調接著說，「就是有關格林威治爆炸案。他說如果世界各國不徹底掃蕩那些人，我們大家以後都等著擔驚受怕。我不知道這件事有那麼嚴重。」

瓦迪米爾假裝沒在聽，俯身靠向沙發，悄聲跟老夫人說話。他其實聽見助理處長說：

「我相信瓦迪米爾先生很清楚這件事事關重大。」

瓦迪米爾不禁納悶，這個唐突可憎的警察到底想說什麼。他的家族世世代代都受到專制暴力的迫害，無論基於種族、國家或個人因素，他都對警察有一股深刻的恐懼。那是一種遺傳而來的弱點，不受他的判斷力、理智和經歷左右。他帶著那份恐懼出生，這份非理性恐懼——類似某些人天生怕貓，並沒有影響他對英國警察的極度鄙視。他結束對老夫人的談話，坐在椅子上輕輕轉動身子。

「你是指我們經常跟這些人交手。沒錯，確實如此，他們的行動給我們製造了很多困擾，而你們……」他欲言又止，困惑不解地笑著。「……卻開心地把這些麻煩留在身邊。」說到這裡，他刮淨鬍子的臉頰露出兩個酒窩。他又慎重地補了一句，「我可以這麼說，因為你們確實如此。」

瓦迪米爾說完後，助理處長視線朝下，談話暫時中止。瓦迪米爾幾乎立刻起身告辭。他才轉身，助理處長也站起來。

「我以為你要留下來，跟安妮一起回家。」老夫人說。

「我發現今晚還有一件小事要辦。」

「跟那件事有關？」

「嗯，可以這麼說。」

「跟我說說，這個恐怖事件究竟怎麼回事？」

「這很難說得清楚，不過這件事可能會鬧得滿城風雨。」助理處長說。

他匆匆走出去，發現瓦迪米爾還站在門廳，仔細地用絲質大手帕圍住脖子。有個男僕拿著他的大衣、站在他背後等著。另一個男僕站在門口，準備幫他開門。其他男僕取來助理處長的大衣，幫他穿上，送他出門。他走下台階後停住腳步，彷彿在考慮要往哪個方向去。瓦迪米爾從打開的門看見這一幕，繼續在門廳逗留，拿出雪茄，問男僕要火柴。有個已經換下制服的老男僕平靜地幫他送來火柴。可惜火柴熄了，門口的男僕見狀關上門，瓦迪米爾從容地點燃他的哈瓦那雪茄。

等他終於走出大門，卻懊惱地發現那個「討厭的警察」還站在人行道。

「難不成在等我？」瓦迪米爾一面納悶，一面望向左右兩邊，尋找馬車的蹤跡。一輛都沒有。有一兩部馬車在路邊等候，車上的燈穩定發出亮光，馬兒一動也不動，像石頭雕刻而成，車夫披著毛皮披風，文風不動坐著，手裡大馬鞭的皮帶抖都沒有抖一下。瓦迪米爾往前走，「討厭的警察」緊跟在他身旁。他沒說話，走到第四步時，覺得氣惱又彆扭：不能這樣下去。

「差勁的天氣。」他粗聲粗氣地咆哮。

「還算溫和。」助理處長淡淡回應。他靜默片刻，才隨口說道，「我們抓到一個姓維洛克的傢伙。」瓦迪米爾腳步沒有踉蹌、沒有退縮，繼續往前邁進。但他忍不住問道，「什麼？」助理處長沒有重複剛才的話，只用同樣的口吻說，「你認識他。」

瓦迪米爾停下來，說話開始夾雜喉音。「你憑什麼這麼說？」

「不是我說的，是維洛克。」

「只是一條謊話連篇的走狗。」瓦迪米爾的東方語彙脫口而出。不過，他內心深處幾乎要讚嘆英國警方神乎其技的辦案手法。他對英國警察的觀感徹底翻盤，一時之間感覺有點暈眩。他扔掉雪茄，繼續往前走。

「這件事我讓我高興的是，」助理處長慢慢接著說，「它為一件我覺得有必要處理的事打下完美基礎。那就是，清除英國境內所有外國政治間諜、警察之類……的走狗。我個人認為這些人特別討人厭，也是危險因子。我們沒辦法一個個把他們揪出來，唯一的辦法就是讓他們的雇主不樂意再雇用他們。這件事越來越不像話，而且對我們這裡的人構成威脅。」

瓦迪米爾再次站定。「這話什麼意思？」

「起訴這個維洛克，可以讓大眾看見這件事的危險和卑劣。」

「沒人會相信那種人說的話。」瓦迪米爾鄙夷地說。

「他的供詞夠豐富、夠詳盡，公眾自然會信。」助理處長溫和地說。

「所以你們真打算那麼做。」

「我們逮捕了那個人，別無選擇。」

「那麼你們只是鼓勵這些流氓革命分子說謊。」瓦迪米爾抗議，「你們為什麼要製造這樣的醜聞？基於道德觀嗎？或什麼別的？」

瓦迪米爾明顯焦慮不安。助理處長因此確定維洛克說的話有幾分真實。他漠然說道：

「也有實質上的意義。我們光是對付真正的罪犯就已經夠忙的了，你可不能說我們效率不彰。不過，我們也不打算為任何捏造的騙局傷神。」

瓦迪米爾口氣變得高傲。

「我個人不贊同你的看法，那叫自私。我對自己的國家絕對忠誠，卻認為我們更應該扮演好歐洲公民的角色，包括政府和個人都不例外。」

「很對。」助理處長簡單答道，「只是，你們從另一邊看歐洲。然而，」他和顏悅色地說，「外國政府可不能埋怨我們英國警方的辦案效率。看看這次爆炸案，像這種裝神弄鬼的假案件最難追查，我們卻短短不到十二小時就查出那個炸得粉身碎骨的人的身分，找到一手策劃的人，也約略掌握了幕後指使者。我們可以更深入追查，只是，我們的線索到了外國領土就斷了。」

「那麼這是在海外策動的犯罪行為。」瓦迪米爾毫不遲疑接腔，「你承認幕後指使者在國外。」

「理論上是，只是理論上在外國領土，不是真的在國外。」助理處長暗指外國使館，因為大使館的土地理論上屬於該國政府所有。「不過那是細節。我會跟你聊這個，是因為貴國政府對我國警方怨言最多。你看得出來我們沒那麼糟，我特別想讓你知道我們的辦案成效。」

「非常感謝。」瓦迪米爾咬牙切齒地說。

「這裡的每一個無政府主義者都在我們掌控之中。」助理處長像在引述錫特的話，「目前當務之急就是鏟除煽風點火的人，才能確保國家社會安全。」

瓦迪米爾朝路過的馬車舉起手。

「你不進去？」助理處長望向一棟看似殷勤好客的華麗建築，偌大的門廳裡燈火通明，光線從玻璃門透出來，灑在寬敞台階上。

瓦迪米爾面無表情地坐進馬車，不發一語揚長而去。

助理處長也沒走進那棟高尚建築，那是探險家俱樂部。他心想，這家俱樂部的榮譽會員瓦迪米爾未來恐怕不會太常出現在這裡。時間才十點半，這天晚上可真忙壞了。

11

錫特離開後，維洛克在客廳裡踱方步。

他不時隔著打開的門偷瞄妻子。「現在她全知道了。」他心想。他一方面同情悲傷的妻子，一方面自我慶幸。維洛克雖然沒有聖潔偉大的人格，卻也有一顆溫柔善感的心。他原本不知道該如何向妻子說明原委，愁得焦頭爛額，錫特幫他解決了這個難題，也算好的開始，但他還是得面對她的傷痛。

維洛克壓根沒想到史蒂夫會死，這種災難性結果無法用舌粲蓮花的辯論和口沫橫飛的勸說輕鬆化解。他無意害史蒂夫慘死在炸彈威力下，他根本不希望他死。死掉的史蒂夫比活著時麻煩得多。維洛克覺得自己的計畫完美無缺，他靠的不是史蒂夫的聰明才智，畢竟史蒂夫的腦子偶爾會神來一筆，耍些古怪花招。不，他靠的是史蒂夫盲目的順從與奉獻。維洛克雖然不是什麼心理專家，卻也看出史蒂夫對他不由分說地崇拜。他期待史蒂夫會依照他的教導，順利走出天文台，到公園外跟姊夫（睿智又仁慈的維洛克先生）會合。這條路線他已經帶史蒂夫走過好幾回，就算是最傻的傻瓜，也應該可以在十五分鐘內放好炸藥走出來，何況教授保證他們會有超過十五分鐘的時間。可是，史蒂夫單獨行動短短不到五分鐘，就絆倒跌跤，把維洛克嚇得六神無主。他預估了所有突發狀況，就沒想到這個。他預見史蒂夫中途分心，迷了路，最後在某個警局或公立濟貧所被找到。他預見史蒂夫被逮捕，但他不擔心。他對史蒂夫的忠誠度滿懷信心，因為他在無數次散步過程中循循善誘，要史蒂夫一個字都別說。他像個漫遊哲人，緩步走在倫敦街頭，意在言外地說理論情，慢慢扭轉史蒂夫對警察的觀感。沒有哪個聖哲有幸得到這麼專注聆聽、這麼尊師重道的弟子。史蒂夫對他實在太恭順、太仰慕，維洛克幾乎有點喜歡這孩子。總而言之，他沒料到警方這麼快就找上門。溫妮竟然把家裡地址縫在史蒂夫大衣內側，維洛克怎麼也想不到她會來這招。人果然很難面面俱到。難怪當初溫妮要他別擔心史蒂夫散步會迷路，還向他保證那孩子一定會回家來。可不是，他回來報仇了！

「哎呀呀，」維洛克驚訝之餘喃喃自語。她為什麼這麼做？好讓他不必時時刻刻盯著史蒂夫嗎？她想必是一番好意，但她可以跟他說一聲啊。

維洛克在櫃檯後面走來走去。他不想用尖銳話語責罵妻子，他不怨她。事件出乎意料的轉折，讓他不得不相信命運。一切已經成了定局。他說：「我原本也不希望那孩子受到任何傷害。」

溫妮聽見丈夫的聲音，渾身打個了冷顫。她還是蒙著臉，維洛克用沉重、遲鈍的眼神盯著她好一陣子。撕碎的晚報躺在她腳邊，上面應該沒寫什麼。維洛克覺得需要跟妻子談一談。

「是該死的錫特說的，對吧？」他說，「那傢伙惹妳傷心難過，真是個畜生，跟女人說話一點都不懂得婉轉。我光是考慮該怎麼告訴妳，就想破了頭。我在柴夏起司酒吧坐了好幾小時，想琢磨出最好的方式。妳知道我絕不會故意傷害那孩子。」

密探維洛克說的是實話。炸彈提早爆炸，受到最大衝擊的，就是他對婚姻的珍惜。他又說：「我坐在那裡想著妳，一點也不開心。」

他發現妻子又是微微一顫，心裡一陣難受。既然她堅持要用手摀著臉，他決定讓她單獨靜一靜。於是他回到客廳，那裡的煤氣燈嗚嗚響，像隻心滿意足的小貓咪。溫妮貼心地把冷牛肉、刀叉和半條麵包留在餐桌上，是維洛克的晚餐。他到這會兒才終於看見這些東西，動手切了麵包和牛肉，吃了起來。

他這時候還吃得下，倒不是因為麻木不仁。那天早上他沒吃東西。他本來就不是行動派，這天的任務讓他緊張萬分，喉嚨好像被什麼掐住，吞不了任何固體食物，所以吃不下妻子準備的早餐。在麥凱里斯那間小房子裡，食物就跟監獄牢房裡一樣短缺，這位假釋聖徒只靠一點牛奶和少量不新鮮的麵包就打發一餐。更何況，維洛克到達時，他已經吃完寒酸早餐上樓去了，而且顯然沉浸在文學創作的煎熬與愉悅中，沒有搭理小樓梯下維洛克的叫喚。

「我帶這小子回家住個一兩天。」

事實上，維洛克也沒等他回答，立刻轉頭走出小屋，史蒂夫乖巧地跟在後面。

如今行動結束，維洛克的命運以迅雷不及掩耳的速度跳脫掌握，忽然覺得肚子唱起空城計。他切了牛肉，再切麵包，站在餐桌旁狼吞虎嚥，偶爾瞄一瞄妻子。她始終端坐不動，害他吃得不太安心。他再度走進店鋪，來到妻子身旁。她這樣蒙著臉獨自傷心，搞得他坐立難安。當然，他預期妻子會非常痛心，但他要她打起精神來。他的宿命論已經接受這個變局，但他還需要她全力協助、情義相挺。

「沒辦法的事。」他用悶悶不樂的同情口吻說道，「別這樣，溫妮。我們要想想未來。等我被帶走，妳得要振作起來面對難關。」

他停下來。溫妮胸口劇烈起伏，維洛克更加惶恐。他認為，這個新局面需要他們兩個當事人齊心協力、冷靜果斷地面對，這可不是傷心欲絕、歇斯底里的時候。維洛克天性仁厚，無論妻子怎麼哭怎麼鬧，他都願意默默承受。

只是，他並不了解妻子對弟弟的愛有多深厚。這倒不能怪他，畢竟，要想了解妻子的內心，他必須先放下自我。他既震撼又失望，也用粗暴言語表達這份心情。

「妳至少抬頭看看我！」他靜候片刻後說道。

溫妮的回答像是從蒙住臉龐的指縫之間硬擠出來，消了音，幾乎聽不見。

「我這輩子不想再看到你。」

「啊？什麼！」維洛克聽明白這話的字面意義，只感到無比震驚。這顯然太不理性，是過度悲傷後的誇大之辭。他發揮人夫的寬容，不跟她計較。維洛克不是個有深度的人，他誤以為人的價值來自個人的本質，所以無法理解史蒂夫在溫妮心目中的價值。他心想，她反應這麼激烈，未免太離譜。都怪那個該死的錫特，幹嘛這樣惹女人傷心？再這樣下去她一定會失控，為了她好，得要想辦法阻止她。

「妳聽我說！妳不能一直這樣坐在店裡。」他裝出嚴厲的口氣，當然他確實也有點惱火，因為他們有重要事要談，就算整晚不睡也在所不惜。「隨時都會有人來，」他補充說，又等了一下，仍然沒反應。等待的過程中，維洛克忽然意識到死亡的不可逆，他口氣變了。「別這樣，人死不能復生。」他語氣溫柔，幾乎想張開雙臂擁她入懷。他心裡有不耐煩，也有疼惜。只是，這番殘酷的大道理並沒有打動溫妮，她只是微微顫動一下。這番話打動的是維洛克自己，他無知地認為，只要宣示自己的地位，妻子態度就會軟化。

「溫妮，妳理智點，萬一妳失去的是我，結果會怎樣？」

他有點期待她會放聲大哭，但她依然故我。她身子略微往後，平靜下來，變得不可捉摸。維洛克又氣又慌，心跳加速。

他伸手搭她肩膀，說：「溫妮，別像個傻瓜似的。」

她毫無反應。跟一個看不見臉的女人說話，能談出什麼來。維洛克抓住妻子手腕，但她的雙手好像牢牢黏在一起，被他這麼一扯，整個人往前擺盪，幾乎摔下椅子。維洛克發現妻子竟然毫不抵抗，連忙想扶她坐穩。就在此時，她忽然全身緊繃，掙脫他的手跑走，穿過客廳直奔廚房。一切發生得太快，倉促之間他只瞥見她的臉和眼睛，知道她沒看他。

剛才那幕從結果看來倒像兩人在搶椅子，因為維洛克立刻坐上妻子的椅子。他沒有摀住臉，五官卻像罩著一層肅穆的思緒。一場牢獄之災看樣子是逃不過了，如今他覺得這樣也好。如果擔心有人尋仇，監牢跟墳墓都是絕佳藏身處。待在牢裡不但可以避開仇人，人生還有一線希望。他預期自己會被判刑，可以假釋，之後遠走他鄉。他事前也設想過，萬一計畫失敗，結果就會是如此。計畫果然失敗了，卻不是他擔心的那種失敗。這次行動幾乎算是成功了，他辦事效率如此出色，瓦迪米爾肯定大開眼界，從此不敢再對他冷嘲熱諷。至少維洛克是這麼看目前的狀況的。如果……如果他妻子沒有做出把地址縫在大衣裡的不幸舉動，那麼他在大使館的聲勢就會扶搖直上。維洛克不是傻瓜，他看出自己對史蒂夫有莫大影響力。只是，他不知道這股影響力的源頭，其實是兩個焦慮的女人反覆向史蒂夫灌輸他崇高的智慧與善心。當初維洛克推想各種可能結果時，正確地預見史蒂夫的忠誠與守密。如今卻發生料想不到的結果，做為一個仁慈的男人與疼愛妻子的丈夫，他驚愕膽寒。從其他各個角度來看，這個結果其實相當有利：還有什麼比死亡更能保守祕密。維洛克不知所措又驚恐萬分地坐在柴夏起司小酒吧時，不禁想到這點。畢竟他的感性還不至於左右他的判斷力，史蒂夫的慘死雖然叫人心驚肉跳，卻是任務成功的保證。瓦迪米爾要的不是炸垮天文台牆壁，而是製造某種驚心動魄的場面。在維洛克苦心經營之下，這個效果總算達到了。只是，最令人意想不到的是，事件餘波竟然盪回布雷特街。維洛克像在噩夢裡掙扎，努力想保住自己的職位，到最後也只能接受命運的打擊。他的職位丟了，卻不能怪罪任何人，罪魁禍首只是一件微不足道的小事。這就像走在黑暗中踩到一小塊橘子皮，把腿給跌斷了一樣。

維洛克疲倦地吸一口氣。他不怪妻子。他心想：等他入獄以後，她還得留在這裡看店。想到她一開始會有多麼想念史蒂夫，不免擔心她的身體和精神會撐不住。她要如何忍受獨自待在家裡的孤單寂寞？他人在牢裡，她可千萬不能崩潰，否則這家店怎麼辦？這家店還有點價值。他雖然接受了自己再也不能當密探的事實，卻也不想落得一無所有。為了妻子，這家店無論如何都要守住。

她待在他視線看不到的廚房裡，默不作聲，這可嚇壞他了。要是她媽媽在就好了，可是那個愚蠢的老女人……想到這裡，維洛克憤怒又喪氣。他必須跟妻子談談，他可以讓她知道，男人在某些情況下也會狗急跳牆。但他忍住了，沒有去向她說明一切。首先，他很清楚這天晚上不適合談正事。他起身去關上店門，熄掉頭頂上方的煤氣燈。

維洛克確保不會受到不必要的打擾之後，走進客廳，往廚房探了一眼。溫妮坐在史蒂夫每天晚上畫圈圈打發時間的位子上。他總是拿著紙筆，畫著象徵混亂與永恆的無數圓圈。她雙臂交疊放在桌面上，頭枕著手臂。維洛克望著妻子的背影和髮型沉思片刻，然後轉身走開。溫妮向來對任何事都不好奇，淡定得近乎鄙視，加上他們平時的相處模式，導致他幾乎無法跟她溝通。偏偏這會兒他又非得跟她好好談談，他急得像熱鍋上的螞蟻，繞著客廳的餐桌打轉，就像關在籠子裡的野獸。

好奇心是自我表露的一種形式，沒有好奇心的人，或多或少帶點神祕感。維洛克每回經過廚房門，就會不安地瞄妻子一眼。他倒不是怕她，他相信妻子深愛著他，只是不習慣聽他談心事，而他要談的心事涉及深奧的心理狀態。他沒有聊心事的習慣，又怎麼能清楚向她描述他內心隱隱約約的感受：怎麼告訴她命運會捉弄人？怎麼告訴她有時內心某個意念會慢慢成長茁壯，最後獨立存在，有它自己的力量，甚至鼓動人做出某種行為？他沒辦法告訴她，一個男人可能會因為飽受某張肥胖、狡猾、沒留半根鬍子的臉龐折磨，最後急中生智，想出最荒唐的對策。

維洛克腦海浮現大使館第一祕書的模樣。他在廚房門口站定，視線往下望，面容惱怒，拳頭緊握，對妻子說：「妳不知道我要應付什麼樣的畜生。」

他繼續繞著餐桌打轉。等他再次走到廚房門口，就停下腳步，站在比廚房高兩階的地方七竅生煙。

「一個愚蠢、危險、開口閉口奚落人的畜生，沒有一點人性……都這麼多年了！我何等人物！我可是冒著生命危險在做事啊！妳什麼都不知道。這樣也好，沒必要讓妳知道我們結婚這七年來，我隨時冒著人頭落地的危險。我不是那種會讓愛我的女人擔驚受怕的男人，妳不需要知道。」維洛克又繞客廳一圈，餘怒未消。

「惡毒的傢伙。」他又站在廚房門口說，「想害我窮苦潦倒餓死街頭，好看我笑話。我看得出來他覺得這是個絕佳笑料。我是何等人物！妳聽我說！世上某些國家領導人還有一口氣在，都得感謝我。老婆，妳嫁的就是這樣的男人！」

他看見妻子挺直上身，手臂還是伸直擱在桌上。維洛克望著她的背影，彷彿那裡可以讀到他剛才那番話的效果。

「過去十一年來，每一樁暗殺計畫，都是我冒著生命危險化解的。我送走了幾十個口袋裡裝著炸彈的革命人士，讓他們在邊境被捕。過世的男爵明白我對他的國家的貢獻。現在突然跑來一頭豬玀……一頭不學無術、神氣活現的豬玀。」

維洛克慢慢走下兩級階梯，進了廚房，從餐具櫃裡取出玻璃杯，拿著走向水槽，沒看妻子一眼。「叫我上午十一點去見他。過世的男爵絕不會幹這種壞心眼的蠢事。某些人如果看見我走進那地方，遲早會敲我一記悶棍，倫敦城裡就有兩三個這樣的人。平白無故害我這樣的人物暴露身分，簡直是要命的白痴行為。」

維洛克扭開水龍頭，一口氣連灌三杯水，澆熄他心中的怒火。瓦迪米爾的所作所為就像一塊熾熱的烙鐵，在他體內引燃熊熊大火。他平息不了遭到背叛的忿恨。當初他不願意接受社會分配給低下階級的辛苦活，孜孜不倦地投入密探工作，全心全意奉獻。他有他的忠誠度：忠於雇主、忠於維持社會秩序的任務，也忠於他的感情。他把杯子放進水槽，轉身說了以下的話，證實他對感情的忠貞。

「如果不是因為想到妳，我當場就掐住那個惡霸的脖子，擰下他腦袋扔進火爐。我肯定打得過那個粉紅臉蛋、刮光鬍子的……」

維洛克沒把話說完，彷彿最後那個詞語不言自明。他頭一回對妻子交心，這種狀況太特殊，他陳述時激情澎湃，以至於把史蒂夫的命運拋到腦後。他一時忘了史蒂夫結結巴巴地度過恐懼與憤怒的一生，又在暴力中結束生命。正因如此，當他抬頭望向妻子，發現妻子的眼神不太對勁。那眼神不算狂野，也不像分心，有種古怪，不符合他的期待，因為它似乎投向他背後某個定點。那種感覺太強烈，維洛克不禁轉頭查看。後面什麼都沒有，只是那片刷白的牆壁。英明的維洛克確定牆上沒寫字[15]，又轉頭看妻子，加強語氣重複說道：

「我當真會掐他脖子，就跟我現在站在這裡一樣真實。如果不是想到妳，我會掐得

15. 典故出自《聖經．但以理書》第五章第五節。在伯沙撒王盛宴上突然出現人手，在牆上書寫文字。後世通常以「牆上的文字」比喻凶兆或不祥預言。

那畜生只剩半口氣，才讓他爬起來。妳別以為他會急著去報警，他沒那個膽。妳明白原因，對吧？」

他意有所指地對妻子眨眨眼。

「不明白。」溫妮低聲答，「你到底在說什麼？」

太讓人洩氣了，維洛克忽然感到疲憊。這天他做了很多事，神經緊繃到極點。他輾轉反側擔憂了一整個月，最後以一場意外災難收場，精神飽受摧殘，現在只想好好休息。他的密探生涯已經以出人意表的方式結束，如今他或許可以睡上一頓安穩覺了。然而，他看看妻子，不免心生懷疑。他心想，她還是沒辦法接受事實，一點也不像她的個性。他打起精神說：

「老婆，妳要堅強起來。」他滿懷同情，「事情已經成定局了。」

溫妮微微一怔，蒼白臉龐毫無動靜。維洛克沒看她，自顧自地念叨：

「妳先去睡吧。妳現在需要的是大哭一場。」

這個提議來自人類社會的共同見解。全天下的人都知道，女人的情緒最後都會終結在淚水裡，彷彿那是虛無縹緲的東西，像飄在空中的水氣。即使史蒂夫躺在自家床鋪、在她絕望目光注視下死在她懷裡，溫妮的悲傷也可以用純淨、哀慟的漣漣珠淚沖刷乾淨。溫妮跟絕大多數人一樣，對於人生的變數，不知不覺中會選擇聽天由命。她不需要「傷那種腦筋」，因為事情往往「經不起細看。」可是，史蒂夫的死在維洛克看來雖然只是一段插曲，是悲劇的一部分，卻讓她欲哭無淚，就像熱燙燙的熨斗壓過她的眼睛。在此同時，她冷卻凝固的心臟讓她內在戰慄不已，五官因而凍結，像對著沒有文字的牆壁沉思冥想。溫妮面對緊急狀況時，一旦失去理性矜持，就會轉化成激烈的母愛，連串思緒不由自主地在她一動不動的腦袋裡流轉。這些思緒多半以畫面呈現，不是用話語描述。溫妮話很少，不管對別人或對自己都一樣。她遭到背叛，憤怒又錯愕，開始回顧自己生命歷程中的種種影像，那些影像多半圍繞著史蒂夫從小到大的困頓人生。就像那些為數不多、在人類思想與情感上留下印記的生命，她的生命只有一個目標，只有一個高貴的理想。但溫妮腦海中的畫面既不高貴也不輝煌，她看見自己在某個「營業場所」人跡罕至的頂樓，靠一根蠟燭照明，哄著史蒂夫入睡。這個營業場所一樓的雕花玻璃窗裡明亮耀眼，像童話故事裡的宮殿，屋頂下這個區域卻黯淡無光。她只能在想像中看見那眩目華麗的景象。她記得自己幫那孩子梳頭髮，幫他繫圍兜，她自己也還在繫圍兜的年紀；也記得一個年紀不大、受到輕微驚嚇的孩子，安慰著另一個年紀相去不遠、嚇得手足無措的孩子。她看見中途被攔截的拳頭（多半用她的腦袋）；把男人的憤怒擋在外頭的緊閉門板（通常撐不了多久）；凌空而起的火鉗（飛得不遠）暫時震懾住那陣狂風，隨之而來的卻是轟隆巨雷。這些狂暴畫面浮現又消失，伴隨著某種雜音，那是尊嚴受創的父親低沉的叫罵聲，說他自己受到詛咒，因為他的孩子一個是「流著口水的白痴，另一個是女惡魔。」那是多年以前父親對她的評語。

溫妮再次聽見那些話，像揮之不去的鬼魅。貝爾格萊維亞大宅的陰鬱暗影籠罩她肩膀，那是酸楚的回憶，捧著無數早餐托盤、來來回回上樓又下樓；為一便士討價還價爭執不休；掃地、撢灰塵、整理，從地下室到閣樓，沒完沒了的苦役。那位無能的母親拖著腫脹雙腿，在油膩污穢的廚房烹煮料理；她們如此辛苦操勞都是為了史蒂夫，他卻渾然不覺，在廚房洗滌區擦著房客的靴子。不過，這幕景象中夾帶一抹倫敦的夏日氣息，其中的主角是個年輕人，穿著最好的主日衣裳，深色頭髮上戴著草帽，嘴邊叼著木頭煙斗。這個深情開朗的年輕人，是她的完美伴侶，可以共同航行在波光瀲灩的生命溪流。只可惜他的船太小，只夠搭載一名女槳手，容不下其他任何乘客。溫妮別開婆娑淚眼，任由他漂離貝爾格萊維亞大宅門檻。那人不是房客。房客是維洛克先生，他生性懶散，晝伏夜出，早晨會在被窩裡睡眼惺忪地跟她調笑，厚厚的眼皮閃著痴迷的眼神，口袋裡永遠不缺錢。他懶散的生命河流沒有亮點，河水流向神祕處所。但他的三桅帆船好像蠻寬敞，他沉默的寬容理所當然地接納了乘客。

溫妮繼續回想史蒂夫七年來的安穩生活，由她忠實地付著代價。那份安穩提升為信心，再轉化為家的感覺，像寧靜水池那般深沉、那般遲滯。在她細心呵護下，池水表面幾乎不曾為偶然掠過的奧西彭顫動。結實健壯的無政府主義者奧西彭挑逗的眼神肆無忌憚，任何女人只要不是腦殘智障，都明白他打著什麼鬼主意。

維洛克說完話才短短幾秒，溫妮已經召喚出不到兩星期前的一幕景象。她用放大到極限的瞳孔盯著丈夫和可憐的史蒂夫並肩走出店鋪、踏上布雷特街。那是溫妮的大腦創造的最後一幕畫面，這幅畫面既不優雅也不迷人，不好看，幾乎稱不上體面，卻有值得稱道的情感與不懈的堅持。那一幕有著造作的寬慰、仿真的樣貌與精準的細節，迫使溫妮發出痛苦而虛弱的呢喃。那是驚愕的呢喃，重新召喚出她生命的極致幻象，而後消失在她死白的雙唇之間。

「真像一對父子。」

維洛克停下腳步，仰起憂思不解的臉龐。「啊？妳說什麼？」妻子沒有回應，他繼續惡狠狠地踱步。接著，他掄起肥厚的拳頭，大聲嚷嚷：

「沒錯，大使館那些人。一群差勁的傢伙，對吧！不出一個星期，我就會讓他們之中某些人恨不得自己藏身在地底深處。咦？什麼？」

他低下頭，瞥了瞥左右兩側。溫妮注視著刷白的牆壁：一堵空無一物的牆壁，完全空白，可以衝過去把頭撞破的空白。溫妮繼續坐著，不動如山。她靜止不動，就像備受信任的上蒼突然背信忘義，熄滅夏日晴朗天空中的豔陽，地球上半數人口震驚或失望得無法動彈一樣。

「大使館……」維洛克像野狼般露出利牙，「真希望可以帶著棍棒衝進去半小時。我會沒命地打，直到他們全身上下沒有一根完整的骨頭。不過無所謂，我會讓他們知道，害我這樣的人流落街頭會有什麼下場。我知道的可多了。全世界都該知道我幫他們幹了些什麼齷齪事。我不怕，也不在乎。所有事都會曝光，所有骯髒事。叫他們小心點！」

維洛克用這些話宣示他復仇心切。這種復仇方式十分恰當，正好發揮他的才幹。另一個好處是，那是他能力所及，符合他的職業特性，畢竟他一直以來的謀生方式，正是揭露同志的非法祕密行動。在他看來，無政府主義者和外交官沒有差別，他對所有人一視同仁。對於工作上接觸的所有人，他的鄙視毫無二致。不過，他無疑是個改革派無產階級，所以相當不滿階級差距的存在。

「現在我沒有顧忌了。」他補了一句，停頓下來，定定看著妻子，溫妮則是定定望著空蕩蕩的牆壁。

氣氛持續沉默，維洛克有點失望。他原以為妻子會說點什麼，但她的嘴唇還是維持平時的模樣，只是一動不動，就像她臉上其他部位。維洛克覺得失望，但他又發現，他剛才的話並沒有要她回應，何況她本來話就不多。基於某些心理因素，維洛克習慣相信任何對他以身相許的女人，因此他相信妻子。他們相處非常和諧，卻是一種有欠明確的和諧。那是自由心證的和諧，呼應溫妮的漠然與維洛克懶散又隱密的心理特質：他們不習慣探究行為與動機背後的真相。

某種程度上，這種態度上的保留顯示他們對彼此的高度信心，也為他們的親密關係注入些許模糊空間。天底下沒有完美的婚姻關係，維洛克認定妻子信任他，但他更希望這時候她能說出內心的想法，對他會是一大安慰。

至於他為什麼得不到這點安慰，原因不一而足。首先是生理上的障礙：溫妮暫時無法控制她的聲音。她只剩兩種模式：尖叫或靜默，她本能地選擇靜默，因為她天性沉默寡言。再者，她腦子裡有個揮之不去的殘酷念頭，讓她動彈不得。她雙頰煞白、唇色死灰，全身肌肉僵硬。她沒看維洛克，只在心裡想著：「這男人把那孩子帶出去謀殺。他把那孩子帶出家門殺掉。他把那孩子從我身邊帶走殺死！」

這個念頭翻來覆去，叫人抓狂，徹底擊垮她的身心。它在她血液裡、在她骨頭裡，在她髮根裡。她在心裡採行《聖經》式的哀悼：蒙住臉龐、撕裂外衣[16]，號哭與悲歎的聲音充塞她大腦。但她牙關緊扣，乾涸的眼睛噴出怒火，因為她不是逆來順受的人。她當初挺身而出保護弟弟，就是出於一股強烈的義憤。她對他的愛必須激進，她為他戰鬥，包括對抗她自己。失去了他，就像吃了敗仗那麼難以忍受，像受阻的激情，痛苦難耐。更何況，奪走史蒂夫的並不是死亡，是維洛克。她看見了，她眼睜睜看著他帶走那孩子，沒有出手阻止。她就這樣讓他走了，像……像個呆瓜，瞎了眼的呆瓜。他害死那孩子之後就回家來，像天底下所有男人回到妻子身邊……

溫妮咬著牙對那片白牆說：「我還以為他受了風寒。」

維洛克聽見這句話，以自己的角度理解。

「沒事。」他沒好氣地說，「我只是心煩，為妳心煩。」

溫妮緩緩轉頭，目光從牆面轉移到丈夫身上。維洛克指尖塞在雙唇之間咬著，視線往下盯著地板。

「沒辦法了。」他咕噥說道，手放了下來。「妳一定要打起精神，妳要應付很多事。是妳把警察引來的，不過沒關係，這事我不會再提了。」他寬宏大量地說，「妳不是故意的。」

「我不是。」溫妮輕聲說，聽起來像屍體在說話。

維洛克接續自己的話題，「我不怪妳。我會讓那些人坐立不安。等我安全進了監牢，就可以放心說……妳明白我的意思。我必須暫時離開妳兩年。」他用關切的語氣說，「妳的日子會比我好過，妳有事可做，而我……溫妮，妳要讓這家店再撐兩年，這妳辦得到，妳夠聰明。等頂讓的時機到了，我會通知妳。妳一定要特別小心，那些革命分子會持續監視妳。妳要非常機靈，非常低調，不能讓任何人察覺妳的行動。我出獄時可不想被人從背後捅一刀或敲後腦勺。」

維洛克用他通權達變的先見之明考量未來的問題，他語調肅穆，因為他能正確判斷當前局勢。他不樂見的事都發生了，未來變得危機重重。他或許一度因瓦迪米爾的愚蠢威脅嚇得失去判斷力，但他情有可原。再怎麼說，男人活到四十多歲，突然面臨失業危機，難免亂了陣腳。尤其當這個男人是祕密警察的特務，向來以自己不可替代的價值為榮，也自信深受高層讚賞，一時失常也是在所難免。

16. 《聖經．創世記》第三十七章第三十四節記載，雅各撕裂外衣、腰束粗布，為兒子哀慟多日。

如今事情以災難收場，他冷靜面對，卻一點也不開心。密探為了報復，把一切攤在陽光下，向公眾披露他過去的豐功偉業，就會變成眾矢之的，變成憤怒的亡命之徒追殺的目標。他沒有過度渲染或誇大其辭，只是清楚描述，讓妻子明白其中的危險性。他再度重申，他一點都不想死在那些革命分子手裡。

他直視妻子的眼睛。溫妮放大的瞳孔像兩個無底洞，吸納了他的目光。

「我太愛妳，不想就這樣死掉。」他神經質地笑了笑。

溫妮慘白僵硬的臉孔泛起一抹紅暈。她的回憶已經結束，所以她不但聽見了丈夫的話，也明白他的意思。這些話跟她當時的心理狀態極端不協調，讓她覺得有點呼吸困難。溫妮此時的心思很簡單，卻並不健全，因為內容只有某個固定念頭。她大腦每個細胞、每個角落，都填滿一個念頭，那就是，眼前這個她心平氣和跟他共同生活七年的男人，把那「可憐的孩子」從她身邊帶走，只為了殺死他。這個她的肉體與心靈已經漸漸適應了的男人，這個她信任的男人，把那孩子帶出去殺掉！這個念頭的形式、內涵與其普遍而廣泛的效應，連無生物的外觀都能改變，讓人可以永遠端坐原處反覆咀嚼。溫妮端坐原處，維洛克的身影往返穿梭過那個念頭（不是穿梭過廚房）：穿著熟悉的大衣，用他的靴子重重踩踏她的大腦。他或許邊踩踏邊說話，只是，溫妮的思緒掩蔽了大多數的聲音。

然而，偶爾那聲音會突圍而出，幾個相連的字眼會突然湧現，多半充滿希望。每回她聽見丈夫的聲音，擴散的瞳孔就不再定焦在遠處，會憂愁而不明所以地追蹤丈夫的行蹤。維洛克對自己密探生涯的一切知之甚詳，認為自己的計畫與謀略前景樂觀。他真心覺得自己輕而易舉就能避開憤怒革命分子的追殺。過去他太常誇大那些人的怒火與本事（基於工作需求），不至於對那些人有太多幻想。因為人若要誇大自己的判斷，事先要能精準評估。他也知道兩年的時間——漫長的兩年——可以讓人淡忘許多美好與醜惡。他第一次跟妻子說出這些機密，他的樂觀是有根據的。他也覺得自己最好在妻子面前表現得信心十足，這樣她才能受到激勵。他重獲自由時也要保密，這跟他的人生有異曲同工之妙。他們會刻不容緩地一起消失。至於如何避免仇家追蹤，他要妻子別擔心，這方面他很在行，就算是魔鬼本尊……

他揮了揮手，像在吹牛。他只是一番好意，想給妻子打打氣。可惜他運氣不好，跟談話對象不同調。

溫妮聽見丈夫自信的語調越來越高亢，但她的耳朵放過了大多數字眼，畢竟，如今話語對她有什麼意義？她現在腦子裡只有那個無法撼搖的念頭，任何話語不管好壞，都影響不了她。她黑暗的眼神跟著那男人轉來轉去，那男人口口聲聲為自己辯白。就是那男人把可憐的史蒂夫帶到某個地方殺掉。溫妮記不得那個地點，但她的心跳開始加速。

維洛克此時用人夫的溫柔語調說著，他深信他們倆還能過上好幾年平靜日子。他沒談到生活要怎麼維持。必須是平靜日子，要隱居鄉野，藏身市井小民之間；要低調行事，像不起眼的紫蘿蘭。維洛克的用語是：「避避風頭」。當然要遠離英格蘭，維洛克沒有說他想去西班牙或南美洲，總之一定得避居海外。

這最後兩個字飄進溫妮耳中，產生明確概念。這男人說要到出國，這是個獨立概念，溫妮基於慣性，不假思索地問自己：「那史蒂夫怎麼辦？」

那算是一種健忘。她馬上又意識到，在這點上已經沒有任何擔心的理由了，永遠不會再有。那可憐的孩子已經被帶出去謀殺了，那可憐的孩子死了。

剛才的健忘刺激了溫妮的理智，她開始思索接下來的可能發展，維洛克如果知道她在想什麼，只怕要吃一大驚。既然那孩子永遠回不來，她也不需要繼續留在那裡，在那個廚房、那間屋子、那男人身邊。沒有任何必要。想到這裡，溫妮像彈簧似地跳起來。然而，她也不知道自己還有什麼理由留在世上，只好無能為力地站在原地。維洛克懷著為人丈夫的關切望著她。

「妳總算正常點了。」他不安地說。妻子眼神裡那抹陰沉讓他開心不起來。就在那個當下，溫妮意識到自己已經擺脫世間的一切束縛。

她找回自由了。她的人生契約結束了，跟眼前這個代表那份契約的男人之間已經沒有任何關係。她是個自由的女人。維洛克如果知道妻子此時此刻的心思，肯定極端震撼。感情世界裡的維洛克總是寬厚得少根筋，總以為女人愛的是他的人。他的倫理觀與他的虛榮自負等量齊觀，面對愛情時簡直無可救藥，不管愛情或婚姻，他都十分確定自己無條件被愛著。他放任自己變老、變胖、體重增加，主要是因為他自認魅力十足，女人愛的就是他最真實的模樣。妻子二話不說轉身往外走，他難掩失望之情。

「妳上哪兒去?」他口氣有點嚴厲，「上樓嗎?」

溫妮走到廚房門口聽見丈夫的聲音，停下腳步。溫妮非常害怕那男人靠近她、碰觸她，因而生起一種本能的謹慎，站在高兩階的客廳地板上對那男人輕輕點頭，嘴唇微動。維洛克懷著人夫的自信，將她的表情解讀為似有若無的疲憊笑容。

「那就對了。」他生硬地表示贊同，「妳現在需要的就是安靜休息。去吧，我隨後就來。」

剛得到自由、卻不知何去何從的溫妮全身僵硬地聽從丈夫的建議。

維洛克望著她的身影消失在樓梯上，難掩失望之情。他其實有點期待妻子會激動地撲進他懷裡，但他為人寬容敦厚，知道妻子向來沉默寡言，不擅長表達情感，何況他自己也不是談情說愛的高手。然而，這不是尋常夜晚，在這樣的夜晚，男人需要妻子明白表現出體貼與愛慕。維洛克嘆一口氣，熄了廚房的燈。他對妻子的體貼之情真誠又強烈，此時的他站在客廳裡，想到妻子心裡會有多麼孤單，幾乎難過得落淚。在這樣的心情下，他異常想念史蒂夫。他為史蒂夫的死感到哀傷，可嘆那孩子竟然蠢得害死自己！

他再次感到飢火燒腸，即使是體格比他健壯的探險家，經歷過重重難關考驗，精神放鬆後都會覺得腹中空虛。餐桌上那塊冷牛肉儼然是史蒂夫葬禮告別宴上的烤肉，這時映入他眼簾。他又吃了起來，狼吞虎嚥，沒有節制，也顧不得吃相，用銳利的切肉刀切下大塊大塊的牛肉，沒夾麵包直接塞進嘴裡。他大快朵頤之際，忽然意識到樓上的妻子異乎尋常地毫無動靜。想到妻子或許獨自坐在床邊，連燈都沒點，他不但胃口盡失，也不想太早上樓。他放下切肉刀，憂心忡忡地專注聆聽。

終於聽見妻子的腳步聲，他總算安心下來。妻子突然橫越房間，猛力推開窗子。接著是一段沉寂，他猜想妻子把頭探出窗外。之後窗子慢慢關上，她走了幾步，坐下來。維洛克是個徹頭徹尾的居家男人，家裡任何聲響他都一清二楚。等他再次聽見妻子的腳步聲，他知道她在穿外出鞋，就像親眼看見那麼肯定。聽見這不祥預兆，他雙肩微微扭動，離開餐桌走向壁爐，背對爐火站定，歪著腦袋，困惑地咬著指甲。他繼續聆聽妻子的一舉一動：她快步走來走去，偶爾驟然停步，一會兒在五斗櫃前，一會兒在衣櫃前。維洛克經歷了一整天的震撼與驚訝，一股沉重的倦怠感壓得他渾身乏力。直到聽見妻子下樓，他才抬起頭。果然如他所料，她打扮整齊，準備出門了。

溫妮已經自由了。她在房間裡推開窗子，可能是想大喊「殺人了！」「救命啊！」或者想把自己扔出去，因為她不知道該怎麼運用這份自由。她好像被撕裂成兩半，兩邊大腦各自為政，有欠協調。她厭惡底下靜悄悄又空蕩蕩的街道，因為它顯然站在那個自認無罪的男人那邊。她不敢大叫，怕沒人來。顯然不會有人來。她本能想自我保護，不願意摔進那條潮溼泥濘的深溝。她關上窗子，開始換裝，決定用另一種方式出門踏上底下那條街。她自由了。她打扮得周周正正，甚至戴了黑色面紗。當她站在客廳燈光下，維洛克發現她還帶了小手提包，就掛在她左手腕上……一定急著去找她媽媽。

他疲乏的腦袋冒出一個念頭：女人都是麻煩的動物。不過他為人太寬厚，不會讓那樣的念頭逗留太久。他的自尊嚴重受創，行為還是寬宏大量，不允許自己露出一絲苦笑，或做出不屑的表情。他本著寬大為懷的崇高精神，瞥了瞥牆上的木頭時鐘，用冷靜卻強硬的口氣說：

「溫妮，已經八點二十五分了。這麼晚去一點意義都沒有，妳今晚趕不回來。」

他伸手攔阻，溫妮停在那隻手前面。他又沉重地說，「妳還沒去到那裡，妳媽就已經睡了。這種事不必急著告訴她。」

溫妮壓根兒沒想到要去找媽媽，光是想到這個主意，她就心生畏懼。她摸到背後有張椅子，順勢坐了下來。她只是想從此離開這個家，如果這份心情正確無誤，那麼它呈現在她腦海的模樣倒是符合她的出身與身分。她心想：「我寧可下半輩子都在街上走著。」可是她的心靈遭受到重大打擊，相較於這份打擊的實質威力，人類史上最強烈的地震也會顯得虛弱無力。也由於這樣的打擊，隨便一個玩笑、或不經意的接觸，她都無法抗拒。她戴著帽子罩著面紗，看上去像個訪客，只是順道進來探望維洛克。維洛克見妻子乖乖順從，覺得勇氣倍增。但她沉默不語，似乎只是暫時聽從，又惹他惱火。

「溫妮，」他用命令口氣說，「妳今晚哪兒也別去。該死！是妳把警察引上門的。我不怪妳，但這件事終究是妳的錯。妳最好脫掉這討人厭的帽子，我不能讓妳出去。」

溫妮的腦子緊抓住丈夫最後那句話不放。那個男人從她眼皮子底下帶走史蒂夫，去到某個她一時想不起來的地方殺掉，現在又不許她出門。他當然不許。

他已經殺了史蒂夫，絕不會放她走。他會要她無償留下。溫妮混亂的大腦循著這種瘋狂邏輯，開始務實地思索。她可以從他身邊溜過去，打開門跑出去。可是他會追上來，抱住她，把她拖進店裡。她可以抓他、踢他、咬他，也可以捅他。只是，要捅他得要有刀。溫妮戴著面紗端坐椅子上，在自己家裡，像個意圖不明、戴面具的神祕訪客。

維洛克的寬容還不至於超凡入聖，他終於被妻子激怒了。

「妳就不能說說話嗎？妳惹男人生氣的本事可真不是蓋的。沒錯！我知道妳在裝聾作啞，今天不是第一次領教，不過這回沒用。還有，把這鬼東西脫掉。我根本搞不清楚是在跟木偶說話，或跟活人說話。」

他往前跨步，伸手扯掉她的面紗，揭露一張毫無表情、難以捉摸的臉龐。看見這樣的面容，維洛克不安的怒氣登時碎了一地，像玻璃球砸在石頭上。「這樣好多了。」他說這話來掩飾自己一時的不安。他重新回到壁爐旁的位置。他始終不認為妻子會有離開他的念頭。他自覺慚愧，因為他疼老婆又寬宏大量。他能怎麼辦？該說的話都說了。他激動地抗議：

「我的天！妳不知道我到處找人。我為了找人來做那件事，冒著身分暴露的危險。我再說一次，我確實找不到任何夠瘋狂或夠缺錢的人。妳把我看成什麼人了？殺人犯嗎？

或什麼別的？那孩子死了。妳以為我希望他把自己給炸死嗎？他死了，他的煩惱結束了。我坦白告訴妳，我們的煩惱才要開始，就是因為他把自己給炸死。我不怪妳，不過妳一定要明白，那真的是意外，就像他過馬路時撞上公共馬車一樣，純屬意外。」

他的包容不是沒有限度，因為他是個平凡人，而且不是溫妮認定的那個怪物。他停下來，齜牙咧嘴地揚起八字鬍，露出底下的潔白牙齒，活像一隻沉思的野獸，不算凶猛。是一隻腦門油亮的遲緩野獸，比海豹更憂鬱，嗓音沙啞。

「真要說起來，妳也有責任。事實就是這樣，妳愛瞪就瞪吧，我知道妳那雙眼睛很會瞪人。我打死都沒想過要讓那孩子去做那件事，當初我心煩意亂，整天想著該怎麼解決我們的問題，是妳一直把那孩子推給我。妳怎麼會突然那麼做？不知情的人還以為妳故意的，我也以為妳是故意的。妳成天都是那副什麼都不在乎的可惡模樣，什麼也不看，什麼也不說，天曉得妳暗地裡知道多少事……」

他沙啞的居家嗓音停頓片刻。溫妮沒有回應。面對妻子的沉默，他為自己剛剛那番話感到羞愧。不過，就如所有愛家男人跟另一半口角時常有的反應，他惱羞成怒地說下去。

「有時候妳什麼都不說。」他用同樣的音調接著說，「那模樣會把某些男人氣得暴跳如雷。算妳走運，我不像其他人那麼容易被女人裝聾作啞生悶氣惹火。我喜歡妳，但妳也別得寸進尺，現在不是鬧彆扭的時刻，我們要想想接下來該怎麼做。今晚我不能讓妳出去，大老遠跑去跟妳媽告些有的沒有的狀，我不允許。妳可別搞錯了：如果妳認為我害死那孩子，那麼妳也要負一半責任。」

這個家靠販售隱密商品賺取微薄利潤維生，而這個祕密營生又是某個平凡男人為了守護一個不完美社會——使它免於道德與實質的墮落（這兩種墮落也都見不得光）——想出來的三流權宜之計。維洛克剛才那番話說得真情流露又開誠布公，比在這個家裡說過的任何話都實在。他會說出這些話，是因為他真的生氣了。只是，在這個隱身巷弄、藏在陽光照射不到的店鋪後面的家裡，沉默的規則顯然沒有打破。溫妮規規矩矩地聽完他的話，站了起來，依然戴著帽子穿著外套，像結束拜訪的客人。她走向她丈夫，一隻手往前伸出，像要跟他握手道別。她的面紗垂掛在臉龐左邊，讓她嚴謹的正式禮儀顯得有點失序。等她走到壁爐地毯，維洛克已經不在那裡了。他沒有抬頭查看妻子對剛才那番話的反應，直接往沙發走去。他累了，不想再跟妻子爭辯，脆弱的內心很受傷。如果她要繼續冷戰生悶氣，那就隨她去吧，她是這方面的專家。維洛克「咚」地一聲倒在沙發上，照樣不理會帽子的下落。他的帽子似乎也習慣自己照顧自己，在桌子底下找到安全的避風港。

他累了。過去一個月來他在籌劃與失眠的無邊煩惱中度過，最後卻以出乎意料的慘劇終結，震驚與苦惱耗盡他最後一絲緊張不安的力氣。他累了，男人也不是鐵打的，去它的！他照平時習慣和衣躺下，敞開的大衣半截垂落地板。他舒適地仰躺著，渴望更酣暢的歇息，想好好睡一覺，享受幾小時的平靜，把什麼都忘掉。但他還不能睡，只能暫時先閉閉眼。他心想：「但願她別再瞎鬧了，實在很氣人。」

溫妮重新得到的自由想必有某種情感上的缺陷，她沒有趁這時候離開，反而往後靠，肩膀抵著壁爐架的格板，像徒步旅人倚著圍籬歇歇腳。她看上去有點瘋狂，一來是因為那塊面紗還像破布似地掛在她臉頰旁，二來她黑色的眼眸定定凝視前方，吸納屋子裡的光線，沒有反射出一絲光澤。這女人勇敢地做了一筆交易，維洛克光是猜想她的交易內容，他的愛情世界可能就會天崩地裂。此時她顯得優柔寡斷，像是知道她必須再做點什麼，才能正式了結這筆交易。

沙發上的維洛克動了動肩膀，找到最舒適的姿勢，然後他發自肺腑地說出內心的期盼，這話當然就跟任何從他肺腑裡說出來的話一樣真誠。

「我真心希望，」他沙啞地吼道，「我從來沒去過格林威治公園和附近任何地方。」

他沙啞的噪音不高不低，充塞小小客廳，跟話聲傳達的小小心願格外協調。那段長度合宜的聲波配合正確的演算公式拉長，圍繞著屋裡所有無生物打轉，也輕輕拍打溫妮的頭，彷彿她的頭是石頭雕刻出來的。聽起來雖然不可思議，但溫妮的眼睛好像睜得更大了。從維洛克滿溢的胸懷泛濫出來的那個心願，流進了溫妮空無一物的記憶之海。格林威治公園。公園！那孩子就是在公園被殺的。是公園：碎裂的樹枝、殘破的葉子、礫石、弟弟粉碎的屍骨，全都像煙火似地噴發出來。她想起她聽見的消息了，那記憶以圖像呈現。他們不得不拿鐵鍬幫他收屍。她渾身顫抖，止也止不住。她看見那把鐵鍬，看見它從地上鏟起的那堆恐怖物事。溫妮急忙閉起眼睛，用她眼皮的夜幕罩住那幅畫面。她看見斷裂的四肢像雨點般落下，而史蒂夫的腦袋單獨懸在空中，慢慢消逝，像煙火表演的最後一顆火花。溫妮睜開眼睛。

她的面容不再僵硬，任誰都看得出她五官和眼神的微妙變化，那是一種全新的、吃驚的表情。那變化太微妙，任何神智健全的人，即使有能力安心而從容地深入分析，通常也看不出。但那個表情代表的含義卻一目了然。溫妮不再認為交易還沒結束；她的大腦不再混亂，現在由她的意志力操控。可惜維洛克什麼都沒看見，他還在休息，心情處於一種極度疲乏導致的可悲樂觀。他不想再為任何人心煩，包括妻子。他一點錯都沒有，妻子愛的是他這個人。妻子此刻的靜默顯然是個好現象，該跟她和解了。沉默的時間夠久了，他用一聲輕喚打破它。

「溫妮。」

「嗯。」重獲自由的溫妮順從地回應。現在她能夠操控大腦和發聲器官，也異乎尋常地竟然百分之百掌控全身上下每一條神經。她的身體完全屬於她了，因為那筆交易結束了。她看得一清二楚，心眼也靈巧了。她之所以立刻回應，是因為她另有打算。那男人目前躺在沙發上，這個姿勢正合她意，她不希望他改變。她如願了，男人沒有動。不過，她應了一聲以後，繼續像個歇腳旅人，無所謂地倚著壁爐架。她不趕時間，也沒有皺眉蹙額。維洛克的頭和肩膀被沙發椅背擋住，她看不見，只能緊盯他的腳。

她依然保持這種神祕的靜止與突然的鎮定狀態，直到維洛克用丈夫的威權口吻下了指令，並且在沙發上蠕動身子，挪出空間給她。

「過來。」他的口氣十分特別，聽起來有點野蠻，但溫妮很清楚，那是他求愛的語調。

她立刻走上前去，彷彿她還是那個溫馴的妻子，仍然因為一紙有效契約，被那男人束縛。她右手輕輕滑過餐桌邊緣，等她越過餐桌走向沙發，餐盤旁的切肉刀無聲無息消失了。維洛克聽見地板嘎吱嘎吱響，心滿意足。妻子過來了，他等待著。史蒂夫無家可歸的魂魄似乎直接飛進姊姊、監護人兼守護天使的胸膛，尋求庇護。她每走一步，容貌就更像弟弟，連下唇都往下掉，眼睛甚至略微鬥雞眼。可是維洛克沒看見，他仰躺著，視線向上。他在天花板和牆壁看見一隻晃動手臂的影子，那隻手握著切肉刀，影子上下搖曳，動作慢條斯理。那動作如此緩慢，維洛克因此認得出那隻手和那把刀。

因為影子慢條斯理，維洛克得以充分理解它背後的含義，也嘗到了從喉嚨湧上來的死亡滋味。他妻子徹底瘋了，瘋得想殺人。那影子太慢條斯理，所以維洛克看見後的第一波麻木感有時間消退，還能確定自己徒手跟那個持刀的瘋子激烈打鬥後，能夠全身而退。那影子如此慢條斯理，維洛克有時間構思防禦計畫，打算先衝到餐桌後面，再用沉重的木椅打倒那女人。只是，那影子不夠慢，維洛克來不及伸手或抬腳，刀子已經戳進他心窩。刀子刺進去時通暢無阻，大膽之舉總是無比精準。溫妮隔著沙發椅背刺那一刀，用盡了她得自遺傳、遠古而隱晦的洪荒之力：從穴居時代的野蠻殘暴，到酒鋪時期失衡的緊張憤怒。那一刀力道過猛，密探維洛克的身子被震得微微側翻，登時斃命，只來得及發出一聲抗議：「別……」

溫妮放開刀子，臉孔恢復平時模樣，不再神似她過世的弟弟。她深吸一口氣。自從錫特拿出史蒂夫大衣縫了地址那塊布以來，她第一次放鬆地呼吸。她前臂交疊擱在沙發椅背上，俯身向前。她擺出這麼悠哉的姿態，不是為了看著維洛克的屍體幸災樂禍，而是因為整間客廳都在波動搖晃，宛如處在驚濤駭浪的大海上。她頭有點暈，心卻很平靜。她得到完整的自由，不再有所渴求，也無事可做，因為史蒂夫已經不需要她犧牲奉獻。習慣以畫面思考的溫妮不再受影像困擾，因為她已經停止思考。她也沒有動作。她享受這份無牽無掛與逍遙自在，幾乎像一具死屍。她沒有動，也不思考。已故的維洛克攤在沙發上那具必死軀殼也不動不思考。唯一的差別在於，溫妮還在呼吸，否則他們倆可算琴瑟和鳴：謹慎地有所保留，沒有多餘話語，沒有手勢或暗號，就像他們循規蹈矩的家庭生活。他們的確過得循規蹈矩，用合宜的沉默掩蓋神祕職業與曖昧生意可能衍生的問題。直到最後一刻，仍然沒有不得體的尖叫或其他誤用的真誠舉動來攪亂這池寧靜。在那致命一擊之後，這份體面依然靜止而沉寂地維持著。

客廳裡沒有一絲動靜，直到溫妮慢慢轉頭面向時鐘，一臉困惑與質疑。她意識到客廳裡有個嗒嗒聲，越來越響亮，偏偏她清楚記得，牆上的掛鐘沒有聲音，不會滴答響。它為什麼突然發出這麼嘈雜的嗒嗒聲呢？時鐘顯示八點五十分。溫妮不在乎時間，嗒嗒聲持續著。她確認那不是時鐘的聲音，慍怒的目光開始沿著牆壁挪移。她豎起耳朵想找出聲音來源，眼神變得游移、渙散。嗒、嗒、嗒。

聆聽片刻後，她視線往下，看著丈夫遺體。他休息的模樣是那麼自在、那麼熟悉，沒有任何令她尷尬的明顯異常。他只是像平時一樣在放鬆，看起來很舒適。

維洛克側躺著，他的遺孀溫妮看不見他的臉。她惺忪的美麗眼眸往下看，追蹤那聲音，若有所思地看著微微凸出沙發邊緣的扁平物品。那是切肉刀的刀柄，看起來毫無異狀，只除了它跟維洛克的背心呈直角，而且有某種東西沿著它往下滴。深色液體一滴接一滴落在地板的油布上，滴答聲越來越快、越來越憤怒，像發狂的時鐘。當速度到達極限，滴答聲變成持續的流淌聲。溫妮目睹它流速變快，臉上閃過一抹焦慮神色。那是一道涓涓細流，黯沉、快速又細小……是血！

看到這意料之外的一幕，溫妮不再逍遙自在、不再無牽無掛。她霍地撩起裙襬，輕聲驚呼，奔向客廳門，彷彿那涓涓細流是洪水氾濫的前兆。奔跑時她碰上餐桌，順手一推，彷彿桌子是活的。她力道過猛，桌子用它的四條腿滑行一段距離，發出嘈雜刮擦聲，盛裝帶骨牛肉的大餐盤重重摔碎在地板上。

而後一切重歸寂靜。溫妮跑到門口時停住腳步。桌子移開後，地板中央出現一頂翻覆的圓帽，被她奔跑時的氣流帶動，晃動了幾下。

12

維洛克的遺孀、忠實的史蒂夫（以為自己參與人道主義行動，卻無辜地被炸成碎片）的姊姊溫妮並沒有跑出客廳。她確實被流淌的鮮血嚇得跑了一段距離，但那只是本能的嫌惡反應所致。她在客廳門口停下來，瞪大了雙眼、低下頭。站在門邊的溫妮像是花了幾年漫長時光才跑到這裡，因為現在的她，跟剛才俯身沙發上方，有點暈眩，卻無比平靜地享受著無牽無掛、逍遙自在的那個她已經大不相同。她現在不暈了，腦袋非常沉穩。話說回來，她的心不再平靜，她在害怕。

她沒有看躺在沙發上的丈夫，不是因為她怕他。沙發上的維洛克一點都不可怕，他看起來很安詳，更何況他已經死了。溫妮對死人沒有不必要的幻想。沒有任何東西能讓死人復活，愛或恨都不能。死人對你沒有威脅，他們什麼都不是。那男人這麼輕易就被人殺死，她對他隱約生起一股淡淡的鄙視。那男人生前是這個家的主人，是她丈夫，也是殺害史蒂夫的凶手。現在他什麼都不是，比他身上的衣物都沒用，比他的大衣、他的靴子和躺在地上的帽子還不實用。他什麼都不是，不值得看一眼。他現在甚至不是殺死可憐的史蒂夫的凶手。如果有人來找維洛克，他們在這間客廳裡只會發現一個殺人犯，那就是……她自己！

她雙手抖得太厲害，連試兩次都繫不好面紗。溫妮已經不再無牽無掛、逍遙自在，她像驚弓之鳥。刺死維洛克的那一刀單純只是她的反擊，釋放了卡在她喉頭那股想尖叫的憤怒、宣洩了她熾熱眼眶裡的淚水，也抒發了那股叫人抓狂的怒氣，因為那男人殘暴地從她身邊奪走那孩子，而那男人現在什麼都不是了。

她的反擊來自一股莫名的衝動，而沿著刀柄流向地板的鮮血，讓她這一擊變成顯而易見的謀殺案。溫妮向來不喜歡追根究柢，現在她不得不仔細推敲這整件事。她沒看見陰魂不散的臉孔、沒看見責備的鬼魂、沒有懊悔自責、沒有不切實際的概念。她只看見一件東西，那就是絞刑架：她害怕絞刑架。

她的害怕只屬於概念層次。除了某些故事的木刻插畫，她從沒親眼見過這種伸張世間正義的憑藉。最早她在圖畫中看見它們佇立在狂風暴雨的黑夜中，掛著鐵鍊與人骨，飛鳥在附近盤旋，啄食死屍的眼珠子。那畫面格外驚悚。然而，溫妮雖然稱不上見多識廣，對自己國家的制度多少也有點認識，知道絞刑架已經不像過去、浪漫地豎立在陰鬱的河岸或多風的岬角，它們如今都建在監獄庭院裡。在那以四面高牆圍起的巨坑裡，殺人犯會在黎明時分被帶出來處死。那時四周靜得嚇人，而且像報紙描述的，「由執法人員在場監督。」她視線盯著地板，鼻翼因痛苦與羞愧不住顫抖。她想像自己孤伶伶的，周遭那群頭戴絲帽的紳士冷靜地執行絞斷她脖子的程序。那……絕不！絕不！行刑過程又是如何？她沒辦法想像這種祕密行刑的具體細節，因此被那份抽象的恐懼感逼得幾乎發狂。報紙從沒報導過細節，只除了一點，而那一點訊息又總是刻意突顯在內容貧乏的報導末尾。溫妮想起了那點訊息，腦子忽然感到一陣殘酷的灼熱疼痛，彷彿有人用燒紅的針尖把「墜落深度五公尺」這句話刻寫在她大腦上。「墜落深度五公尺。」

這句話甚至引發實質反應：她喉嚨陣陣抽搐，像要抵抗絞扼。她太懼怕繩子斷裂的那一剎那，連忙伸起雙手捧住腦袋，彷彿想避免它被扯離肩膀。「墜落深度五公尺。」不！絕對不行。她受不了**那樣**，光是想想都難以承受。她不敢去想，因此她下定決心，要找條橋跳河自盡。

這回她總算綁好了面紗。她臉上像戴了面具，除了頭上的幾朵花，全身上下都是黑色。她機械地抬頭看看牆上的鐘：鐘一定是停了，因為她無法相信距離上一次看它才兩分鐘，當然不只，時鐘根本沒在走。事實上，從她刺了那一刀、輕鬆地吸進第一口氣，到她決定跳泰晤士河自殺，總共才過了三分鐘。但溫妮不肯相信，她依稀在哪兒聽過或讀過，命案發生時，時鐘或手錶都會停止，就為了逼瘋凶手。她不在乎。「到橋上去……我就往下跳。」但她動作遲緩。

她拖著痛苦步伐走過店鋪，卻提不起力氣開門，只好握住門把。她畏懼外面的街道，因為它只會帶她走向絞刑架，或泰晤士河。她頭朝前、雙臂伸直，費力地跨出店門，像翻過橋梁欄杆墜河的人。走到戶外的這一步，讓她領略到溺水的滋味：一股黏膩的溼氣將她團團圍住，竄進她鼻孔，依附在她的髮絲。天空並沒有真的下雨，可是每一盞街燈都圍著霧氣形成的昏黃光圈。馬車和馬兒不見了，在漆黑街道上，車夫小館遮了窗簾的窗子像一塊髒污的方形血紅色燈光，在貼近人行道的高度放出微光。溫妮拖著腳步往那燈光走去，她覺得自己連個朋友都沒有。確實如此，她真的沒有朋友。現在她突然有一股強烈渴望，想見到友善的臉孔，卻只想得到清潔婦尼歐太太。她沒有自己的朋友，除了家人，不會有人想到她。她並沒有忘記她母親，不會的，她一直是個乖女兒，因為她是個好姊姊。母親凡事依賴她，她沒辦法在母親身上找到安慰或忠告。如今史蒂夫死了，她跟媽媽之間的連結好像跟著斷了。她沒辦法去向母親說這件事，何況母親住得太遠。她此刻的目標是泰晤士河，她決定忘掉媽媽。

每跨出一步都異常費力，彷彿都耗掉她最後一點力氣。她舉步維艱地走過小館散發紅光的窗子。「走到橋上……我就往下跳。」她頑固地再告訴自己一次。她伸出手，及時扶著燈柱，穩住搖晃的身子。「天亮前我絕對走不到。」她心想。對死亡的恐懼嚇得她全身癱軟，無力逃離絞刑架。她覺得自己已經蹣跚走了幾小時。「我肯定到不了。」她想，「他們會發現我在街上到處亂闖。橋太遠了。」她扶著燈柱，在面紗底下氣喘吁吁。

「墜落深度五公尺。」

她猛力推開燈柱，發現自己再次邁開腳步。可是，另一波暈眩像大浪般趕上來，沖走她的心臟，胸膛空蕩蕩的。「我永遠到不了。」她突然停下來，喃喃自語，身子在原地微微擺盪。「不可能。」

她認為自己連距離最近的橋都走不到，轉而考慮逃到國外。

這算是靈光乍現。殺人犯會逃亡，逃到外國去：西班牙或加州。那些只是地名。這個為男人的榮耀創造的遼闊世界，對她而言只是一大片空白，她不知道該往哪個方向去。殺人犯有朋友、有親戚、有幫手，他們還有知識，她什麼都沒有，算是天底下最孤單的殺人犯。她在倫敦孤身一人，而這座充滿驚奇與泥漿的大城，有迷魂陣似的街道和無邊無際的燈海，此刻卻沉入無助的黑夜，在漆黑的無底深淵裡安歇。一個形單影隻的落難女人，絕不可能逃得出去。

她歪歪倒倒向前移動，盲目地重新出發，非常害怕自己會摔倒。不過，走了幾步之後，她意外地查覺到一種支持感、一份安全感。她抬起頭，看見一張男人的臉貼近她的面紗端詳著。奧西彭從不害怕陌生女人，再怎麼裝優雅扮高尚，他都不會放棄跟看起來醉醺醺的女人打交道的機會。奧西彭喜歡女人，他用兩隻大手扶起眼前這個，正經八百地探看她的臉，直到聽見她輕聲叫喚：「奧西彭先生！」他驚得險些鬆手讓她摔在地上。

「維洛克太太！」他驚呼，「妳在這裡！」

他覺得她不太可能喝酒，但世事難料。他沒有追問她喝酒的事，幸運之神好心把維洛克的寡婦送到他手裡，他可不能潑祂一盆冷水。他把她拉進懷裡，令他驚奇的是，她竟然完全順從，甚至在他臂彎裡停留片刻，才掙脫開來。奧西彭不想操之過急冒犯幸運之神，不著痕跡地收回手臂。

「你認出我了。」她結巴地說。這時她站在他面前，雙腳相當穩定。

「我當然認出妳了。」奧西彭順口答道，「我擔心妳會跌倒。我最近太常想到妳，不論何時何地，我都能認得妳。自從我第一次見到妳，就一直想著妳。」

溫妮好像沒聽見。「你要去店裡嗎？」她緊張地問。

「是啊。」奧西彭說，「我看到晚報，馬上就出發了。」

事實上，奧西彭已經偷偷在布雷特街附近徘徊整整兩小時，始終下不了決心放膽行動。他雖然長得魁梧健壯，卻不是大膽的征服者。他記得溫妮從來不理會他挑逗的眼神，沒有給過他一絲一毫暗示。再者，他認為維洛克的店應該已經被警方監視，他不希望警方對他的革命熱情做出錯誤的誇大評估。即使到了現在，他也不知該如何是好。相較於他平時的獵豔偷香，這次行動非同小可。他不去想其中有多少好處，也不去想如果有機會的話，他必須付出多少心血才能享受成果。這些難題收斂了他的得意神色，也讓他的語調多了一分符合當時情境的慎重。

「可以告訴我妳打算上哪兒去嗎？」他低聲問。

「別問我！」溫妮渾身顫抖，強自壓抑地喊道。她充沛的生命力格外畏懼死亡這個概念。「別管我剛才要去哪裡……」

奧西彭這才看明白，她只是情緒極端激動，不是酒醉。她沉默半晌，之後做出他始料未及的舉動：挽起他手臂。令他驚訝的除了這個動作本身，還有她那份明顯的果決。不過，這處境畢竟微妙，奧西彭也用微妙方式回應。他只是把她的手輕輕壓向他強壯的胸肋，沒有進一步行動。在此同時，他意識到自己被拉著往前走。他沒有抗拒。

街角的水果攤販已經熄掉柳橙和檸檬的耀眼光芒，布雷特廣場四下漆黑，只除了幾盞零散街燈以朦朧的光圈呈現廣場的三角造形，其中三盞聚在正中央一根燈柱上。他們的幽暗身影手挽著手沿著牆壁緩緩滑行，在這悲悽的夜色裡，像一對無家可歸的戀人。

「如果我告訴你我本來打算去找你，你會怎麼說？」溫妮的手用力抓住他胳臂。

「我會說妳再也找不到比我更願意幫妳解決困難的人。」他用言語示好，拉近彼此關係。事實上，這樁微妙戀情進展之快速，幾乎令他窒息。

「幫我解決困難！」溫妮慢慢重複他的話。

「沒錯。」

「那麼你知道我碰到什麼困難嗎？」她悄聲說，語氣異常強烈。

「我看過晚報的十分鐘後……」奧西彭激情澎湃，「遇見一個妳可能在店裡見過一兩次的人，跟他聊了一下，就全都知道了。所以我急忙趕過來，我不知道妳……從我看見妳的那一天起，就一直喜歡妳。」他情不自禁喊出來，彷彿無法克制自己的情感。

奧西彭猜得沒錯，天底下沒有哪個女人聽見這番話不會被打動。但他不知道溫妮如饑如渴地接納這句話，就像溺水的人發揮自救本能。在她心目中，體格健壯的奧西彭就像光芒四射的生命使者。

他們步伐一致地慢慢向前走。「我也猜到了。」溫妮輕聲說。

「妳從我的眼神看出來了。」奧西彭自信滿滿地說。

「沒錯。」她在他低頭湊過來的耳畔柔聲回應。

「我真摯的愛情，躲不過妳這樣敏銳的女人的眼睛。」他一面說，一面撇開腦海裡的務實盤算，比如那家店價值多少，維洛克有多少銀行存款，心思專注在情感面。事情進展如此順利，他內心深處不免有點震驚。維洛克人還不壞，表面上看起來也是個標準丈夫。只不過，奧西彭不會為一個死人跟自己的好運過不去。他堅定地驅走對維洛克在天之靈的同情，又說：

「我沒辦法隱藏，我滿腦子都是妳。我敢說妳一定看到我眼裡的愛意了。可是我猜不透，妳一直那麼冷淡……」

「我還能怎樣？」溫妮打斷他的話，「我又不是不三不四的女人……」

她停下來，又補了一句，「是他害我變成這樣。」口氣忿忿不平，像在自言自語。

奧西彭沒有深究這話的含意，自顧自地說：「我始終覺得他配不上妳。」他說，朋友間的義氣隨風而逝。「妳值得過更好的日子。」

溫妮咬牙切齒地搶話，「更好的日子！他騙走我七年的青春。」

「妳跟他在一起好像蠻幸福的。」奧西彭為自己過去表現不夠積極開脫。「所以我不敢造次。妳好像很愛他，我很訝異……也很嫉妒。」

「愛他！」溫妮低聲嚷嚷，滿是不屑與憤怒。「愛他！我扮演他的好老婆，我是個端莊的女人。你以為我愛他！真是的！湯姆，你……」

奧西彭聽她喊出這個名字，內心無比驕傲。他本名叫亞歷山大，只有最親近的人會喊他湯姆，這個名字代表友誼，代表他的榮耀。他不知道她竟然也聽過這個名字。顯然她不但聽到了，也珍藏在記憶裡，或心裡。

「湯姆，你聽我說！當時我年紀還小，我精疲力竭，又倦又累，有兩個人要依靠我，我覺得自己撐不下去了。兩個人：我媽和那孩子。那孩子其實就像我自己的孩子，很多很多個夜晚我們單獨在樓上，我把他抱在懷裡哄他睡覺，當時我還不到八歲。然後……他是我的孩子……你不明白的，誰也不會明白。我能怎麼辦？當時有個年輕人……」

跟肉鋪少東那段往事依然留存在記憶裡，揮之不去，像是她畏懼絞刑架、厭惡死亡的心湖閃現的一抹不切實際空想。

「那是我當時的愛人。」溫妮接著說，「我猜他也從我眼神裡看出來了。他一星期賺二十五先令。他爸爸威脅他，如果他堅持要娶個帶著跛腳媽媽和白痴弟弟的女人，就把他趕出家門。但他不願意離開我，直到某天晚上，我終於鼓起勇敢跟他分手。我必須這麼做，我太愛他了。週薪二十五先令！當時有另一個男人，是個好房客。一個單身女孩又有什麼選擇？我總不能去賣身。那人好像挺善良。總之，他要我。我得照顧媽媽和那可憐的孩子呀。對吧！我答應他。他個性好像不錯，慷慨大方，不缺錢用，從沒說過什麼。七年，我服侍他七年，服侍那個善良、大方的……而且他愛我。沒錯，他真的愛我，所以我自己有時候……七年，我照顧他七年。你知道你這個好朋友是什麼樣的人嗎？他是個魔鬼！」

她這句低語夾帶超乎尋常的怒氣，奧西彭驚呆了。溫妮轉身面對他，抓住他雙臂。布雷特廣場黑黲黲地，沒半個人影，薄霧一波波飄下來。在這個瀝青與磚塊組成的三角形深井，周遭只有盲目的屋舍與冷漠的石頭，所有的人聲彷彿都消失了。

「不，我不知道。」他用傻裡傻氣的口吻說，可惜溫妮滿腦子都是對絞刑架的恐懼，沒有察覺他幽默的語氣。「現在我知道了，我……我明白。」他說得支支吾吾，心裡不禁納悶，維洛克在家裡總是昏昏欲睡、平靜溫和的模樣，究竟做得出什麼殘暴行為？肯定非常糟糕。「我懂。」他重複聲明。然後靈機一動，感嘆道，「不幸的女人！」傳達由衷的憐惜，有別於他平日裡常用的「可憐的人兒！」今天情況特殊。他始終沒有忘記那誘人的利益，卻也意識到事情很不單純。「勇敢、不幸的女人。」

他很高興自己又加了「勇敢」這兩個字，可惜接下來又詞窮了。

「啊，可是他已經死了。」他只想到這句話，說得小心謹慎，沒忘記添加一點同仇敵愾。溫妮抓住他手臂，顯得有點激動。

「你猜到他已經死了。」她嘟嘟囔囔地，像情緒失控。「你！你猜到我不得不這麼做。我不得不！」

她說這些話的口氣難以捉摸，有歡欣、有慰藉、有感激，奧西彭聽得入神，沒仔細體會她話裡的意思。他好奇她究竟怎麼了，為什麼突然這麼慷慨激昂。他不禁懷疑，格林威治公園爆炸案的導火線，會不會就是維洛克不美滿的婚姻。他甚至突發奇想，覺得維洛克會不會選擇用這種特別的方式自殺。天哪！那就足以說明這件案子的無厘頭與荒唐本質。當前的現況根本不需要做什麼無政府主義示威，甚至恰恰相反。對於這點，維洛克跟其他任何革命分子一樣清楚。如果維洛克當真愚弄了整個歐洲，愚弄了警方和媒體，甚至愚弄了自以為是的教授，這會是多大的笑話啊。奧西彭震驚地認為，事情看來確實是這樣沒錯！可憐的傢伙！他忽然想到，在維洛克家裡，魔鬼未必是維洛克。

綽號「醫生」的奧西彭自然而然地偏袒自己的同性友人。他瞄一眼挽著他手臂的溫妮。他用特別的眼光看待他的女性朋友。溫妮聽見他知道維洛克已經死了這個事實，為什麼大聲驚呼，他並沒有太在意，女人說起話來本來就像瘋子。他倒是有點好奇她又是怎麼知道的，晚報只是描述實際狀況：在公園被炸得粉身碎骨那個男人依然身分不明。不管維洛克有什麼意圖，無論如何都不可能向她透露。奧西彭對這個問題非常感興趣，他突然原地站定。這時他們已經繞了布雷特廣場一圈，又來到布雷特街盡頭。

「妳是怎麼知道這件事的？」他設法用跟溫妮一樣的口氣提問。

她全身抖得厲害，片刻後才有氣無力地說。

「警察告訴我的。有個督察長到家裡，他說他姓錫特。他讓我看……」

她哽咽了，「噢，湯姆，他們用鐵鍬才能把他鏟起來。」

她沒掉淚，只是抽噎，胸口劇烈起伏。奧西彭呆了一陣子，才說：

「警察！妳是說警察已經找上門？錫特督察長親自來告訴妳？」

「嗯，」她依然無精打采，「他就這樣找上門來。他來了，而我什麼都不知道。他拿一塊大衣碎片給我看，就這樣。他問我，『妳認得這個嗎？』」

「錫特！是錫特！然後他做了什麼？」

溫妮低頭。「沒有。他什麼都沒做，就走了。警察也站在那男人那邊。」她悲慘地呢喃，「還有另一個人也來了。」

「另一個……妳是說警探嗎？」奧西彭非常震撼，像飽受驚嚇的孩子。

「不知道。他來了，看起來像外國人，也許是大使館的人。」

奧西彭又吃了一驚，幾乎腿軟崩潰。

「大使館！妳知道自己在說什麼嗎？什麼大使館？妳說大使館到底是什麼意思？」

「就是在契斯曼廣場那個，他惡狠狠地咒罵那些人。我不知道，誰在乎那些事！」

「那個人做了什麼？跟妳說了什麼？」

「不記得了……沒有……我不在乎，別問我。」她疲倦地哀求。

「好，我不問。」奧西彭溫柔地說。他真的不想再問了，不是因為他聽見溫妮懇求的語調而心軟，而是因為他發現這件事盤根錯節，搞得他暈頭轉向。警察！大使館！哇靠！他深怕自己的智力不足以走出這思考的迷宮，因此果決地把所有假想、臆測和理論全都逐出大腦。至少這女人在他身邊，幾乎是主動投懷送抱，沒什麼比這更重要。聽過剛才那些話以後，再也沒有什麼事能嚇到他了。所以當溫妮宛如從安全的夢境驚醒，狂野地告訴他她必須馬上逃到歐陸，他沒有一點驚訝表情。他只是用遺憾的口氣坦白告訴她，天亮以後才有火車，說完，默默注視她面紗底下的臉龐。街燈光線也像披著薄紗，從上方灑落下來。

她站在他身邊，幽暗的身影被夜色吞沒，像以黑石鐫刻的半完工雕像。看不出來她知道多少內情，跟警察與大使館又有多熟悉。如果她想逃走，他沒什麼好反對的，他自己也急著想離開。維洛克那家店輕易就有警察和外國使節上門，恐怕不是他能待的地方，只好放棄了。至少還有其他的：他的存款，那些錢！

「那麼天亮以前你得找個地方把我藏起來。」她氣餒地說。

「親愛的，我沒辦法帶妳回我住的地方，因為我跟朋友合租。」

他自己也有點灰心。等天一亮，所有車站就會布滿敬愛的警察大人。萬一他們基於某種原因拘留她，那麼他就真的失去她了。

「可是你必須幫我找個地方。你不在乎我嗎？是嗎？你在想什麼？」

她語氣非常激烈，在此同時卻又鬆開他手臂。霧氣持續籠罩下來，兩人沉默不語，漆黑的布雷特廣場沒有一絲動靜。沒有人靠近面對面站著的這一男一女，連漂泊遊蕩、橫行霸道、處處留情的野貓都沒有。

「找個安全住處應該不難。」奧西彭終於開口，「親愛的，問題在於我沒那麼多錢。我身上只有幾便士，我們這些革命分子口袋都不深。」

他口袋裡其實還有十五先令。

「我們還得要有車資，一早就需要。」

她沒有動，沒有出聲，奧西彭的心往下沉。顯然她也沒辦法。但她忽然緊抓胸口，像是突然一陣劇痛。

「我有錢。」她喘一口大氣，「我有旅費，夠用的。湯姆！我們走吧。」

「妳有多少錢？」他沒被她拉著走，因為他個性謹慎。

「我說了我有錢，全都在我這兒。」

「這話什麼意思？銀行裡的全部存款，是嗎？」他不可思議地問，卻相信好運會再度來敲門。

「對，對！」她緊張地說，「全部。都在我這兒。」

「妳怎麼這麼快就拿到錢？」他嘖嘖稱奇。

「他給我的。」她低聲說，突然軟弱得發抖。奧西彭壓抑住他逐漸升高的好奇心。

「喔，那麼我們得救了。」他慢慢說道。

她傾身向前，靠在他懷裡。他張開雙臂歡迎她。錢都在她身上。他情不自禁，可惜她的帽子擋了路，面紗也是。他適度表露自己的情感，不多不少。她沒有抗拒，沒有狂熱，被動地接受，彷彿神智不清。她輕易掙脫他鬆散的擁抱。

「湯姆，你要救我。」她畏懼地說，兩手還抓著他潮溼外套的翻領。「救我，把我藏起來，別讓他們抓我。你要先殺了我，我自己下不了手，我辦不到。即使為了逃避我最害怕的，也辦不到。」

他心想，她未免太古怪。他開始惴惴不安，一面思考重要事項，一面粗聲粗氣地說：

「妳**到底**在怕什麼鬼東西？」

「你不是猜到我被迫做了什麼！」溫妮叫道。明確的驚悚憂慮令她思緒紛亂，強有力的字眼在她腦子裡嗡嗡作響，除了自己的恐怖處境，她什麼都想不到。她以為自己亂無頭緒的話語條理分明，一點都不知道那些只存在她腦海裡的破碎字句，說出口後其實語無倫次。她覺得自己把事情都說出來了，放下心中的大石頭。對於奧西彭說的每一句話，她都自行解讀，其實奧西彭根本一無所知。「你不是猜到我被迫做了什麼！」她聲音變小，「那麼你很快就可以猜到我在怕什麼。」她痛苦抑鬱地低語，「我不接受。我不要，我不要，我不要。你一定要答應先殺了我。」她又搖又扯他外套的翻領，「絕對不可以！」

他不耐煩地告訴她，他不需要做什麼保證。卻也小心翼翼，不敢用斬釘截鐵的字眼反駁她。他對付情緒激動的女人太有經驗，通常選擇以經驗為師，而不是運用自己的智慧去處理個別狀況。以目前這個情況來說，他的智慧正往其他方向忙著。女人的話船過水無痕，但火車時刻表的缺失永遠都在。他嫌惡地想起大不列顛的島國特質：「根本就像每天晚上被關進牢裡。」他氣惱地想。他覺得自己陷入困境，彷彿必須揹著那女人翻過一道牆。他猛拍自己額頭，這一拍把腦子給拍醒了，他想到南安普頓往法國聖馬洛的渡輪，大約午夜出航。十點半有一班火車。他心情好轉，急著想出發。

「在滑鐵盧車站，時間夠充裕。我們終究不會有事了……又怎麼了？不是這個方向。」他出聲抗議。

溫妮勾住他手臂，拉著他重新走回布雷特街。

「我出門時忘了關店門。」她悄聲說，情態異常焦慮。

奧西彭已經對那家店和裡面的一切失去興趣，他懂得控制野心。他正要說「那又怎樣？隨它去吧。」卻及時打住，他不喜歡為小事起爭執。想到她也許把錢忘在店鋪抽屜裡，連忙又加快腳步。只是，他的心甘情願顯然趕不上她的焦躁不安。

乍看之下店鋪裡黑漆漆的，店門半掩。溫妮斜倚在店鋪前，喘著氣說：

「沒人進去過。你看！燈，客廳的燈。」

奧西彭探頭一看，昏暗的店鋪裡確實透出微光。

「沒錯。」他說。

「我忘了熄掉。」溫妮微弱的話聲從面紗後面傳出來。他站在原地，等她先進去，卻聽見她拉高嗓門說：「進去把燈熄了，否則我會瘋掉。」

她要他關燈的理由未免奇怪，但他不急著反對，只問，「錢在哪裡？」

「在我這！湯姆，快去！把燈關了……進去！」她從背後抓住他雙肩，大聲叫嚷。

奧西彭沒料到溫妮會使蠻力推他，踉踉蹌蹌地衝進店鋪深處。他很驚訝那女人竟然有這麼大力氣，對她的行為也有點火大。他沒有回過頭跟她當街理論，對她的荒誕行徑卻越來越不滿意。然而，眼下正是討好她的最佳時機。他輕鬆繞過櫃檯，氣定神閒地走向客廳玻璃門。玻璃門的簾子翻開一角，他正要轉動門把時，自然而然地往裡面瞄了一眼。這是不經意的一眼，沒有意圖，不帶任何好奇。他會往裡面看，是因為他視線剛好飄進去。總之他看了，也發現維洛克好端端躺在沙發上睡覺。

一聲吶喊從他胸腹最深處發出，中途卻銷聲匿跡，轉化成嘴唇上某種油膩噁心的感覺。在此同時，奧西彭內心那個自我慌亂地往後跳一大步，他的軀殼因為少了智能的引導，仍然本能地、無意識地抓住門把。體格健壯的他穩穩站在原地，臉貼近玻璃，專注地凝視，看得眼珠子都凸出來了。他願意不惜一切代價離開這裡，然而，他漸漸恢復的理智告訴他，不可以放開門把。這是怎麼回事？他精神錯亂、做噩夢，或被邪惡詭計引入陷阱？為什麼？原因何在？他不清楚？他坦蕩蕩，自認跟維洛克夫婦沒有過節，不太相信他們基於某種神祕理由想謀殺他，卻依然擔心得胃抽筋，只覺噁心反胃，渾身乏力。有那麼一段時間，他覺得身子不知怎的特別難受，難受了很久。但他還是盯著看。維洛克一動不動躺著，基於某種私人理由在裝睡，而他那個野蠻老婆在門外把風，靜靜站在他看不見、漆黑無人的街道上。莫非這一切都是警方特地為他設下的恐怖圈套？不，他沒那麼重要，這點自知之明他還有。

眼前這一幕景象的真相來自地上那頂帽子。他盯著帽子，思索著。它似乎不太尋常，有點不祥，是個徵兆。那頂黑帽帽緣朝上躺在沙發前的地板，像是準備接受任何前來觀賞維洛克如何躺臥自家沙發休息的人打賞。奧西彭的目光從帽子遊走到移位的餐桌，在餐盤碎片上停留片刻，又無比震驚地瞥見沙發上維洛克半睜半閉的眼睛露出眼白。這下子維洛克不像在睡覺，倒像躺在沙發上，歪著頭固執地盯著自己的左胸。奧西彭看見那把刀柄，倏地轉身，胃裡陣陣翻攪。

臨街的店門「砰」地一聲響，嚇得他魂飛魄散。這屋裡的住戶雖然已經無害，房子本身卻還是可能變成陷阱，叫人毛骨悚然的陷阱。現在奧西彭完全不清楚自己陷入何種處境，他的大腿碰到櫃檯末端，猛地轉身，疼得唉唉叫。在門鈴狂亂的叮噹聲中，他意識到自己的雙臂被人用力抱緊，貼在身體左右兩側，有個女人的冰冷嘴唇在他耳邊驚悚地蠕動：

「警察！他看見我了！」

他不再掙扎，她也始終沒鬆手。她十根手指在他背後緊緊交扣，拉也拉不開。外面的腳步聲步步進逼，他們的呼吸也越來越急促。他們上身緊貼在一起，呼吸又喘又費力，像要拚出個你死我活。事實上，他們嚇得心臟都要停了，偏偏時間過得特別慢。

巡邏員警其實不知道自己看見了什麼。他剛從布雷特街另一頭明亮的大馬路進來，隱約只看見黑暗中依稀有點什麼。他甚至不確定自己是不是當真看見了，自然沒有理由加快腳步。經過維洛克的店時，他發現今天提早打烊。這也沒什麼奇怪的。他收到特別指示，這家店除非發生嚴重治安事件，否則不必干涉，如果發現任何異常，就要通報。目前看來沒有任何異常，只是，基於職責所在，加上為求自己心安，也因為剛才黑暗中那奇怪的動靜，他從對街走過來，轉了轉門把。店門的鑰匙已經長眠在已故維洛克的背心口袋，從此不再出勤，門上的彈簧橫閂跟以往一樣堅守陣地。盡忠職守的警員扭動門把時，奧西彭意識到那女人的冰冷嘴唇再次驚悚地在他耳畔蠕動：

「如果他闖進來，殺了我。湯姆，殺了我。」

警探走了，臨走時舉起他的遮光提燈，例行公事地照了照櫥窗。屋裡那對胸貼胸、氣喘吁吁的男女動也不動地多站了一會兒，然後女人的手指鬆開來，雙臂緩緩垂落。奧西彭靠向櫃檯，他已經雙腿無力。這實在糟透了，他簡直厭惡到說不出話來。但他總算哀怨地擠出幾句話，顯示他至少明白自己的處境。

「只要再晚個兩分鐘，我就會慌慌張張地撞上那個拿著提燈在門外探頭探腦的傢伙。」

溫妮站在店鋪中央，執拗地說：「湯姆，進去把燈熄了。否則我會瘋掉。」

她隱約看見他揮手拒絕。奧西彭死也不願意走進那間客廳，他不迷信，只是地板上有太多血，在帽子周圍蓄積出嚇死人的一大灘。他覺得自己已經太靠近那具屍體，內心會不得安寧，腦袋瓜恐怕也不保，有此可能！

「那就關煤氣錶！在那裡，你看，那個牆角。」

奧西彭魁梧的幽暗身軀突然大步邁出去，順從地蹲在牆角，只是有點不情願。他緊張地摸索，然後，在一聲含糊的咒罵之後，玻璃門裡的燈光熄了，緊接著是女人歇斯底里的嘆息。夜晚——世間人們踏實勞動一天後的必然酬勞——已經降臨維洛克身上。這位身經百戰的「前輩」革命分子，社會的謙卑守護者，無可取代的密探Δ、史塔渥騰罕男爵的得力幹員；為治安奉獻，忠誠、可靠、準確、傑出，或許只有一個無傷大雅的弱點：不切實際地以為女人愛的是他的人。

奧西彭摸索著橫越店鋪漆黑有如墨水的窒悶空間，回到櫃檯旁。站在店鋪中央的溫妮發出絕望的宣言，聲音在他背後的黑暗中震盪。

「湯姆，我不要被吊死，我不要……」

她突然打住。櫃檯旁的奧西彭對她發出警告：「別這麼大聲嚷嚷。」之後似乎陷入沉思。「妳自己做的？」他的嗓音有點空洞，聽起來卻一派冷靜，溫妮感到十分安心，覺得他有能力保護她。

「嗯。」她在黑暗中悄聲回答。

「沒親眼看見還真難相信。」他嘀咕著，「誰也不會信。」她聽見他在走動，然後客廳門鎖「喀」地一響。奧西彭把沉睡中的維洛克鎖在門裡，倒不是為了表示對死者的尊重，或其他不為人知的情感考量，他只是擔心屋子裡還躲著其他人。他不相信那女人，或者該說，對於這個驚奇連連的世界，此時的他沒辦法判斷真相是什麼，情況會是怎樣，甚至不敢做任何猜測。在這樁撲朔迷離的事件裡，他嚇壞了，因而失去相信或不相信的能力。這件事已經扯上警方和大使館，天曉得會發展到哪裡，也許有人會被送上絞刑架。想到他提不出這天晚上七點以後的不在場證明，他嚇壞了，因為那段時間他鬼鬼祟祟在布雷特街附近徘徊。他也被帶他來這裡的那野蠻女人嚇壞了，如果不小心應付，說不定會誣陷他跟她共謀。想到自己這麼短時間就遭人引誘、身陷險境，他驚恐萬分。他遇見她才不過短短二十分鐘前的事。

溫妮壓低的嗓音在黑暗中傳過來，苦苦哀求：「湯姆，別讓他們吊死我！帶我到國外去。我會為你工作，我會當你的奴隸，我會愛你，我沒別的人可以依靠了……如果你不理我，還有誰會理我！」她停頓片刻。鮮血沿著刀柄往下流的畫面帶給她一種深深的孤寂感，她腦海閃現一個恐怖念頭。她——當年貝爾格萊維亞大宅的端莊女孩，維洛克忠實賢慧的妻子——羞愧地說：「我不會要求你娶我。」

她在黑暗中上前一步。奧西彭很怕她，就算她突然亮出另一把刀，刺向他胸膛，他也不會驚訝，更無法抗拒。但他真的沒有勇氣叫她別過來，只是用古怪的空洞聲音問道：「當時他在睡覺嗎？」

「沒有。」她大叫一聲，連忙接著說：「他沒睡，沒有。當時他告訴我誰也奈何不了他。他當著我的面帶那孩子出去殺掉，我那可愛、無辜、從不害人的孩子。他就像我的孩子。他殺了我的孩子之後，輕鬆自在地躺在沙發上。我原本要離開，從此消失在他眼前。可是他說我是殺死那孩子的幫凶，又對我說：『過來。』湯姆，你聽見了嗎？他把我的心跟那孩子一起帶走，踩爛在地上，還對我說：『過來。』」

她停頓一下，又恍恍惚惚地重複兩次：「鮮血和泥土。鮮血和泥土。」奧西彭恍然大悟。在公園炸死的是那個低能的孩子。這個騙局更大了，所有人都被耍得團團轉。他專業而震撼地驚呼：「天哪！是那個心智弱耗的孩子。」

「『過來。』」溫妮的聲音又傳來，「他以為我沒血沒淚嗎？湯姆，你說說。『過來！』我！就像這樣！當時我看著那把刀，心裡想著，如果他這麼希望我過去，我就過去。沒錯！我去了。最後一次……帶著刀。」

他被她嚇得心驚肉跳，那個低能孩子的姊姊，本身也是低能，有殺人傾向的那種……或者是會騙人的那種。任何學術用語都不足以形容奧西彭此時的驚嚇程度。他的恐懼不可計量、複雜多變。因為太驚恐，黑暗中的他顯得格外冷靜，像在沉思默想。他其實動彈不得、口不能言，意志與大腦似乎都處於半凍結狀態，誰也看不見他蒼白的臉色。他嚇得只剩半條命。

他凌空躍起，離地足足三十公分。溫妮無預警地驚聲尖叫，褻瀆了她家那份含蓄的莊嚴。

「湯姆，救救我！我不要被吊死！」

他衝上前去，摸索著想摀住她嘴巴。尖叫聲消失了，因為他匆忙之際撞倒了她。現在他發現她抱住他雙腿，內心的恐懼飆到最高點，變成某種顛狂的歡樂幻覺，像酒精中毒引發的震顫性譫妄。現在他千真萬確地看見了蛇，看見那女人像條蛇似地纏繞他，甩也甩不掉。她沒有致命危險，她本身就是死亡，是生命如影隨形的夥伴。

那一聲尖叫似乎釋放了溫妮的壓力，她現在一點都不吵鬧，變得楚楚可憐。

「湯姆，你不能丟下我。」她在地板上喃喃念叨，「除非你一腳踩扁我腦袋[17]。我不會離開你。」

「站起來。」他說。

他臉色異常慘白，在伸手不見五指的黑暗中幾乎清晰可見。相較之下，蒙著面紗的

17. 沿續奧西彭把溫妮看成蛇的比喻，溫妮這番話的典故出自《聖經》。《聖經・創世記》第三章第十四、十五節記載，蛇引誘夏娃吃伊甸園的果子，上帝處罰蛇從此以腹部行走，頭會被女人的後代打碎。

溫妮沒有臉，幾乎連身體都看不到。某種顫抖的小小白色物體透露她所在位置和她的動作，那是她帽子上的一朵花。

那朵花在黑暗中往上升：她從地板上站起來了。奧西彭後悔沒有趁機奪門而出。但他不難看出那不是辦法，不成，她會出去追他，會一路鬼吼鬼叫，把附近所有警察都引過來跟著追，接下來天曉得她會怎麼跟他們說。他實在怕極了，腦海竟然閃過在黑暗中掐死她的念頭，因而更害怕了！她纏上他了！他幻想自己在西班牙或義大利某個偏遠小村莊，生活在悲慘的恐懼中，直到某個美好早晨，人們發現他也死了，胸口插著一把刀，就像維洛克。他一聲長嘆，動都不敢動。溫妮靜靜等候護花使者的善意，他的沉思令她心安。

他結束沉思，突然用若無其事的語氣說話。

「我們出去吧，免得趕不上火車。」

「湯姆，我們上哪兒去？」她怯懦地問。她又失去了自由。

「我們先去巴黎，那是最好的辦法……妳先出去，看看外面有沒有人。」

她乖乖聽從。她壓低的話聲從悄悄打開的店門傳進來。

「沒人。」

奧西彭走出去。

雖然他盡量輕手輕腳，那個破鈴鐺還是在關上門的店鋪裡噹啷大響，彷彿多此一舉地提醒沉睡中的維洛克，他的妻子即將由他的朋友陪同，永遠離開這個家。

他們攔了一輛雙座小馬車，奧西彭上車後話變多了。他臉上還是沒有血色，眼珠子彷彿陷進緊繃的臉龐整整兩公分，但他好像什麼都考慮到了。

「等我們到了車站。」他用古怪的單調語氣述說著，「妳先進去，假裝我們不認識。我去買車票，經過妳身邊時偷偷把票遞給妳。之後妳去頭等車廂的女士候車室，在那裡坐到火車離站前十分鐘，這時妳就出來，我會在外面。妳先進月台，假裝不認識我。車站可能會有認識我的人。妳單獨行動，看起來只是個獨自搭車的乘客。很多人認識我，妳跟我走在一起，別人可能會猜到妳是逃亡的維洛克太太。妳聽明白了嗎，親愛的？」他強迫自己補了最後那三個字。

「明白。」溫妮緊貼他坐著，對絞刑架和死亡的恐懼令她渾身僵直。「我明白，湯姆。」她忍不住對自己說，「墜落深度五公尺。」

奧西彭沒看她。他的臉像大病初癒時製作的石膏模子。「對了，錢先給我，我要買車票。」

溫妮解開緊身馬甲幾個鈎子，把裝錢那個全新豬皮皮夾遞給他，兩眼始終盯著馬車擋泥板前方。奧西彭默默接過來，塞進前胸某處，而後拍拍那個部位的外套。

過程中他們看都沒看對方一眼，兩人彷彿都密切留意前方的目的地。等馬車拐了個彎，往橋上駛去，奧西彭才又開口。

「妳知道那裡面有多少錢嗎？」他問，像是對著某個坐在馬兒兩耳間的小精靈慢慢說話。

「不知道。」溫妮說，「他直接拿給我，我沒數。當時我想都沒想這件事。後來……」

她的右手輕輕比了一下，那動作太寫實，奧西彭看著那隻不到一小時前才持刀刺入男人心臟的右手模擬那個小動作，忍不住一陣哆嗦，只好誇張地顫抖，然後說道：

「我好冷，全身冷透了。」

溫妮兩眼直視前方，看著順遂的逃亡路。每隔一段時間，「墜落深度五公尺」這句話就像被風吹過馬路另一邊的陰暗長幡，阻擋她專注的視線。她大眼睛的眼白閃爍微光，隔著面紗透了出來，像蒙面女人的眼睛。

奧西彭僵硬的臉龐正經嚴肅，一種公事公辦的古怪表情。他的聲音突然又傳出來，像是解開某種鎖扣才能說話。

「妳知不知道他銀行帳戶用的是本名，或別的名字。」

溫妮蒙著面紗的臉和閃著白色微光的眼睛轉過來面對他。

「別的名字？」她思索道。

「妳一定要很確定。」馬車繼續向前奔馳，奧西彭不厭其煩地向她解說：「這件事非常重要，我來跟妳解釋。銀行知道這些鈔票的號碼，如果他用本名提領這些錢，那麼等他的……他的死訊傳出來，警方就可以根據那些鈔票追蹤我們，因為我們沒有別的錢可用。妳身上沒有其他的錢了嗎？」

她搖頭否認。

「一點都沒有？」他持續追問。

「有幾個銅板。」

「那就危險了。我們要小心處理這些錢，用特別的辦法處理。我知道巴黎有個換錢的地方，很可靠，只是我們可能會損失一半以上。不過，如果他用別的名字開戶，也用那個名字提款，比方說史密斯，那麼我們就可以放心用這些錢。聽懂了嗎？銀行不會知道史密斯跟維洛克是同一個人。妳現在知道為什麼妳給我的答案必須千真萬確了吧？這個問題妳答得出來嗎？也許不行。是吧？」

她平靜地說，「我想起來了，他用別的名字開戶。他告訴過我，銀行帳戶是用普洛佐這個名字。」

「妳確定？」

「確定。」

「銀行會不會知道他的真實姓名？或者銀行裡某個人……」

她聳聳肩，「我怎麼會知道。銀行會知道嗎？」

「不，應該不會。確認一下比較心安……到了。妳先下車，直接走進去。機靈點。」

他多逗留了一會兒，用自己的錢付錢給車夫。一切都依照他高瞻遠矚的計畫進行。溫妮拿到了往聖馬洛的票，進了女士候車室；奧西彭則是走向酒吧，七分鐘裡連灌三杯熱白蘭地加水。

「驅驅寒。」他對酒吧女侍和善地點點頭，苦笑說。他結束痛快的豪飲走出酒吧，臉孔看起來卻像剛喝過悲傷之泉。他抬眼看看時鐘。時間到了，他等著。

溫妮準時出來，面紗放了下來，從頭到腳都是黑的，黑得像死亡本身，頭頂上別著幾朵廉價淡色花朵。她走過一群說說笑笑的男人，只要一句話，他們的笑聲就會驟然停止。她步履緩慢，背脊挺直，奧西彭驚恐地望著她背影，才慢慢跟上去。

火車靠站了，一整排車門敞開候客，月台上卻幾乎沒有人。由於季節與惡劣天候的關係，車站異常冷清。溫妮走過一扇扇車廂門，直到奧西彭從後面碰觸她手肘。

「上車。」

她上了車，他繼續留在月台東張西望。她俯身向前，悄聲問：「怎麼了？有危險嗎？等等，警衛來了。」

她看見他主動上前跟穿制服的警衛說話，兩人聊了一會兒，他聽見警衛說，「沒問題，先生。」還伸手碰碰帽沿。之後奧西彭走回來，對她說，「我請他別讓任何人上我們這節車廂。」

她坐在位子上，上身前傾：「你設想真周到……湯姆，你會帶我離開吧？」她忽然掀開面紗看著救命恩人，苦惱萬分地追問。

她露出金剛石似的臉龐，一雙乾枯的大眼睛黯淡無光、了無生氣，像晶亮白球上的兩個黑洞。

「沒事。」他用近乎痴狂的急切眼神望著那對眼眸，在逐漸遠離絞架刑的溫妮看來，他的眼神似乎溫柔又有力。這種真誠的奉獻深深打動了她，那張堅硬臉龐不再因驚恐而冰冷嚴峻。奧西彭凝視那張臉，眼神比任何男人注視情人時都更深情。綽號「醫生」的無政府主義者奧西彭，某份不入流醫學手冊的主筆、曾經在勞工俱樂部主講衛生保健的社會面向，不受傳統道德束縛，只服膺科學法則。他凡事講究科學，此時也用科學眼光打量眼前那女人：某個低能男子的姊姊，本身也是低能，有殺人傾向的那種。他注視她，想到了倫柏羅索，就像義大利農夫乞求最鍾愛的聖人眷顧。他用學術眼光凝視著，審視她的臉頰、鼻子、眼睛、耳朵……凶惡！……致命！溫妮雙唇微啟，在他熱情而專注的目光下，略略放鬆了些。他也看她的牙齒……毫無疑問……殺人犯類型……奧西彭之所以沒有乞求倫柏羅索保護他的靈魂，只是因為他不相信自己有所謂的靈魂。他只有科學精神，這份科學精神迫使他站在火車站月台上、用緊張急躁的語氣說：

「妳那個弟弟，是很特別的孩子。很值得觀察，某種方面來說是完美典型。無懈可擊！」

他壓抑內心的恐懼，從學術角度分析著。溫妮聽見有人這麼信誓旦旦讚揚死去的弟弟，身子往前晃，嚴肅的雙眸閃過一抹亮光，像驟雨來襲前的一道陽光。

「他確實是。」她用顫抖的雙唇輕聲說，「湯姆，你以前經常關心他，所以我才愛你。」

「你們長得太像，簡直不可思議。」奧西彭用這番話表達內心的畏懼，也藉此掩飾自己巴不得火車趕快啟動那份焦慮不安的作嘔感。「沒錯，他長得很像妳。」

這句話其實不算太令人感動、也不帶同情。然而，光是強調他們姊弟的相似度，就足以引爆她的情感。她低聲吶喊，張開雙臂，淚水終於決堤。

奧西彭連忙上車，關上車門，轉頭看了一眼車站時鐘。還有八分。最初三分鐘溫妮嚎啕大哭，奔流的淚水止也止不住。而後她收斂了些，低聲啜泣，卻依然淚流滿面。她邊哭邊對救命恩人說話，對那個生命使者說話。

「湯姆！他就這麼我在眼前被人殘酷地帶走，而我竟然怕死！我怎麼可以！我怎麼可以這麼懦弱！」

她大聲哀嘆自己對生命的熱愛。那生命既不美也不迷人，幾乎淪於卑微，甚至堅守目標與意圖，連殺人都是。正如所有對可悲人性的感嘆往往欠缺足夠的詞語來形容過多的苦難，真相——對真相的追求——多半是以某些虛情假意的辭彙呈現的疲乏虛偽面貌。

「我怎麼可以這麼怕死！湯姆，我試過，可是我害怕。我試過自我了結，卻下不了手。我鐵石心腸嗎？我猜我的恐懼還沒達到頂點吧。然後你出現了……」

她停下來，忽然信心百倍、感激涕零。「湯姆，以後我什麼都聽你的。」她啜泣著說。

「坐到車廂那邊角落去，離月台遠點。」奧西彭熱心地說。他扶她過去坐下，冷眼旁觀她捲土重來的淚水，這回比前一波更劇烈。他用醫學角度觀看著，像在計時。他終於聽見警衛的哨音，意識到火車開始啟動，上唇不自主地噘起，露出牙齒，展現出殘酷的決心。溫妮什麼也沒聽見，什麼也沒察覺。她的救命恩人定定站著，他感覺火車速度加快了些，轟隆隆為溫妮的號哭聲伴奏。他猛地跨出兩大步橫越車廂，拉開車門跳了出去。

他落在月台末端。他是如此堅定地執行每一步脫逃計畫，因而奇蹟似地、幾乎是在空中關上車門。之後才連翻帶滾落地，像隻中槍的野兔。他上氣不接下氣地站起來，傷痕累累，顫抖不已，面無血色。但他心情平靜，完全有能力應付迅速圍過來察看的站務人員。他用令人信服的溫和語氣說，他太太剛接到消息，她住在布列塔尼的媽媽病危，心情非常焦急。他很擔心，留在車廂裡安慰她，沒聽見哨音，也沒發現火車已經啟動。圍觀的人嚷嚷道，「先生，那你為什麼不乾脆陪她搭到南安普頓。」他的理由是，家裡只剩涉世未深的小姨子獨力照顧三個小孩，如果他沒回去，她一定會擔心。更何況，電報局已經關了，他一時衝動就跳下車了。「我以後再也不會這麼做了。」他笑著對大家說，再給些小費，就若無其事地走出火車站。

出了車站後，他懷裡兜著一輩子從沒有過、可以放心使用的大把鈔票，回絕了出租馬車的招攬。

「我可以走路。」他對車夫友善地笑了笑。

他可以走路，一路往前走。他過了橋，不久後，西敏寺龐然矗立的尖塔群目睹他那頭黃髮從路燈下經過。維多利亞車站的燈光也看見他了，還有斯隆廣場和公園的欄杆。奧西彭發現自己又走上一條橋，底下的河流吸引他的目光。靜止的暗影與流動的微光在黝黑的靜夜中混雜交融，形成驚奇詭譎的組合。他站在欄杆旁俯瞰良久，鐘樓在他下垂的頭頂上方發出如雷巨響。他抬頭仰望指針……英吉利海峽瘋狂午夜的十二點半。

奧西彭繼續往前走。那天晚上，當這座大城披著薄紗般的霧氣沉睡在泥濘地毯上，他健壯的身軀踽踽行過各處相距遙遠的路段。那身影橫越沒有生命、沒有聲響的街頭，或漸漸消失在遠處陰暗屋舍之間，那些屋子櫛比鱗次立在以連串街燈標示出的空蕩蕩馬路旁。他走過方形廣場、多邊廣場、橢圓廣場、公共區域；穿過單調無趣、名不見經傳的街道，在那裡，紅塵是非脫離了生命之河，遲滯而無望地堆積。他走著走著，突然轉進一處雜草叢生的狹長形前院，從口袋裡拿出鑰匙開了門，走進一棟髒污處處的小屋子。

他和衣倒臥床鋪上，就這麼一動不動地躺了整整十五分。而後又猛地坐起來，屈起膝蓋，雙手抱住腿。清晨的第一道曙光照了進來，他還是同一個坐姿，沒有闔眼。這個男人可以走那麼久、那麼遠、那麼漫無目標，沒有一絲倦容，同樣可以端坐數小時，不需要動動四肢或眼皮。然而，等近午陽光照進他房間，他鬆開雙手，倒臥在枕頭上。他兩眼盯著天花板，又突然閉起來，在陽光下入睡了。

13

在這個乏善可陳的房間裡，也只有壁櫥門上那把巨大鐵掛鎖比較不礙眼。這座壁櫥因為體積過於龐大，銷售困難，所以教授只花了幾便士就向倫敦東區一名船商買到。這房間又大又乾淨，還算體面，卻家徒四壁，顯示住在裡面的人只能勉強填飽肚子，其餘生活物資一概付之闕如。牆壁上除了壁紙，什麼都沒有。一大片的砷綠[18]壁紙，處處可見無法清除的斑點與污漬，像標示荒漠陸地的褪色地圖。

奧西彭坐在靠窗的松木桌旁，兩手握拳托著腮幫子。教授穿著他唯一一套劣質花呢西裝，趿著一雙破舊不堪的拖鞋啪嗒啪嗒地在木地板上走來走去，兩手插在外套口袋裡，把口袋繃得死緊。他正在描述他最近探望麥凱里斯的經過，心情好像放鬆了些。

18. 十八、九世紀廣泛採用名為巴黎綠的醋酸亞砷銅鹽製造顏料，這種物質含有劇毒砷，潮溼後會揮發到空氣中。

「那傢伙完全不知道維洛克死了。那是當然！他從不看報，因為報紙會惹他傷心難過。不過無所謂。我走進他的小屋，到處看不到人影，喊了五、六聲他才回答。我以為他還在睡覺，結果不是那麼回事，他已經寫了四小時。他坐在那個小籠子裡，手稿扔得到處都是。旁邊的桌子上有吃剩一半的生胡蘿蔔，那是他的早餐。現在他只吃胡蘿蔔配一點牛奶。」

「他看起來如何？」奧西彭無精打采地問。

「好得很……我從地板上撿起五六張手稿，內容簡直語無倫次。他沒有邏輯，思路不連貫。那沒什麼。他把他的自傳分成三部，分別題為：『信、望、愛』。他把這個世界規劃成一家仁慈的超大醫院，有花園和鮮花，在那個世界裡，強者要奉獻心力去照顧弱者。」

教授停頓了一下。

「奧西彭，你聽過這種蠢話嗎？弱者！他們就是地球上所有罪惡的根源。」他繼續發表他的冷酷見解。「我告訴他我夢想中的世界就像一片廢墟，弱者就得全部抓起來徹底消滅。」

「奧西彭，你明白嗎？一切罪惡的根源！他們是我們凶狠的主人，那些意志不堅、弱不禁風、愚蠢糊塗、懦弱膽怯、優柔寡斷、卑躬屈膝之輩。他們握有權力，因為他們人數眾多，地球被他們掌控。消滅，鏟除！那是通往進步的唯一途徑。確實是！奧西彭，加入我的陣容。要先消除絕大多數的弱者，之後再消滅相對強壯的人。懂嗎？先鏟除瞎的、聾的和啞的，然後是瘸子和跛子，以此類推。所有腐敗、所有罪惡、所有偏見和所有習俗都得連根拔除。」

「那還剩什麼？」奧西彭悶悶地說。

「還剩下我。如果我夠強大。」臉色蠟黃、個子矮小的教授斬釘截鐵地說。他那一對招風大耳薄如蟬翼，遠遠凸出他脆弱頭骨兩側，這時突然變成深紅色。

「我被弱者壓迫得還不夠久嗎？」他鏗鏘有力地說，又敲敲他外套的前胸口袋。「但我**就是**力量。」接著又說，「可是時間！時間！給我時間！啊！那些大眾，蠢得無法感受悲哀或恐懼。有時候我覺得所有一切都站在他們那邊，一切的一切，包括我自己的武器——死亡。」

接下來是一陣沉默，房裡只有教授腳上的拖鞋快速的啪嗒響。最後奧西彭說，「跟我去席勒努斯喝杯啤酒。」教授欣然同意，這天他不知為何顯得特別開心。他拍一下奧西彭的肩膀。

「啤酒！好吧！我們開開心心喝一杯，因為我們是強者，總有一天會死去。」

他連忙穿上靴子，邊穿邊用簡單扼要又果斷的口氣說話。

「奧西彭，你怎麼回事？竟然鬱悶到跑來找我。聽說你最近經常出沒那些男人們大口喝酒、滿口廢話的地方。為什麼？你拋棄你那些情人了嗎？她們都是餵養強者的弱者，對吧？」

他一隻腳踏下地，再拿起另一隻綁好鞋帶的靴子。那靴子沉甸甸的，腳跟粗厚，沒上鞋油，修補很多次了。他對自己冷冷一笑。

「奧西彭，你這差勁男人，你說說，有沒有傻女人為你自殺？或者你的勝利還不夠完整，因為只有鮮血能夠成就偉大。鮮血、死亡。看看歷史就知道了。」

「你下地獄吧。」奧西彭頭也不回地說。

「怎麼啦？那是弱者的希望，因為他們的神學觀念為強者發明了地獄。奧西彭，我對你抱持一種友善的鄙視，因為你連隻蒼蠅都不敢殺。」

搭上駛往酒吧的公共馬車後，教授忽然像洩了氣的皮球。看見人行道上熙熙攘攘的人潮，他內心又生起一股疑慮與不安，澆熄了他的樂觀。那股疑慮與不安，只有回到自己房間，看著那個掛著大鎖的壁櫥，獨處一段時間後，才能消除。

「那麼……」坐在後座的奧西彭在他背後說，「麥凱里斯把世界幻想成美好歡樂的醫院。」

「沒錯，專門治療弱者的超大慈善機構。」教授嘲弄地說。

「真傻。」奧西彭說，「虛弱根本無藥可救。話說回來，麥凱里斯或許沒有錯得太離譜。未來兩百年內，醫生會統治世界。科學已經掌權了，也許表面上看不出來，但它確實已經掌控一切。而所有的科學最後都會歸結於療癒的科學，但療癒的不是弱者，而是強者。人類想要活下去，永遠活下去。」

「人類……」教授的鐵框眼鏡閃現自信的光芒，「根本不知道自己要什麼。」

「可是你知道。」奧西彭大聲說，「你剛才還嚷嚷著需要時間。如果你表現良好，醫生們可以提供你時間。你自認是強者的一員，因為你口袋裡帶著可以讓你自己和周遭二十個人永垂不朽的東西。可是永恆是個該死的黑洞，你需要的是時間。如果你碰到某個可以給你十年的人，你就願意奉他為主人。」

「我的原則是：不要上帝、不要主人。」說著，教授起身走下馬車。

奧西彭跟著下車。「等你走到生命最後一刻，只剩一口氣時再說。」他一面回嘴，一面跟著跳下踏腳板。「你那卑鄙下流、骯髒破爛的渺小生命。」他大步橫越馬路，跳上對街路邊石。

「奧西彭，我覺得你是個騙子。」說著，教授熟練地推開名聞遐邇的席勒努斯酒吧大門。等他們找到一張小桌子坐定，他又接續剛才的話。「你自己也不是醫生，卻說些古怪的話。你認為有朝一日全世界的人都會聽從幾個板著臉的小丑指示，乖乖伸出舌頭吞下藥錠，簡直夠格當先知了。預言有屁用！猜測未來會是怎樣又有什好處！」他舉起酒杯冷靜地說：「敬現今的毀滅。」

他把酒乾了，再次陷入自我封閉的沉默。想到人類多得像海邊的細沙，無法毀滅，難以掌控，他就心情沉重。就連炸彈的爆炸聲也會消失在他們無動於衷的龐大數量裡，連個回音都沒有。比如維洛克這件事，如今還有誰會想起？

奧西彭似乎突然受某種神祕力量驅使，從口袋裡掏出一份摺了又摺的報紙。教授聽見聲音抬起頭來。

「那是什麼報紙？裡面有什麼消息嗎？」他問。

奧西彭愣了一下，像夢遊的人受到驚嚇。

「沒，沒什麼特別的。十天前的舊報紙，應該是忘在口袋裡了。」

但他沒有馬上把舊報紙扔了。他把報紙送回口袋前，瞄了一眼其中某段文字的最後一句。內容是：「**這個出於瘋狂或絕望的舉動，似乎是個永遠解不開的謎團。**」

這個句子總結了一則新聞，它的標題是：〈海峽渡輪女乘客跳海自殺〉。對於這種優美的報導文字，奧西彭並不陌生。「……**永遠解不開的謎團。**」每一個字他都背得滾瓜爛熟。「……**解不開的謎團。**」

奧西彭低著頭，久久不發一語。

這則新聞威脅到他的生存。他沒辦法再去見他的眾多獵物，那些他在肯辛頓花園長椅上勾搭、或在各處扶手欄杆邂逅的女人。他害怕自己會跟她們談起某個**謎團**……他深深擔心自己總有一天會被這些句子逼瘋。「**永遠解不開。**」那是一種執迷，一種折磨。最近他爽了幾次約，那些女人百分之百相信他的浪漫言語和溫柔舉動。這種來自各階層女性的信賴，滿足了他的自戀，也填滿他的荷包。他靠那些信賴維持生活。那些信賴還在，但如果他沒辦法再加以運用，他的精神和肚子都會挨餓……「**瘋狂或絕望的舉動。**」

在人類的世界裡，「**謎團**……」肯定「……**永遠解不開。**」那又如何，萬一全世界只有他擺脫不了那該死的內情呢？而奧西彭所知的內情就跟記者猜測的一樣精準，幾乎碰觸到那個「**永遠解不開的謎團。**」

奧西彭什麼都知道。他知道渡輪舷梯值班人員看見的那一幕：「一名身穿黑洋裝、戴著黑色面紗的女士午夜在碼頭漫步。『女士，您要搭船嗎？』他殷勤地詢問，『往這邊走。』她顯得不知所措。他扶她上船，她好像很虛弱。」

他也知道女服務員看到了什麼：一名身穿黑衣、臉色蒼白的女士站在空蕩蕩的女士船艙裡，服務員勸她躺下來休息。那位女士好像不願意說話，像是碰到了天大的麻煩。等女服務員再次進入船艙，那位女士已經不見了。女服務員到甲板上去找。奧西彭從新聞裡得知，好心的服務員發現那位女士躺在遮陽椅上，睜著雙眼，卻不回答任何問題。她好像病得很重，女服務員找來領班，兩個人站在遮陽椅旁討論該如何處理這位面容哀戚的特殊乘客。他們用正常音量（因為那位女士好像什麼都聽不見）商量著要通知聖馬洛的領事館，也要想辦法聯絡她英國的家人。然後他們離開甲板，去安排送這位女士下船，因為從她的臉色看來，她好像生命垂危。但奧西彭知道，在那張絕望的慘白面具底下藏著努力抵抗恐懼與絕望的生命力，藏著對生命的熱愛。那股熱愛足以承受致命的憤怒，也承受得住恐懼，對絞刑架的盲目恐懼。他知道。可是女服務員和領班什麼都不知道，只知道不到五分鐘後他們回去找她，黑衣女士已經不在遮陽椅上。他們到處找不著她，她不見了。當時是清晨五點，她的失蹤不是意外。一小時後，有個船員在那張遮陽椅上發現一枚結婚戒指，戒指有點溼，黏在椅子上，是它的光澤吸引船員的目光。戒指內側刻有日期：一八七九年六月二十四日。「**永遠解不開的謎團。**」

奧西彭抬起頭來。他茂密的頭髮充滿陽光氣息，像極了太陽神阿波羅，備受這個島國形形色色卑微女性喜愛。

教授已經不耐煩，站了起來。

「別走。」奧西彭趕緊說，「你對瘋狂或絕望有什麼看法？」

教授用舌尖舔一下乾燥的薄唇，以飽學之士的口吻說：

「沒有這樣的東西，如今所有激情都消失了，整個世界都庸庸碌碌，沒有生氣、沒有力量。瘋狂和絕望就是力量。在愚人、弱者和傻子眼中，力量就是一種罪，因為世界由他們掌控。你也庸庸碌碌。還有維洛克，警方巧妙地遮掩了他的案子，他也庸庸碌碌。還有謀殺他那個警察，他也庸庸碌碌。所有人都庸庸碌碌。瘋狂和絕望！我可以拿它們當槓桿，移動整個世界。奧西彭，我對你有種友善的輕蔑，你甚至沒辦法犯下那些腦滿腸肥的人所謂的罪行，你沒有力量。」他停下來，閃閃發亮的厚鏡片底下是嘲諷的笑容。

「大家都說你得到了一小筆遺產，我要告訴你，這筆錢沒有讓你變聰明。你像個傻瓜一樣對著啤酒發呆。再見。」

「你要嗎？」奧西彭抬頭露出傻笑。

「要什麼？」

「那筆遺產，全部。」

清高的教授只是笑了笑。他的衣服破得幾乎穿不住，靴子已經修得不成鞋樣，重得像船塊，下雨天還會進水。他說：

「明天我會訂一批化學材料，改天把賬單寄給你。我很需要那些材料。你明白嗎？」

奧西彭慢慢低下頭。教授走了。「**永遠解不開的謎團。**」他好像看見自己大腦飄浮在眼前，隨著解不開的謎團的節奏搏動。那大腦明顯病了……「**這個瘋狂或絕望的舉動。**」

門口附近的機械鋼琴愉快地演奏了圓舞曲，然後冷不防地安靜下來，像在鬧脾氣。

綽號醫生的奧西彭走出席勒努斯酒吧。他在門口遲疑了一下，對著不算耀眼的陽光眨眨眼，報導自殺案件的報紙在他口袋裡，緊貼他搏動的心臟。自殺的女乘客……**這個瘋狂或絕望的舉動**。

他失魂落魄在街上走著。他沒有走向另一位女士約他見面的地點。（那是一名上了年紀的女家庭教師，信賴他那太陽神似的頭髮。）他走的是相反方向。他沒法再面對女人，那會毀了他。他也沒法思考、工作、睡覺，沒法吃飯。他開始喝酒，懷著喜悅、期待與希望喝酒。那會毀了他。他的革命事業向來靠許多女人的愛情和信賴支持，如今幾乎被一個解不開的謎團摧毀：人類大腦不知為何隨著新聞詞句搏動的謎團。「**永遠解不開……**」他的革命事業即將終結於「……**瘋狂或絕望。**」

「我病得很厲害。」他以科學洞見對自己說。他健壯的體格，帶著口袋裡的大使館特務費（維洛克留下的遺產），一步步走向貧窮，像是在預習某種不可避免的未來任務。他寬闊的肩膀已經頹然下垂，彷彿準備套上廣告招牌的皮製繫帶。就像一個多星期前那個晚上，他失魂落魄地走著，不覺得累，沒有感覺，什麼都沒看見，什麼都沒聽見。「**解不開的謎團。**」他無所謂地走著，「**這個瘋狂或絕望的舉動。**」

拒絕誘惑的教授也走著，視線避開滿街的可憎人類。他沒有未來，他鄙視未來。他是一股力量，他腦海裡幻想著毀滅與破壞的畫面。他走得疲弱、渺小、寒酸、悲慘，最糟的是，他單純地以為瘋狂和絕望可以改造這個世界。沒有人看他一眼。他帶著致命武器無人知曉地走下去，像絡繹不絕人潮中的一隻害蟲。

（全文完）

國家圖書館出版品預行編目資料

密探 / 約瑟夫 . 康拉德 (Joseph Conrad) 著 ; 陳錦慧譯 . -- 初版 . -- 臺北市 : 商周出版 : 家庭傳媒城邦分公司發行 , 2018.02
面 ; 公分 . --(商周經典名著 ; 59)
譯自 : The secret agent
ISBN 978-986-477-387-9(平裝)

873.57　　　　106021226

商周經典名著59
密探

編　　著／約瑟夫・康拉德（Joseph Conrad）
譯　　者／陳錦慧
企劃選書／黃靖卉
責任編輯／黃靖卉

版　　權／黃淑敏、翁靜如
行銷業務／張媖茜、黃崇華
總 編 輯／黃靖卉
總 經 理／彭之琬
發 行 人／何飛鵬
法律顧問／元禾法律事務所 王子文律師
出　　版／商周出版
台北市104民生東路二段141號9樓
電話:(02) 25007008　傳真:(02)25007759
E-mail:bwp.service@cite.com.tw
Blog:http://bwp25007008.pixnet.net/blog
發　　行／英屬蓋曼群島商家庭傳媒股份有限公司 城邦分公司
台北市中山區民生東路二段141號2樓
書虫客服服務專線:02-25007718;25007719
服務時間:週一至週五上午09:30-12:00;下午13:30-17:00
24小時傳真專線:02-25001990;25001991
劃撥帳號:19863813;戶名:書虫股份有限公司
讀者服務信箱:service@readingclub.com.tw
城邦讀書花園:www.cite.com.tw
香港發行所／城邦(香港)出版集團有限公司
香港灣仔駱克道193號東超商業中心1樓;E-mail:hkcite@biznetvigator.com
電話:(852) 25086231　傳真:(852) 25789337
馬新發行所／城邦(馬新)出版集團 Cite (M) Sdn. Bhd.
41, Jalan Radin Anum, Bandar Baru Sri Petaling,
57000 Kuala Lumpur, Malaysia.
Tel: (603) 90578822　Fax: (603) 90576622　Email: cite@cite.com.my

封面設計／廖韡
排　　版／極翔企業有限公司
印　　刷／韋懋實業有限公司
經 銷 商／聯合發行股份有限公司
電話:(02)2917-8022　傳真（02）2911-0053
地址:新北市231新店區寶橋路235巷6弄6號2樓

■2018年2月1日初版一刷
定價340元

Printed in Taiwan

城邦讀書花園
www.cite.com.tw

 ISBN 978-986-477-387-9